JANETTE JOHN

PER DEADLINE MORD

THRILLER

1. Auflage, Mai 2016

Grittany Design: www.grittany-design.de
Lektorat: Svenja Heinemann, Annette Ramsperger
Korrektorat: www.sks-heinen.de

Homepage

www.janettejohn.de

Impressum

JANETTE JOHN
c/o BJ-Autorenservice.de
Gildehauser Weg 140a
48529 Nordhorn

Alle Personen und Handlungen im folgenden Werk sind frei erfunden. Jegliche Ähnlichkeiten mit lebenden oder verstorbenen Personen sind zufällig. Einige Schauplätze wurden aufgrund von spannungsrelevanten Aspekten verfremdet. Sehen Sie mir dies bitte als künstlerische Freiheit nach.

Druck: Create Space
ISBN-13: 978-1533119193
ISBN-10: 1533119198

Das Leben ist wie die Tastatur eines Klaviers.
Entweder spielt es in leisen oder auch in lauten Tönen.
Mal in Weiß, mal in Schwarz und mal irgendwo dazwischen.

Janette John

Stell **DIR** vor, ein geliebter Mensch ist krank
und nur **EIN** Spenderorgan rettet jetzt noch sein Leben!
Doch **DIE** Warteliste ist zu lang.
Was würdest **DU** tun?

Bisher erschienen

Mit mörderischem Kalkül (Kripo Bodensee 1)
Per Deadline Mord (Kripo Bodensee 2)
Sein anderes Ich (Kripo Bodensee 3)
Kaum 24 Stunden (Kripo Bodensee 4)

Das Buch

Heidelberg 2001. Im Universitätsklinikum Heidelberg stirbt die Mutter zweier Kinder aufgrund eines angeborenen Herzfehlers. Das zu erwartende Spenderherz blieb aus.

Konstanz heute. Mitten am helllichten Tag fällt eine junge Studentin vom Konstanzer Münster. Alles deutet auf Selbstmord, wenn es nicht eine Reihe ähnlicher Fälle in den letzten Jahren deutschlandweit gegeben hätte. Die Frauen waren jung, rothaarig, feengleich und schön. Warum traf es gerade sie?

Deutschland heute. Zum Teil arme und mittellose Menschen sterben eines natürlichen Todes. Merkwürdig sind nur das Alter sowie die Todesursache. Waren sie womöglich Ersatzteillager für bessergestellte Todkranke?

Die junge Polizistin Nadine Andres und ihr Team geraten in die mafiösen Strukturen einer in Europa agierenden Vereinigung von Organhändlern. Mit solch einem Ausmaß an krimineller Energie hatten selbst sie nicht gerechnet. Besteht etwa eine Verbindung zwischen diesen scheinbar unterschiedlichen Ereignissen? Und wenn ja, worin?

Die Autorin

Janette John, ein Kind der Endsechziger, ist in Berlin aufgewachsen, hat dort studiert und ging danach beruflich ins Ausland. Nach ihrer Rückkehr war sie für ein paar Jahre in der Werbebranche tätig und etablierte sich schließlich im Vertriebswesen. Heute lebt sie mit ihrer Familie in Süddeutschland und verschwindet von Zeit zu Zeit in den Großstadttrubel ihrer Kindheit.

Deutschland, November 2001 – Heidelberg

Sie wollte nach ihren Kindern greifen, doch es ging nicht. Regungslos blieb sie liegen und fühlte, wie das Leben ihrem Körper entwich. Das Licht übermannte sie und ließ sie nicht mehr los. Es griff nach ihr und zog sie mit sich, in eine Welt, die nicht die ihre war. Eine, in die sie nicht wollte – noch nicht wollte –, vielleicht irgendwann einmal mit achtzig, aber doch noch nicht jetzt, mit fünfunddreißig und das mitten im Leben stehend.

Sie zuckte kurz und heftig.

Hörte die Stimme des Arztes.

Zitterte und hoffte, zu erwachen.

Ihr letzter Gedanke war, diese Welt nicht mehr sehen zu können. Nicht, dass sie eben einmal eine Reise tat und dann wieder von ihr zurückkehren würde, nein es bedeutete Ewigkeit. Niemanden mehr sehen. Keine Familie. Keine Freunde. Keine geliebten Orte und nie wieder in ihre gewohnte Umgebung zurückkehren zu können. *Nie wieder.* NIE WIEDER. Das *NIE* klang nach unendlich, ein Wort, das jenseits ihrer Vorstellung war, das sie nicht fassen konnte und auch nicht wollte, doch jetzt war es da und auf einmal war es *endlich.*

Dieses Licht war hell und viel zu grell, und es war nicht das der Sonne. Es war ihr Licht, das langsam zu erlöschen drohte und wie in einem Tunnel, je mehr man sich ihm entfernte, zunehmend kleiner wurde. Ein letztes Mal zog ihr Leben im Zeitraffer vor ihrem geistigen Auge vorüber.

Sie sah ihre Kinder, ein Mädchen und einen Jungen im Teenageralter sowie ihren geliebten Mann, deren Stimmen sie irgendwo aus der Ferne sogar noch wahrnahm und die langsam zu verstummen drohten. Und sie dachte an ihre Kindheit, die sie in ländlicher Gegend irgendwo bei Heidelberg verbracht hatte. An ihren Vater, der sie nie akzeptieren wollte, und das nur, weil sie ein Mädchen war. Auch an den Bruder dachte sie, der ihr stets zur Seite gestanden hatte. Hass stieg in ihr hoch, als sie erneut an ihren Vater denken musste, den sie nach dem Tod der geliebten Mutter, die sie bis zuletzt gepflegt hatte, ablehnte und ihm jedweden Kontakt verwehrte.

Langsam wurde der Lichtkegel kleiner. Flehend bat sie den Gott, an den sie immer geglaubt hatte, sie noch nicht zu sich zu holen. Ihre Hoffnung schlich wie schmelzendes Eis dahin, und sie fühlte sich wie in einem dunklen Keller, dessen Licht langsam von der Finsternis gefressen wurde und alles darin erbarmungslos mit sich nahm.

Das Licht erlosch, verbunden mit dem letzten Fünkchen von Leben.

Sie starb an jenem 10. November 2001 in einem sterilen Krankenhausbett der herzchirurgischen Intensivstation des Universitätsklinikums Heidelberg, weil es für ihren angeborenen Herzfehler kein geeignetes Spenderherz gegeben hatte. Trotz intensiver Suche in der zentralen Datenbank von Eurotransplant, einer Stiftung, die für die Zuteilung von Spenderorganen in acht europäischen Ländern verantwortlich war und noch ist. Neben den medizinischen Kriterien wurde unter anderem auch die Wartezeit auf ein Spenderorgan mit einbezogen.

Ihr Name, Gabriele Bundschuh geboren am 05. April 1966, stand mit ganz oben auf dieser Warteliste und erhöhte somit die Wahrscheinlichkeit auf ein Spenderherz. Die Ärzte erwähnten jedoch, dass es keine Garantie auf ein Spenderorgan geben würde. Von daher blieb nur der leise Wunsch auf ein Wunder. Jedoch dieses Wunder gab es für Gabriele nicht mehr.

Das Transplantationsgesetz schreibt zwingend vor, dass sowohl die Aufnahme in die einheitliche Warteliste durch die Transplantationszentren als auch die Organverteilung durch eine Vermittlungsstelle nach medizinisch begründeten Regeln erfolgen soll, insbesondere nach Notwendigkeit, Erfolgsaussicht und Dringlichkeit. Daraus ergibt sich der persönliche „Rangplatz" auf der Warteliste, der im Hinblick auf medizinisch relevante Veränderungen der Transplantationsvoraussetzungen während der Wartezeit regelmäßig überprüft wird.

1. Samstag, 10. November

Tief erschüttert legte die Krankenschwester, kaum älter als die junge Verstorbene, das weiße Laken über Gabrieles blasses Gesicht, nachdem der leitende Oberarzt für Herz- und Gefäßgesundheit, Professor Dr. med. Dominique Quast, nur noch den Tod feststellen konnte. Obwohl die Krankenschwester das tägliche Leid auf der herzchirurgischen Intensivstation seit Längerem kannte, schockierte sie das Schicksal dieser Frau dann doch. Derart ungerecht kam ihr seit Langem kein Tod mehr vor. Doch konnte man hierbei überhaupt von Gerechtigkeit sprechen?

Frau Bundschuh hatte gekämpft, gehofft und gebangt und ließ diverse chirurgische Eingriffe über sich ergehen, die allesamt scheiterten. Nun wollte sie den letzten Schritt mit einem Spenderherz wagen. Paradoxerweise hatte sich Gabriele Bundschuh erst kürzlich als Spenderin zur Verfügung gestellt, unter der Prämisse, ihre azurblauen Augen nicht spenden zu wollen. Gabrieles Wunsch war, Leben zu retten, und jetzt fiel sie dem selbst zum Opfer.

Die Teenager von Frau Bundschuh, Sören und Jana, warteten mit ihrem Vater auf dem Klinikflur und starrten wie gebannt zur weißen Uhr, die unaufhaltsam tickte. TICK-TICK – TICK-TICK. Je länger sie auf die Zeiger blickten, desto mehr wuchs ein ungutes Gefühl heran. Es waren Sekunden, Minuten und nunmehr über zwei geschlagene Stunden, in denen sie auf das angekündigte Spenderherz warteten. Doch die Zeit schlich dahin und mit ihr jedwede Hoffnung, denn es geschah nichts an diesem nebeligen, nasskalten Samstagvormittag.

Ungeduldig schaute Heiko Bundschuh, der Ehemann, auf seine Armbanduhr und verglich die Zeiger mit der Krankenhausuhr. Gerade so, als wollte er um die Zeit feilschen, die man seiner Frau gegeben hatte, während Jana auf ihrem Handy eine SMS an ihre Freundin tippte und ihr jüngerer Bruder nervös an den Fingernägeln kaute.

Immerzu schreckten die drei auf, sobald sich eine Tür auftat oder sich etwas auf dem langen hellen Flur regte.

Plötzlich trat Professor Quast mit dem Ausdruck einer verhängnisvollen Nachricht aus dem Zimmer von Frau Bundschuh heraus. Man sah ihm schon von Weitem an, dass das, was er jetzt verkünden würde, nicht das war, was man in einer solchen Situation gerne hätte hören wollen. Keine Worte wie: *Es geht der Patientin den Umständen entsprechend gut* und *sie braucht jetzt Ruhe*.

Der kleine dickliche Mann kam unaufhaltsam näher und sein Glatzkopf glänzte im sterilen Krankenhauslicht. Seine eher knollige und leicht rundliche Nase ließ ihn ein wenig lächerlich wirken. Er hatte die Hände in seinen weißen Arztkittel gepresst und schritt bedrohlich auf die Familie zu.

Heiko Bundschuh erhob sich vom Stuhl und fixierte die Augen des Arztes, als suchte er darin nach einem unmerklichen Lächeln. Doch es blieb aus.

Keine fünf Meter von ihm entfernt nahm der Professor seine Hände aus seinem Kittel und kam mit versteinerter Miene auf Herrn Bundschuh zu. Der Bedrohung ins Auge blickend, erhoben sich auch Jana und Sören und schritten hinter ihrem Vater dem Arzt entgegen.

Keiner wagte, auch nur ein Wort zu sagen.

Der Arzt stoppte, verharrte für Sekunden in Ruhe und rechtfertigte sich in leisem Ton: »Es tut mir sehr leid, aber Ihre Frau ist … ist vor wenigen Minuten ihrem Leiden erlegen.«

Heiko Bundschuh starrte auf die Lippen des Arztes und wünschte sich einen nachfolgenden Satz, der das Ergebnis in irgendeiner Form zu lindern vermochte. *Bitte sag, dass das nicht wahr ist. Bitte!*

»WIE?«, fragte Jana tonlos. »Wie meinen Sie das, ihrem Leiden erlegen? Ist sie tot???«

Der Mann in Weiß nickte traurig und fügte fast unverständlich hinterher: »Ja.«

Fassungslos trat Jana einen Schritt auf Quast zu und konnte sein feinherbes Aftershave riechen. Unvermutet packte sie seinen Kragen und zog ihn näher an sich heran.

»Tot, meine Mama, nein!«, schrie sie. »Sie ist viel zu jung, um zu sterben … Wieso haben Sie ihr nicht geholfen? … Das hat sie nicht verdient. Oder ist das eines Ihrer Scheißscherze? … Ich glaube, ich muss kotzen«, schrie Jana wutentbrannt und begann auf einmal bitterlich zu weinen. Ihre Hände begannen zu zittern. Ihr Körper bebte.

Quast griff die Hände der jungen Frau und schob sie sanft von sich.

»Ich verstehe Sie! Es tut mir leid. Ich hätte ihr gerne geholfen. Aber das erhoffte Spenderherz wurde schließlich an eine andere Patientin vergeben. Diese Patientin stand weiter oben auf der Warteliste für ein Spenderorgan. Ich glaubte, Ihre Mutter würde noch eine Weile durchhalten«, sagte er mit belegter Stimme und musterte die junge Frau.

Das Entsetzen war Herrn Bundschuh förmlich ins Gesicht geschrieben. Seine Gesichtszüge erstarrten. *Tot, Ela, sie ist tot? Nein, das kann nicht wahr sein. Niemals.*

Ohne zu antworten, nahm er seine Tochter beiseite und drückte sie fest an sich, auch seinen Sohn umarmte er mit.

Sören presste sich an die Schulter seines Vaters und wünschte, weinen zu können. Doch es gelang ihm nicht. Für ihn war der Tod seiner Mutter nicht fassbar. Was bedeutete es, tot zu sein? Bislang war er mit diesem Thema nur einmal in Berührung gekommen, als vor zwei Jahren seine Großmutter väterlicherseits gestorben war. Er mochte sie nicht besonders, weil sie für sein Dafürhalten wenig von einer liebevollen Großmutter hatte. Für sie zählten nur das Geld sowie ihre kleine Baufirma, die sie von ihrem geschiedenen Mann marode übernommen und zu einer gut gehenden mittelständischen Unternehmung aufgebaut hatte. Liebe und Nächstenliebe blieben dabei auf der Strecke.

Heiko Bundschuh schaute auf Quast und hielt seine Kinder fest im Arm.

»Kann ich sie sehen?«

»Ja, bitte kommen Sie mit!«

»Wollt ihr auch?«, fragte Bundschuh seine Kinder und schaute erst auf Jana und dann auf Sören.

Jana nickte verhalten, unterdessen Sören noch unsicher war, sich dann aber doch besann.

»Das ist gut, nehmen Sie von ihr Abschied! Kommen Sie bitte mit!«, meinte Quast und ging voran.

Bundschuh folgte, mit seinen Kindern im Arm.

»Papa!«, druckste Sören. »Wieso? Sie war doch auf dem Weg der Besserung.«

Bundschuh streichelte Sören über sein dunkelblondes, welliges Haar und schaute ihn mit wässrigen Augen an.

»Ich weiß es nicht. Wir werden den Arzt fragen.« Er schniefte und kämpfte hörbar gegen seine Tränen an.

Quast öffnete die Tür von Zimmer 2.002 und ging hinein.

Bundschuh folgte samt Kindern langsam, fast abwartend.

Jana zog ihren Vater am Arm und blieb wie erstarrt auf dem grau melierten Linoleumboden stehen. Obwohl das Zimmer mit seinen gelb gemusterten Gardinen und der farblich abgestimmten Wand von Freundlichkeit geprägt war, wirkte es jetzt steril und leer.

Erst gestern hatte die Tochter ihre Mutter noch besucht und mit ihr über eine Organspende geplaudert, und erst gestern hatte Frau Bundschuh ihrer Tochter noch erzählt, niemals ihre Augen spenden zu wollen, weil sie diese bei sich am reizvollsten fand. Gestern – heute – morgen – waren nunmehr Zeitformen, die von heute an keine Bedeutung für ihre Mutter mehr haben würden.

»Das Laken, wieso haben Sie Mama abgedeckt. Sie bekommt doch keine Luft«, schimpfte Jana schockiert und starrte Quast mit weit geöffneten Augen an.

Der Arzt trat vor Jana und suchte ihre Hand.

»Bitte kommen Sie!« Er ging mit ihr ans Kopfende, hob, ihre schmale Hand haltend, das weiße Tuch und streifte es der Mutter vom Gesicht.

Frau Bundschuh sah müde aus, und man sah ihr die Strapazen der letzten Zeit noch an. Trotz der dunkelunterlaufenen Augen und des schmerzbeladenen Gesichtes umspielte ihren Mund ein sanftes Lächeln, als wäre sie dem Schöpfer versöhnlich gegenübergetreten.

»Sie sieht gar nicht tot aus!«, stellte Jana fest, glitt vorsichtig mit zwei Fingern über das Gesicht der Mutter und verfing sich in ihrem rötlichen Haar. »Es ist noch warm.«

»Ganz recht, es liegt an der Umgebungstemperatur, wie schnell ein Leichnam erkaltet. Im Allgemeinen sinkt die Temperatur pro Stunde um ein Grad. Fassen Sie sie ruhig an!«, bat der Arzt einfühlsam. »Ich lasse Sie nun eine Weile alleine. Ach, und nehmen Sie sich ruhig Zeit! … Wenn Sie etwas benötigen, einfach klingeln! … Wir sind jederzeit für Sie da.« Mit leisem Schritt verließ Professor Quast das Zimmer.

Herr Bundschuh starrte auf seine Frau und fühlte sich in dieser Sekunde mit ihr auf besondere Weise verbunden. Kurz entschlossen setzte er sich zu ihr aufs Bett, starrte sie mit Tränen in den Augen an und presste sich sodann auf ihren Oberkörper. *Sie ist so weich wie immer.* Liebevoll legte er die Arme um ihre Schultern und begann bitterlich zu weinen.

Sören blieb wie angewurzelt stehen, verschanzte seine Hände in den Hosentaschen und hoffte auf die erste Träne. Endlich fühlte er einen stechenden Schmerz in seiner Brust und ein sanftes Schniefen umspielte seine Nase. Dann, auf einmal brach auch er in Tränen aus und begann laut zu schreien: »Mama … Mama … bitte bleibe bei uns … bitte! Mama!«

Erschüttert ließ er sich auf den Boden fallen, kauerte sich zusammen und umfasste seinen Kopf mit den Händen. Leicht wippend zog er sich immerfort an den Haaren.

»Mama. Mama«, schrie er unentwegt und begann zu zittern. »Mama, nicht …«

Jana bückte sich zu ihm hinab und wollte ihn beruhigen: »Sör, Kleiner, komm in meine Arme! Zu zweit lässt es sich besser weinen.«

Die Geschwister schmiegten sich fest aneinander, während Sören unaufhörlich schrie. Unerwartet riss er sich aus Janas Umarmung, stand auf und lief auf die andere Seite des Zimmers. Wütend schlug er mit den Fäusten gegen die Wand, hielt kurz inne und schaute dann erschrocken auf seine Hände. Sie taten höllisch weh, doch im Vergleich zum Schmerz, den er gerade fühlte, waren das nur Streicheleinheiten. Nicht wissend, wie ihm geschah, kauerte er sich wenig später unter das andere, leer stehende Patientenbett und begann von Neuem zu brüllen. Hell und grell. Noch war dies die Stimme eines Kindes auf dem Weg zum Teenager, welches sich in seinem Innersten nach seiner Mutter sehnte.

Jana kauerte sich zu Sören auf den kalten Boden.

»Sör, ist ja schon gut. Beruhige dich, es ist gut … gut … gut! Wir bleiben einfach hier hocken und warten, bis alles vorbei ist!«, sprach Jana mit beruhigender Stimme auf den Jungen ein.

Ihr Vater hätte eigentlich in dieser schweren Stunde seinen Kindern beistehen müssen. Doch jetzt stand er völlig neben sich und wusste nicht, wie er zu handeln hatte. Zum ersten Mal seit Langem fühlte er sich komplett überfordert und war wie gelähmt, als hätte man ihm Morphium gespritzt und erwartete nun sein Erwachen. Jedoch begann das Martyrium erst jetzt und sollte sich auch nicht ändern wollen.

Quast kam in Begleitung einer mütterlich wirkenden Frau, die ebenfalls wie eine Ärztin aussah, ins Zimmer zurück.

»Guten Tag Herr Bundschuh«, sprach sie mit wohlklingender Stimme und reichte ihm mit einem sanftmütigen Lächeln die Hand. »Mein Name ist Isabella Zeiser, ich arbeite hier als Klinikseelsorgerin und möchte Sie auf Ihrem schweren Weg begleiten.«

Bundschuh reichte ihr wortlos die Hand, und die Verzweiflung stand ihm ins Gesicht geschrieben.

»Klinikseelsorge? Ich glaube nicht an Gott, Frau …«

»… Zeiser«, fügte sie an. »Das müssen Sie auch nicht. Der Schmerz ist für alle gleich, egal, ob man glaubt oder nicht. War nicht Ihre Frau ein gläubiger Mensch und lag ihr Gott nicht am Herzen?«

Bundschuh nickte traurig und presste seine Lippen aufeinander.

»Ja, das war sie, glaubte immer an den da oben«, dabei schaute er mit rollenden Augen gen Himmel, »und was hat's ihr gebracht? Nichts! … Also lassen Sie mich mit Ihrem Mist in Ruhe! Das schaffen wir auch alleine, ohne Ihre Gebete und Weihrauch.«

Frau Zeiser legte wortlos ihre Hand auf die seine und verharrte für eine kurze Weile in dieser Position.

Bundschuh schwieg. Er fühlte ihre Wärme und genoss sie für einen Bruchteil von Zeit, wie sie von nun an nicht mehr existieren würde. Die Zeit, wie er sie gekannt hatte, maß er in Gemeinsamkeiten mit seiner Frau. Zum Beispiel in Spaziergängen, irgendwelchen Belanglosigkeiten, über die man sich gestritten und dann wieder versöhnt hatte, oder aber in wöchentlichen Ritualen wie dem Einkaufen, dem gemeinsamen Kochen, dem Fahrradfahren oder schlichtem Beieinandersein. Das bedeutete für ihn die Zeit. Und jetzt? Jetzt schien sie ihm ins Endlose zu entgleiten, und er konnte sie nicht mehr fassen.

Aus der Ecke drang das flehentliche Seufzen seines Sohnes.

Gott hilf IHM wenigstens, wenn schon nicht ihr! Er ist doch noch ein Kind und das hat er nicht verdient.

»Mögen Sie Kaffee«, hörte Bundschuh Frau Zeiser fragen.

Er nickte mit einem unüberhörbaren Brummen.

»Und ihr? Eine Cola?«

Jana schaute ihren Bruder an und spürte sein einvernehmliches *Ja.*

»Ja, Cola bitte!«, sagte sie.

Die Worte Cola und Kaffee klangen irgendwie nach Erdung. Nah und lebendig erschienen diese Begriffe jetzt. Gabriele mochte das schwarze Getränk, und ohne ihren morgendlichen Kaffee begann für sie kein Tag.

Heiko Bundschuh setzte sich mit dem Plastikbecher voll Kaffee zu seiner Frau aufs Bett und besah sich ihre kleinen Fältchen um den Mund herum, die kaum sichtbar waren. Kleine winzige Furchen, die noch immer lebendig wirkten.

Er keuchte und rang nach Atem.

Für einen Augenblick schloss er die Augen.

Machte eine Pause. Nur eine kleine, bis er sich wieder beruhigt hatte, und holte Luft. Doch vergeblich. Bundschuh fühlte einen brennenden Schmerz im Brustkorb. Unruhe machte sich in ihm breit. Er brauchte Luft. Viel Luft. Er musste raus. Raus aus diesem Leid. Nur ohne seine Frau wollte er nicht gehen. Jetzt hieß es, sie zurückzulassen. Alleine. Hier und jetzt.

»Papa, ich will gehen!«, kam die erlösende Forderung seiner Tochter. »Lass uns gehen, hier werden wir noch verrückt! Ich brauche jetzt eine Zigarette.«

Bundschuh schaute seine Tochter erstaunt an. »Du rauchst?«

»Ja!«

»Hast du auch eine für mich?«

»Klaro, komm und wenn du willst, bekommst du auch noch einen Schnaps.«

Die drei gaben Gabriele noch einen letzten Kuss auf die Wange, streichelten ihre übereinandergeschlagenen Hände und gingen wortlos nacheinander aus dem Zimmer.

Draußen auf dem Gang bat Herr Bundschuh seine Kinder zum Vorangehen, da er noch etwas mit dem Arzt besprechen wollte.

»Eine letzte Frage, Professor. Was wäre gewesen, wenn wir Ihnen für ein Spenderherz Geld geboten hätten? Hätte Gabriele dann eine Chance gehabt?«, stellte Bundschuh mit bohrendem Blick seine Frage.

Quast tat überrascht und zuckte mit den Achseln.

»Das ist eine Frage, die ich Ihnen nicht so einfach beantworten kann. Mein Rechtsempfinden verneint selbstverständlich Ihre Überlegung nach käuflichen Organen, aber …«, er stockte, holte tief Luft und setzte fort, »… aber mein kriminelles Gespür lässt hier viel Spielraum für schmutzige

Geschäfte. Mehr kann ich Ihnen dazu nicht sagen. Ich hätte Ihnen auch mit Geld nicht weiterhelfen können, glauben Sie mir! Das verbietet mir mein ärztliches Ethos.«

Bundschuh schaute ihn traurig an, bekam weiche Knie und hätte eigentlich mit einer solchen Antwort rechnen müssen. Selbst wenn es käufliche Organe geben würde, hätte der Arzt mit großer Wahrscheinlichkeit nicht im Krankenhaus sein Statement dazu abgegeben. Solche Dinge besprach man üblicherweise in einem anderen Rahmen.

»Danke, das dachte ich mir schon. Wir gehen jetzt nach Hause. Ich werde mich dann um die Beerdigung kümmern. Vielleicht lenkt das ab.«

»Ja, wenn ich Ihnen irgendwie behilflich sein kann, lassen Sie es mich wissen! Auf Wiedersehen Herr Bundschuh … Mein herzliches Beileid!«

Die Männer drückten einander die Hand und sahen sich tief in die Augen.

Bundschuh drehte sich um, während Professor Quast ihm noch eine Weile nachblickte, bis er wenig später zu einem Notfall gerufen wurde.

Die nächsten Tage vergingen, wenn auch langsam, aber sie vergingen. Sie waren geprägt von Trauer, Kummer, unfassbarem Schmerz, aber auch von Wut. Wie unter Trance gingen Sören und Jana zur Schule. Sören erlitt permanent Heulkrämpfe, woraufhin sein Vater ihn für eine Woche krankschreiben ließ. Die Starke unter ihnen war Jana, sie hielt die Familie zusammen, kümmerte sich liebevoll um ihren Bruder und schmiss den Haushalt. Ihr Vater dagegen gab sich seiner Trauer hin, starrte stundenlang an die Wohnzimmerwand, rauchte unentwegt, obwohl er das Rauchen vor vielen Jahren aufgegeben hatte, und trank abends zu viel Alkohol.

Die Familie drohte zu zerbrechen.

Nach dem letzten Willen seiner Frau ließ Heiko Bundschuh sie verbrennen. Sie wünschte sich einen Ort der Ruhe und des Friedens. Keinen normalen Friedhof, sondern einen geschützten Wald fernab von Hektik, Lärm und Verkehr und fand ihn schließlich in *Waldstille St. Helena*, einem Waldfriedhof außerhalb von Heidelberg. Hier gab es keine Grabsteine, sondern nur Bäume mit kleinen rautenförmigen goldenen Tafeln, die an die Verstorbenen erinnerten.

Die Autokolonne schlängelte sich an jenem 24. November 2001 den schmalen kurvigen Weg Richtung Wald empor, der vom vorangegangenen Regen völlig durchnässt war. Überall hatten sich kleine Pfützen gebildet, die von Wagenrädern zur Seite gespritzt wurden. Der nasse Sand klebte an den Karosserien und ließ sie wie Geländewagen wirken.

Nacheinander reihten sich die parkenden Autos auf dem rötlichen Schotterweg ein.

Menschen in wetterbeständiger Kleidung stiegen aus den Fahrzeugen und schlossen fast gleichzeitig die Türen.

Es war kalt, und ein unangenehmer Herbstwind kroch durch den Wald. Wie ein Geist, der seine lange widerliche Hand um die Besucher legte. Man spürte förmlich den Tod, der diesen Samstag umgab. Selbst die dunklen Schatten der Bäume suggerierten ein Bildnis von menschlichem Ende, durch das sich nicht einmal mehr ein Sonnenstrahl traute.

Melancholie lag in der Luft.

Überall hingen blaue Luftballons an blauen Bändern und wiesen den Trauernden den Weg.

Die kleine Menschenmenge begab sich zu einer schlichten Holzkapelle.

Davor stand die Familie Bundschuh und nahm die Beileidsbekundungen der Trauernden entgegen. Ein leises und flehendes Schluchzen untermalte die Stimmung, während aus dem Inneren der Kapelle leise Musik nach draußen drang.

Die ersten Trauernden hatten inzwischen in der kleinen Kirche Platz genommen.

Vorne am Altar stand eine blau schimmernde Urne, daneben das Bildnis der Verstorbenen. Es zeigte sie lächelnd und verschmitzt schauend. Drumherum brennende Altarkerzen, deren Flammen sich tänzelnd nach rechts sowie links bewegten. Vielleicht ahnten sie, dass Gabriele Zeit ihres Lebens gerne getanzt und sich am liebsten mit ihren Freundinnen dazu getroffen hatte.

Trauernde kamen hinzu, begrüßten einander und setzten sich, sodass sich die kleine Kapelle binnen weniger Minuten füllte.

Alle waren gekommen. Ihr Bruder mit seiner Frau und den Kindern. Selbst ihr verhasster Vater. Ihre Schulfreunde. Ihre Freunde, Bekannten und Arbeitskollegen. Einfach alle, die Gabriele kannten, mochten, schätzten und liebten.

Die Kapellentür wurde leise mit einem holzigen Quietschen geschlossen.

Eine Frau von der Friedhofsverwaltung trat vor die Trauergemeinde, sagte etwas über die Verstorbene und gab die Zeit des Redens an Jana, die Tochter von Frau Bundschuh, ab. Unter Tränen gedachte diese ihrer Mutter und hielt die Hände ihres Bruders fest in den ihren, der wiederum seinen Vater hielt. Wie eine schützende Kette standen sie vor der kleinen Gemeinde und man fühlte bis zur letzten Reihe ihre Liebe.

Plötzlich erklang aus dem CD-Player *The Show Must Go On* sowie *Über sieben Brücken musst du gehen*. Musik, die Gabriele wegen ihrer melancholischen Texte liebte und die auch jetzt einen bleibenden Eindruck hinterließ.

Das Schluchzen und Weinen wurde hörbar lauter.

Wenig später öffnete sich die Kapellentür, und man bat die Trauernden zur Urnenbeisetzung an Gabrieles Baum, den ihr Vater als letzte Wiedergutmachung für eine nichterfolgte

Vater-Tochter-Liebe beigesteuert hatte.

Nacheinander ging die kleine Trauergemeinde in den Wald.

Vorne die engsten Verwandten der Verstorbenen sowie die Dame der Friedhofsverwaltung, die die Urne fest umschlossen in ihren Händen hielt.

Es war still. Kein Gemurmel. Kein Laut.

In dem Waldfriedhof, dessen natürlichen Zersetzungsprozess man der Natur überließ, waren gebundene Kränze oder Gestecke nicht erlaubt. Lediglich einzelne Blumen waren erwünscht.

Ohne große Worte übergab die Dame der Friedhofsverwaltung die Urne in das leere Erdreich und bedeckte sie mit einer Schaufel Erde. Heiko Bundschuh folgte mit seinen Kindern, legte eine rote Rose ans Grab und verharrte dann eine Weile. Im Anschluss stellten sie sich beiseite.

Taktvoll taten es ihnen die Trauernden gleich. Ein jeder nahm eine gehäufte Schaufel Erde sowie eine Blume und nahm leise Abschied von Gabriele. Erschüttert blieb man eine Zeit lang am Baum stehen und ging danach wieder zur Kapelle. Dort erhielt jeder noch einen blauen Luftballon mit einem Zettel. Ein letzter geschriebener Gruß sollte es werden, den man dann gen Himmel schweben ließ.

Noch von Weitem sah man die kleinen blauen Kugeln fliegen. Niemand ahnte, warum. Es war kein Akt der Freude, nein, es war das Ende einer wunderbaren Frau, die niemals jemandem etwas zuleide getan hatte und dennoch sterben musste.

Vierzehn Jahre danach

2. Dienstag, 10. November – Konstanz

Freier Fall. Unter Vernachlässigung von Auftrieb, Luftreibung, Zunahme der Gravitationskraft bei Annäherung an die Erde und der Folgen der Erdrotation fällt ein anfangs in Ruhe befindlicher Körper senkrecht mit der konstanten Beschleunigung, deren Wert in Deutschland etwa $9{,}81 m/s^2$ beträgt.

Frei fallen und danach wie ein Vogel schweben, wer träumt nicht davon?

Sie fiel Sekunde um Sekunde und kam der Erde ein Stück näher.

Kaum etwas denken können, aber wohl wissend, dass sogleich ihr kurzes Leben beendet sein würde, rückte das Kopfsteinpflaster Meter um Meter näher. Selbst der Baumwollmantel, in den sie sich vor einer halben Stunde noch geschmiegt hatte, konnte ihr nicht wie ein Fallschirm dienen. Zwar plusterte er sich von der umgebenden Luft auf, aber es half nichts. Der kalte Wind schmetterte wie eine Ohrfeige an ihrem Gesicht vorbei und schlug ihre zarten Wangen. Niemand konnte ihr mehr helfen.

Dann fiel ihr junger Körper mit voller Wucht auf den Asphalt.

Sie war sofort tot.

Ihr Schädel zertrümmert. Ihre Gehirnmasse hervorgequollen, ihr Blut wie ein kleines Rinnsal fließend und ihre Beine und Arme gebrochen.

Nichts erinnerte mehr an sie, so wie sie gerade eben noch gewesen war. Jung, hübsch und unwiderstehlich.

Es war genau 11.00 Uhr, als die Turmglocken des Konstanzer Münsters namens *Conradus* und *Gebhardus* schlugen. Zuerst sauste viermal ein kleiner Eisenhammer auf die *Gebhardusglocke*. BONG-BONG-BONG. Dann ertönte elf Mal die *Conradusglocke*. BONG-BONG-BONG. Ein angenehmer Klang, der die Welt für kurze Zeit vergessen ließ.

Passanten strömten herbei.

Schreie waren zu hören. Laut, grell und angstvoll.

Darunter die Stimmen von Jugendlichen, einer Schulklasse, die an diesem Vormittag gerade zum Gymnasium unterwegs war und deren Weg über den Münsterplatz führte.

Immer mehr Menschen kamen zur Unfallstelle und das Entsetzen zeichnete ihre Gesichter.

Ein junger Mann im Teenageralter reagierte besonnen und legte der toten jungen Frau seine Jacke über den Kopf. Eine Mitschülerin tat es ihm gleich und bedeckte den Rest.

»So jung, da bringt man sich doch nicht um«, meinte kopfschüttelnd eine Passantin und legte vor Entsetzen die Hand über den weit geöffneten Mund.

»Wir müssen einen Rettungswagen rufen!«, entschied eine Frau mit Kinderwagen und griff zum Handy. Kurz darauf gab sie alle wichtigen Daten dem Sprecher auf der anderen Leitung durch.

Ein älterer Mann mit Stock und Hut schaute traurig auf den Boden. »Erst letztes Jahr hatten wir einen ähnlichen Unfall. Eine Selbstmörderin.« Nachdenklich entfernte er sich vom Platz.

Der junge Mann, der seine Jacke über die Tote gelegt hatte, stürzte mit aufgerissenen Augen ins gegenüberliegende Wessenberg-Café und bat den Kellner um einen Schnaps.

»Wie alt sind Sie denn?«, fragte dieser zornig.

»Achtzehn!«, gab er kurz von sich und zeigte dem Barkeeper seinen Ausweis.

»Bisschen früh zum Trinken«, knurrte er und befüllte ein Glas.

»Da stimme ich Ihnen durchaus zu. Aber dort drüben auf dem Münsterplatz liegt eine junge Frau. Tot ... Ich habe sie gesehen und sie sah schrecklich aus«, sprach der junge Mann und japste nach Luft.

Plötzlich verstummten alle Gäste und ein *Gott wie furchtbar* erfüllte den lang gezogenen Raum im Café. Entsetzen machte sich unter den Gästen breit. Eine bedrückende Unruhe folgte. Anscheinend hatte man hier nichts gehört.

Etwas abseits, in einer Nische, saßen Charlotte Kaufmann und Maria Schulz, zwei Rentnerinnen, die gerade ihren morgendlichen Kaffee genossen. Von Zeit zu Zeit begaben sie sich hierher, um dem langweiligen Leben ihres exklusiven Seniorenstifts *Wolkenlos* zu entkommen. Seit dem Mord an ihrem Mitbewohner Max von Billstedt im letzten Herbst waren die beiden enger befreundet.

Frau Kaufmann schaute Frau Schulz entsetzt an. Und Frau Schulz Frau Kaufmann.

»Nee nee, meine Liebe, nicht schon wieder! Die Sache mit dem Billstedt hat mir gereicht. Ick habe keine Lust mehr auf irgendwelche Toten. Ick bin Rentnerin und dit soll auch so bleiben«, maulte Frau Schulz.

»Wir schauen doch nur, Maria. Mehr nicht. Kommen Sie! Ziehen Sie den Mantel über und dann ...«, entgegnete ihr Charlotte.

»... und dann spielen wir wieder Miss Marple!«, keifte Frau Schulz zornig, stand widerwillig auf und schwang sich in ihren alten, bräunlichen, in die Jahre gekommenen Mantel. »Aber danach brauch ick ’nen Schnaps.«

Die beiden verließen das Caféhaus und gingen hinüber zum Münster, das nur ein paar Schritte entfernt lag.

Neugierig trat Charlotte Kaufmann an die Tote heran und hörte bereits von Weitem das laute Tatütata der Polizei. Da ihre Zeit bemessen war, sie aber einen schnellen Blick auf die Tote werfen wollte, bückte sie sich trotz schmerzender Hüfte hinab. Die nasskalte Jahreszeit machte ihr zu schaffen.

Jedoch aufdecken wollte Charlotte die Leiche nicht, denn sie wusste, wie ein Sturz aus schätzungsweise weit über vierzig Meter Höhe einen Menschen bis zur Unkenntlichkeit entstellen konnte. Sie kannte solche Bilder noch aus der Zeit ihres verstorbenen Gatten, als dieser Kriminalbeamter bei der Mordkommission war und des Öfteren Akten mit nach Hause gebracht hatte, nur damit seine Frau sie einsehen konnte. Nicht selten kamen von ihr die entscheidenden Hinweise. Charlotte hatte ein außergewöhnliches Gespür für Mord.

Der linke Arm der Toten ragte unter der Jacke etwas hervor.

Rasch fixierte Frau Kaufmann die Hände. Sie hatte lange dünne Finger, und ihre Nägel schmückte ein dezent farbloser Nagellack. Ums Handgelenk trug die Tote einen schmalen Silberreif mit edel wirkendem Anhänger.

Schnell drehte Frau Kaufmann den Arm ein wenig zu sich und entdeckte am unteren Handgelenk, kaum sichtbar, eine hübsche Tätowierung in Form einer filigranen roten Rose mit kleinen grünen Blättern, die sich wie eine Acht schlängelten.

Wie aus dem Nichts hörte sie die Rufe der Polizei. Man bat die Passanten, beiseite zu gehen, um den Platz absperren zu können.

Alle folgten der Aufforderung der Polizei.

Charlotte Kaufmanns letzter Blick ging zu den Stiefeln der Toten, die sie als teuer einstufte und ihr eine erste Einschätzung abverlangte. *Ich schätze sie auf Anfang zwanzig, wohlhabend, gebildet und sich gerne mit schönen Dingen umgebend.*

Maria Schulz stellte sich neben die gebückte Rentnerin und klopfte ihr auf die linke Schulter.

»Dit arme Mädel. Jott oh Jott. Lassen Sie uns in die warme Stube zurückgehen und uf den Schrecken einen heben! Die Polizei macht dit hier schon.«

Charlotte schüttelte ihren Oberkörper, sodass die Hand ihrer Begleiterin abrutschte. Danach warf sie noch einen letzten Blick auf die junge Tote und stellte sich unter Schmerzen wieder auf.

»Bitte gehen Sie beiseite!«, forderte ein junger großgewachsener Mann in Polizeiuniform und wies mit der Hand vom Fundort weg. Er wirkte streng und warf Frau Kaufmann einen unmissverständlichen Blick zu.

Die Rentnerin schaute ihn ertappt an und verließ mit ihrer Bekannten den Platz. Nach ein paar Metern stoppten die Damen jedoch wieder und schauten neugierig auf das Handeln der Polizei. Rechts von ihnen befand sich ein kleines Bekleidungsgeschäft mit ausgefallener Mode, vor dem eine schlanke Frau mit Pferdeschwanz angeregt telefonierte und sich durch nichts beirren ließ. Ihr kleiner, etwa fünfjähriger Sohn trat von einem Fuß auf den anderen und begann gelangweilt zu quengeln.

»Mama, lass uns gehen! Sonst kommt der Schattenmann runter.«

»Gleich, Schätzle, Mama ist gleich fertig!«, beruhigte ihn die Mutter. Jedoch konnte sie mit seiner Bemerkung nichts anfangen.

»Will jetzt gehen! Hab keine Lust mehr«, maulte er wieder.

Frau Kaufmann hörte den beiden aufmerksam zu und dachte an ihre Kinder, als diese noch klein gewesen waren. Fünfzig Jahre war das nun schon her und die Ungeduld der Kinder hatte sich in all den Jahren nicht verändert.

Die alte Dame wandte sich dem Kleinen zu und versuchte, ihn aufzuheitern.

»Na, kein schöner Tag heute«, sagte Charlotte Kaufmann verständnisvoll und streichelte den Burschen über seine Wollmütze.

»Mir ist kalt, ich will nach Hause. Mama soll nicht telefonieren«, bockte der Junge und formte mit seinen Lippen eine Schnute.

»Stimmt! Im Herbst ist es oft so trist wie heute«, stellte die Rentnerin fest und flüsterte der Mutter des Jungen ins Ohr: »Vielleicht sollten Sie lieber mit Ihrem Sohn nach Hause gehen. Vor ein paar Minuten ist eine junge Frau vom Münster gefallen. Sie ist tot. Ihr Sohn sollte das nicht mitbekommen.«

Die Brünette erschrak und bekam erst jetzt den Tumult auf dem Münsterplatz mit, der sich langsam auszudehnen drohte.

»Was? Oh mein Gott. Danke!«, begann sie zu stottern und legte ihre flache Hand auf den Mund. »Ja, klar! Komm, Korbinian, wir gehen!« Sie schnappte ihren Sohn und wollte gehen. Jedoch der Kleine drehte sich noch einmal zu Frau Kaufmann um und fragte, ob sie ihn in seinem bunten Kinderhaus besuchen möge.

Die Rentnerin nickte zustimmend und versprach es. *Korbinian, wie der heilige Korbinian,* dachte sie belustigt.

»Dit ist ja 'ne süße Flitzpiepe«, entgegnete Maria Schulz und fuhr sich durch ihr ergrautes welliges Haar. »In Berlin sind die Kleenen viel kesser, sag ick Ihnen.«

Charlotte schaute Maria mit einem breiten Schmunzeln an und vernahm hinter ihrem Rücken eine ihr bekannte Stimme. *Oh je, ich glaube, jetzt gibt's Ärger.*

»Mutter?«

Charlotte Kaufmann ignorierte den Ruf.

»Mutter? … Ne oder? … Was machst du denn hier?«, fragte Rudolf Hufnagel, leidender Ermittler der hiesigen Mordkommission. Hufnagel hatte den Namen seiner Ehefrau angenommen weil er nicht ständig mit seinem Vater verglichen werden wollte. Auch er war bei der Kriminalpolizei und darüber hinaus einer der besten Ermittler.

Die alte Dame drehte sich langsam nach hinten um und sah sich ihrem Sohn gegenüberstehen. Er sah müde aus und hatte um den Kragen seines dunklen Anoraks einen beige-rot karierten Schal geschlungen.

»Ach Rudi«, begann sie, »wir waren gerade im Wessenberg-Café, als das Unglück geschah«, versuchte sie, sich zu rechtfertigen. »Wieso bist du denn hier? War es etwa kein Selbstmord?«

»Na, so ein Zufall«, antwortete er freundlich und schenkte ihr ein versöhnliches Lächeln. »Ich kann dir nichts sagen, laufende Ermittlungen, du kennst das Prozedere doch! Noch wissen wir nicht, ob es Selbstmord oder Mord war.«

Charlotte Kaufmann zuckte ertappt mit den Schultern.

»Ihre Frau Mama sagt die Wahrheit. Wissen Sie, seit einem Jahr ist Flaute im Altenheim. Langeweile ohne Ende, sag ick Ihnen! … Wir alten Weibsen sind doch um jede Abwechslung froh … So wat Grausames, wer bringt sich denn in dem Alter um? Hatte wohl Liebeskummer oder so. Aber für son blöden Kerl gleich allet ufs Spiel zu setzen, ist nun wirklich das Letzte.«

Charlotte schaute Maria mit bösem Blick an. *Wie kommt sie nur auf einen Mann?*

»Wat ist denn nun schon wieder? Hab ick nicht recht?«, knurrte Maria und sah missbilligend in die Augen ihrer Bekannten, während Hufnagel sich das Lachen nicht verkneifen konnte.

Wie so oft missfiel der Kaufmann die schnoddrige Berliner Klappe von Frau Schulz. Dennoch musste sie ihr beipflichten. Schließlich einigten sich die Rentnerinnen, ins Altenheim zurückzukehren.

Unterdessen wurde der Münsterplatz von Polizisten abgesperrt.

Herr Hufnagel ging völlig aufgelöst über den Platz. *Was mache ich nur? Frau Andres kommt erst morgen aus dem Urlaub zurück. Ich sollte sie anrufen!* Hufnagel war unfreiwillig in diesen Schlamassel geraten und hoffte, zur Straßenverkehrspolizei zurückkehren zu können. Aber sämtliche Anträge auf Versetzung hatte sein Chef, Harald Amans, mit fadenscheinigen Begründungen abgelehnt. Angeblich war Klaus Kaltbrunn, der eigentliche Leiter der Mordkommission, nach seinem Treppensturz im Altenheim und den damit verbundenen Arm- und Beinbrüchen noch immer nicht in der Lage, seine Arbeit wieder aufzunehmen. Nach einem langen Krankenhausaufenthalt folgte eine ebenso lange Reha-Maßnahme und dann die Krankschreibung. Angeblich hatte er auch keine Lust mehr auf den Polizeidienst. Somit hatte Hufnagel seit über einem Jahr seine Vertretung.

Im Hintergrund ertönte die Sirene vom Notarztwagen.

Ein Teil der Polizisten begann mit der Befragung der herumstehenden Passanten und nahm deren Personalien auf.

Läuft doch alles, dachte Hufnagel und tat geschäftig. *Bloß nichts anmerken lassen. Die Leute von der Spurensicherung wissen schon, was zu tun ist.* Vorsorglich nahm Hufnagel einen kleinen Notizblock heraus und begann, ein paar Worte darauf zu kritzeln.

Neugierig ging er zur Leiche und schaute sich den Unglücksort aus der Nähe an.

Ein Mann der Spurensicherung im weißen Kapuzenanzug schoss gerade Fotos von der Toten, nahm die übergelegte Jacke ab und knipste weiter.

Hufnagel erschrak beim Anblick der jungen Frau. Ihr Gesicht war vollkommen entstellt und bis zur Unkenntlichkeit zertrümmert worden.

Erschüttert wandte sich Hufnagel von der Leiche ab und war kurz davor, sich zu übergeben, als jemand die Hand auf seine Schulter legte.

Hufnagel zuckte zusammen und drehte sich irritiert nach hinten um.

»Reißen Sie sich zusammen, Chef! Lassen Sie sich bloß nichts anmerken«, forderte eine Frauenstimme im Flüsterton. Es war seine Kollegin Nadine Andres, die, wie er glaubte, noch im Urlaub weilte.

»Was machen Sie denn hier? Ich dachte, Sie wären auf den Kanaren?«, brummte Hufnagel leise.

»War ich doch auch. Bin gerade zurückgekommen und wollte mit einer Freundin etwas essen gehen, als ich den Wirt mit einem Gast sprechen hörte. Was ist passiert?«

Hufnagel erstattete seiner Kollegin einen ausführlichen Bericht.

»Und, war es Mord oder Selbstmord?«, bohrte sie nach.

»Schwer zu sagen. Im Moment sieht es für mich eher nach einem Selbstmord aus.« *Ich hoffe es zumindest, dann habe ich keinen neuen Mordfall. Der im letzten Jahr hat mir gereicht. Und aufgeklärt haben wir ihn auch nicht. Wenn mir das wieder passiert, kann ich meinen Hut nehmen, und das vor meiner Rente. Wäre doch mehr als peinlich.*

»Mhm … so … meinen Sie? Hatten wir nicht erst im letzten Jahr einen ähnlichen Fall? Damals stürzte, soweit ich mich noch erinnere, eine Schülerin herunter.«

Nadine besah sich die tote Frau aus der Nähe. Auch sie fand ihren Anblick beklemmend, ließ sich aber ihren Ekel nicht anmerken. *Mensch, du warst noch so jung. Erzähl, was ist passiert?*

»Wissen wir schon, wer sie ist, pardon, war?«

Hufnagel verneinte.

Nadine begab sich in die Hocke und besah sich die Gliedmaßen der Toten. Auch ihr fiel die kleine Tätowierung am linken Handgelenk auf sowie ihr schickes Outfit. Gleichzeitig warf sie einen Blick hinüber zum Münster.

Sie erhob sich wieder und stellte sich neben Hufnagel.

»Chef, ich schaue mir mal den Kirchturm aus der Nähe an. Vielleicht war sie nicht alleine oder wurde womöglich hinuntergestürzt.«

Der Mann der Spurensicherung mischte sich ins Gespräch.

»Kollegin, ich schätze Fremdeinwirkung ist auszuschließen. Ich konnte auf den ersten Blick keinerlei Würgemerkmale oder Hämatome feststellen«, maßregelte er sie.

»Sie sagen es! Der erste Blick. Warten wir doch bitte den zweiten Blick ab, bevor wir voreilige Schlüsse ziehen!«, widersprach Nadine vehement. »Ich erwarte morgen erste Ergebnisse auf meinem Tisch!«

Pikiert schaute sie der Mann an und sicherte die Auswertung zu.

Na bitte, geht doch. Dass die Typen immer glauben, einem sagen zu müssen, wo's langgeht, nur weil man jung ist. »Also, Chef, wie sieht's aus, wollen Sie mit?«

»Etwa auf den Turm rauf? Nee, Sie haben die jüngeren Beine. Gehen Sie mal!«

Mann, vom Fliegen hält er nichts und jetzt kann er nicht mal einen Kirchturm besteigen, grübelte Nadine und sah missbilligend zu Hufnagel.

Kurz entschlossen marschierte sie schnurstracks auf das Münster zu. Es war verschlossen. Sie griff zum Handy und setzte sich mit dem Pfarrbüro der katholischen Kirchengemeinde Konstanz-Altstadt in Verbindung. Die dortige Pfarrsekretärin, Frau Anja Otte, versprach, sie unverzüglich ins Münster zu lassen, und bat um ein paar Minuten Geduld.

Nadine harrte fröstelnd vor dem Münster aus und sah wenig später eine Frau im Lodenmantel, die sich dem Gebäude näherte.

»Vielen Dank«, rief Nadine der kleinen älteren Frau mit kurzem Pagenschnitt zu, als sie diese einen Meter entfernt vom Eingangsportal erblickte. Gleichzeitig reichte sie der ernst wirkenden Frau die Hand.

»Schlimme Sache, aber ich verstehe das nicht. Normalerweise ist der Turm jetzt im November geschlossen. Wie konnte die junge Frau nur hinauf?«, fragte diese gleich los und ließ Nadine kaum Zeit zum Antworten. Ihre Stimme klang betrübt und man spürte, wie sehr ihr der Tod an die Nieren ging.

»Aha. Geschlossen, sagten Sie? Dennoch hat sie jemand ins Münster gelassen. Ich nehme mal an, dass sie keinen Schlüssel besaß, oder?«, hinterfragte Nadine herausfordernd.

Frau Otte schaute sie entrüstet an, denn in ihrem Pfarrbüro herrschte Ordnung.

»Wo denken Sie hin! Der ist im Büro in sicherer Verwahrung«, rechtfertigte sich die Pfarrsekretärin und zeigte ihren Unmut mit einem zornigen Blick.

»Wie viel Schlüssel gibt es denn?«, erkundigte sich die junge Polizistin feinfühlig.

»Drei! Einen habe ich, einen unser Pfarrer und einer ist immer verschlossen.«

Nadine begann zu frieren, trat von einem Fuß auf den anderen und wollte ins Münster.

»So etwas in der Art dachte ich mir schon«, antwortete sie. »Dann gehe ich jetzt auf den Turm.«

Frau Otte wies ihr den Weg und Nadine stieg Stufe um Stufe den schmalen Gang vom Turm hinauf. Obwohl ihre Kondition durchs regelmäßige Joggen gut war, kam sie bereits auf halber Strecke aus der Puste. 193 Stufen galt es, bis zur Plattform zu überwinden.

Unter Schnaufen erreichte sie schließlich die Aussichtsform und war sichtlich erstaunt über den Gittertunnel, der sich über die gesamte Fläche erstreckte. Vorsichtshalber zog sie ihre mitgebrachten Gummihandschuhe über.

»Alles dicht, wie konnte sie denn da überhaupt springen?«, überlegte Nadine und ging langsam das Gitter ab. Sie wackelte daran, aber es schien fest verankert zu sein. Mit der flachen Hand glitt sie über das Gitter und schritt es ab, bis sie an eine kleine, verschlossene Tür gelangte. *Mhm, die einzige Stelle, um an die Brüstung zu gelangen.*

Nadine bückte sich und besah die Tür genauer.

Sie war fest verschlossen und auch sonst fand sie keinerlei Hinweise, die auf eine erst kürzlich geführte Begehung hätten schließen können. Dennoch forderte sie sicherheitshalber ein Team der Spurensicherung nach oben. *Merkwürdig. Entweder hatte die Tote einen Schlüssel zu beiden Türen oder jemand war ihr behilflich. Stellt sich nur die Frage, war es der Mörder oder war er oder sie ihr beim Suizid behilflich. Würde ich meiner besten Freundin dabei helfen? Wohl kaum. Riecht irgendwie nach Mord. Oh je, das wird Hufnagel gar nicht freuen. Der hatte doch schon im letzten Jahr die Nase gestrichen voll von seinem ersten Mordfall.*

Nadine zögerte und entschied, wenn sie schon einmal die 193 Stufen zur Plattform auf sich genommen hatte, auch den Ausblick vom Turm zu genießen. Ihr Blick schweifte über den Bodensee, der ruhig vor sich hin schlummerte und vom typischen Novembernebel umhüllt war. Sie erinnerte sich an den letzten Sommer, als Segelboote wie bunte Pinseltupfer übers türkisblaue Wasser geschippert waren, und sinnierte über die Konstanzer Altstadt mit ihren Häuserdächern und Dachterrassen, die den Charme des Südens suggerierten. Doch jetzt blickte sie auf schneebedeckte Alpen und begann allmählich zu frieren.

Ein tiefer Seufzer, verbunden mit dem Wunsch nach wohliger Wärme, entwich ihr.

Rasch stieg sie wieder die Treppen hinab.

Unten angekommen verabschiedete sie sich von Frau Otte und ging zu Rudolf Hufnagel hinüber, der sich angeregt mit einem der Polizisten unterhielt. Kaum dass er seine junge Kollegin kommen sah, wandte er sich ab und lief ihr entgegen.

»Und, wie sieht's oben aus?«, fragte dieser in der leisen Hoffnung, dass Nadine ihm sagen könnte, dass sie das Ableben der jungen Frau als Selbstmord einstufen würde.

»Nicht gut, Chef. Auf den ersten Blick konnte ich zwar keine Spuren eines Kampfes oder Ähnliches erkennen, aber die Plattform ist durch ein Gitternetz vollkommen abgesperrt und man kommt nicht an die Brüstung heran, es sei denn …«

Hufnagel schaute verwundert.

»… es sei denn?«, fragte er nach.

»… es sei denn, sie hatte einen Schlüssel zur einzigen Tür, die zur Brüstung führt.«

»Dann halten wir Augen und Ohren danach offen. In der Zwischenzeit habe ich den Abtransport der Toten in die Rechtsmedizin nach Freiburg veranlasst. Die Obduktion gibt uns sicherlich Aufschluss über die Todesursache.«

»Gut, dann komme ich vielleicht doch noch zu meinem Abendessen«, meinte Nadine lächelnd und steckte die Hände in ihre braune Lederjacke.

Hufnagel musste schmunzeln und war froh über das unerwartete Erscheinen der Andres.

»Ja, gehen Sie ruhig! Der Rest ist nur noch Formsache.«

»Okay, dann mache ich mich mal vom Acker. Wir sehen uns morgen im Büro.«

Man, die jungen Leute haben eine Ausdrucksweise, dachte Hufnagel und schaute seiner Kollegin belustigt nach, bis sie in einer der Häuserfluchten der alten Gassen verschwand.

Inzwischen war es Nachmittag geworden. Hufnagel hatte noch keinen Happen gegessen und entschied, in ein italienisches Lokal zu gehen. Ihm war nach Pizza.

Gut gelaunt verließ er eine Stunde später die Pizzeria in der Fußgängerzone. Inzwischen hatte es zu regnen begonnen, doch ohne Schirm kam er bei dem starken Regen nicht allzu weit. Kurz entschlossen stellte sich Hufnagel in einen Hausflur und wartete geduldig, bis sich der Regen gelegt hatte.

3. Mittwoch, 11. November

H*ach, Charlotte, du solltest aufstehen*, grübelte Frau Kaufmann, sich in ihre warme Bettdecke hüllend. Der Blick zum Fenster war nicht gerade hilfreich. *Sieht nach Regen aus*, dachte sie. *Langsam wird's hell.*

Mit einem lauten Gähnen drehte sie sich auf die andere Seite ihres Bettes. Es quietschte ein wenig und war in die Jahre gekommen, doch davon trennen wollte sie sich nicht. Immerhin hatte es die letzten Jahre ihrer Ehe gut überstanden. Zwar hatte sich die Rentnerin an dem goldgelben Messinggestänge längst sattgesehen, für ein neues Bett war sie jedoch zu geizig. *In meinem Alter brauche ich kein neues Bett mehr*, war ihre Devise. Nach einer geschlagenen Viertelstunde des Haderns und des Nichtwollens setzte sie sich bedächtig auf, legte ihre Hände aufs Bett und drückte sich hoch.

»Sieben Uhr dreißig … mhm … was werde ich heute mit dem Tag anfangen? Zuerst Rudi anrufen, dann Georg. Inzwischen müsste die Tote längst bei ihm in Freiburg auf dem Tisch liegen. Aber vielleicht sollte ich damit noch warten«, sprach sie leise vor sich hin und beobachtete das langsame Vorwärtsrücken des großen Zeigers ihrer Wanduhr.

Gemächlich schlüpfte sie in ihre Latschen und begab sich zur Morgentoilette ins Bad. Sie brauchte eine gute Stunde, bis sie gerichtet und angezogen war. Auch mit dreiundsiebzig legte Frau Kaufmann großen Wert auf ein gepflegtes Äußeres. Meist bevorzugte sie einen Rock mit hübscher Bluse, so auch heute. Selbst das dezente Betonen von Augen und Mund ließ sie sich nicht nehmen. Ganz anders als Maria Schulz. Ihr war jedweder Firlefanz im Gesicht ein Graus.

In diesem Moment klopfte es laut gegen die Tür.

Ahnend ging Charlotte darauf zu und rief bereits von Weitem: »Moment bitte! Maria sind Sie's?«

»Wer denn sonst?«, kam es schnoddrig zurück. »Beeilung, Beeilung! Ich habe Hunger, Charly.« Erneut ertönte ein Wummern gegen die Tür.

Hach, dass sie immer so ungehalten sein muss. Mich macht das ganz verrückt. Stress – und das in meinem Alter. Andererseits macht das Rentnerleben mit dieser Nörgeltrine erst so richtig Spaß. So viel wie mit ihr habe ich lange nicht mehr gelacht.

Charlotte warf einen letzten Blick in den Spiegel, der den kleinen Korridor krönte, und öffnete ihre Appartementtür.

Wer im Haus Wolkenlos sein Rentnerdasein zelebrierte, lebte auf großem Fuß. Die Residenz gehörte zu den besten Häusern Deutschlands, und man tat alles für die verwöhnten Insassen. Das ehemalige Schloss aus dem Besitz des Grafen Golzow lag unweit vom Bodensee, eingebettet in einer hübschen Parklandschaft mit weißen Bänken sowie Blumenrabatten. Nicht jeder wohlhabende Rentner durfte dort leben, und ein strenges Auswahlverfahren entschied über die Aufnahme. Nicht nur die Geldmittel waren entscheidend, nein, auch die persönliche Eignung. Diese Mischung machte letztendlich das Zusammenleben zum einen angenehm und sorgte zum anderen auch für Sprengstoff.

»Guten Morgen Maria. Ich hoffe, Sie haben gut geschlafen?«, erkundigte sich Charlotte Kaufmann freundlich.

»Ging so. In meinem Alter ist man froh, wenn man ein paar Stunden am Stück schlafen kann. Aber nun habe ick Kohldampf und freue mich auf ein gutes, gepflegtes Käffchen.«

Frau Kaufmann schloss ihre Tür und ging mit der Schulz zum Frühstück.

Wie gewohnt setzten sich die beiden an ihr angestammtes Plätzchen und schauten über die angrenzenden Tische. Morgens reichte man das Frühstück als Büfett, das man in einem Zeitfenster von etwa drei Stunden zu sich nehmen konnte.

»Wat is denn heut schon wieder los? Wo bleiben die Ollen denn?«, tuschelte Maria Schulz über den Tisch hinweg.

Frau Leibholz, eine ehemalige Schauspielerin, die nach eigener Aussage bereits mit Marlene Dietrich vor der Kamera gestanden hatte und am Nachbartisch saß, lauerte geradezu auf Unterhaltung und erhaschte sogleich die Wortfetzen der Schulz.

»Die lesen alle noch in der Bibliothek den Südkurier. Schlimme Sache. Haben Sie denn nichts mitbekommen? Gestern hat sich doch so ein junges Ding aus Liebeskummer vom Münster gestürzt. Furchtbar, furchtbar«, sprach sie theatralisch und schmückte ihr Gesagtes mit den Händen aus.

Maria Schulz schaute genervt zur Leibholz und rollte mit den Augen.

»Natürlich wissen wir das. Wir waren doch dabei.«

Frau Leibholz rückte ihren Stuhl näher an Frau Schulz heran und tat geschäftig.

»Wie? Sie waren dabei? Haben Sie etwa den Sturz mitansehen müssen?«, fragte die Schauspielerin echauffiert. »Sie müssen mir alles erzählen!«, setzte sie nach und warf eine lange graue Haarsträhne über ihre rechte Schulter.

Charlotte Kaufmann mischte sich empört ein: »Wie kommen Sie eigentlich auf Liebeskummer?«

»Gäbe es für Sie denn einen anderen Grund, so etwas Schreckliches zu tun? Schauen Sie mal in der Literatur nach! Goethes *Die Leiden des jungen Werthers* oder Shakespeares *Romeo und Julia* sind doch wohl bezeichnende Beispiele.«

»Ich kenne beide Geschichten, aber dennoch gleich Schlüsse auf die Todesursache zu schließen, wäre wohl verfrüht. Noch lässt sich nicht mit Bestimmtheit sagen, ob es Selbstmord oder Mord war«, rechtfertigte sich Charlotte erregt.

»Jetzt lassen Sie mal die Kirche im Dorf! Wir leben hier in der Provinz und nicht in Frankfurt, wo ständig jemand ermordet wird. Dass am schönen Bodensee jedes Jahr ein Mord passieren könnte, kann ich mir einfach nicht vorstellen. Andererseits wurde der Mord an Billstedt im letzten Jahr noch nicht einmal aufgeklärt«, bemerkte Frau Leibholz abschätzig.

Die Damen Kaufmann und Schulz schauten einander an und wussten nur zu gut, dass der Mord am Rentner Max von Billstedt durchaus aufgeklärt worden war, aber keine Verhaftung nach sich gezogen hatte, weil die beiden die Täterin, aus durchaus nachvollziehbaren Gründen, nicht der Polizei preisgegeben hatten.

Maria starrte Frau Leibholz grimmig an.

»Wissen Sie wat? Ick habe jetzt Hunger. Ganz sicher wissen Sie bald, wer es war. Sagen Sie's mir dann!«, sprach die Seniorin provokant und nahm mit der Gabel ein Stück Lyoner vom Teller.

Eingeschnappt wandte sich Frau Leibholz ab und trank einen Schluck aus ihrer Kaffeetasse.

Mit einem lang anhaltenden Augenrollen nahm Frau Schulz einen Bissen vom Brötchen und kaute es mit dezentem Schmatzen durch. »Und wat liegt heute an?«, fragte sie Frau Kaufmann. Ein Brotkrümelchen entwich ihrem Mund und landete auf dem Rand ihres Untertellers. »Ups, du kleenes Scheißerle«, sprach sie mit vollem Mund und gab die Krume mit zwei Fingern an ihre Serviette ab.

Charlotte entging dies nicht, sie sah aber wohlwollend darüber hinweg. Wem nützte es, wenn sie sich aufregte? Letztendlich musste sie Maria nehmen, wie sie war. Manchmal vulgär und von Zeit zu Zeit ausfallend.

Frau Kaufmann wischte sich den Mund mit einer weißen Stoffserviette ab und schaute ungeduldig auf ihre kleine goldene Uhr.

»Na, is wat? Haben Sie Hummeln im Hintern?«, schielte Maria zu ihrer Tischgenossin.

»Verehrteste, ich sollte telefonieren! Wir sehen uns nachher zum Mittagessen«, entschuldigte sich Frau Kaufmann und verließ ohne eine weitere Erklärung den Saal.

Verwundert sah ihr Frau Schulz nach, musterte mit kleinen Augen den leeren Stuhl und zeigte sich mit der Entscheidung nicht einverstanden.

»Und wat mach ick jetzt mit dem angebrochenen Vormittag? Mich langweilen?«, knurrte die Seniorin. Erbost erhob sie sich von ihrem Platz, ging behäbig in Richtung Tür und streifte Lady Montgomery, die wohl vornehmste Frau des Seniorenstifts.

Wie zwei Raubkatzen standen sich die alten Damen gegenüber und starrten einander hasserfüllt an. Für Sekunden herrschte qualvolle Stille. Keine wollte der anderen Platz machen. Die Vornehme dachte wohl, sie hätte es nicht nötig, und die andere war es gewohnt, nicht nachzugeben. Dass die zwei sich nicht ausstehen konnten, spürte man sofort. Und egal, wann sie aufeinandertrafen, erwuchs daraus stets eine kleine Krise.

Zum Glück funkte gerade noch rechtzeitig die russischstämmige Altenpflegerin Irina mit ihrer kess forschen Art dazwischen.

»Sapperlot, was wird das, wenn es fertig ist? Ein Zweikampf zwischen Rentnerinnen?« Dezent schob sie Frau Schulz durch die Tür vom Speisesaal und pustete eine rotgoldene Haarsträhne von der Stirn, die bei der hastigen Vorwärtsbewegung aus dem Haargummi gerutscht war.

Missmutig starrte Frau Schulz hinauf in die Augen der Pflegerin, beließ es aber dabei und ging kopfschüttelnd weiter. *Das nächste Mal zeig ich's der! Die soll ja nicht globen, dass ich kusche. Mit mir nicht!*

Währenddessen hatte Frau Kaufmann das Appartement erreicht und setzte sich auf ihr gemütliches Sofa. Vorsichtshalber hatte sie Lesebrille und Telefonapparat zurechtgerückt und suchte aufgeregt die Nummer ihres langjährigen Studienfreundes Georg Hasel, der als Rechtsmediziner am Universitätsklinikum Freiburg arbeitete.

Ziffer um Ziffer drückte sie die Tasten ihres Telefons und vergewisserte sich, ob die Nummer auch stimmte. Das Besetztzeichen ertönte.

Resigniert legte sie den Hörer auf den Apparat und schaute wartend aufs Telefon. Diese Stille war ihr verhasst. *Klingle! Hörst du, klingle! Georg!*

Als hätte er Charlottes Stimme vernommen, rief Hasel eine viertel Stunde später zurück.

»Charly, du hattest angerufen?«

»Hach, Georg, endlich.«

»Na, was gibt es denn so Dringendes, meine Liebe? … Lass mich raten! Die Tote vom Münster?« Sein nachfolgendes Lächeln war nicht zu überhören.

»Georg!«, pustete sie in den Hörer und fühlte sich ertappt. »Hach, du kennst mich doch. Ich kann's nicht lassen. Erzählst du mir, was bei der Obduktion herausgekommen ist? Biiiiittte«, zog sie das Wort in die Länge.

»Charly, wenn ich dir jetzt sage, dass ich das nicht darf, bringt es sowieso nichts. Also, wir sind gerade mitten in der Obduktion. Du musst dich noch ein paar Stunden gedulden. Ich rufe dich später zurück!«

Geduld gehörte eigentlich zu ihren Tugenden. Nur heute nicht. Charlotte Kaufmann platzte vor Neugier. Widerwillig verabschiedete sich die alte Dame von Hasel und betonte, doch bitte zurückgerufen zu werden.

Die Seniorin blieb noch eine Weile auf ihrem Sofa sitzen und wusste, wenn sie sich jetzt nicht beschäftigen würde, würde sie Georg erneut anrufen, mit dem Ergebnis, seinen Zorn auf sich zu ziehen.

Suchend blickte sie sich im Wohnzimmer um, stellte ihren Fernsehapparat an und schaute eines der vielen Vormittagsmagazine. Doch Ungeduld war kein guter Begleiter. Immerzu blickte sie aufs Telefon und dann zur Uhr, spielte nervös an ihrer Fransentischdecke und stand schließlich auf, um ihre Blumen zu gießen. Um der Sendung auch weiterhin beiwohnen zu können, stellte sie den Ton lauter und schlurfte mit ihrer kleinen hellgrünen Gießkanne durchs Zimmer.

Nach etwa zwei Stunden erfolgte der erlösende Anruf. Endlich, die Warterei hatte ein Ende.

»Charly, wir gehen von einem Selbstmord aus. Die Tote wies keinerlei Abschürfungen oder Hämatome auf. Lässt also vermuten, dass sie sich vom Münster gestürzt hat«, sprach er leise und langsam in den Hörer.

Für Sekunden herrschte ein verhaltenes Schweigen.

»Charlotte, bist du noch da?«

»Ja, ja, ach so … Na ja, muss ja nicht immer ein Mord sein. Und sonst war nichts?«, hakte sie nach, in der leisen Hoffnung wenigstens irgendeinen Anhaltspunkt für eine gegenteilige Einschätzung zu hören.

»Sie muss vor ihrem Tod Valium geschluckt haben, eigentlich nichts Ungewöhnliches bei einem Suizid. Das Medikament wirkt beruhigend und angstlösend. Möglicherweise litt sie unter Depressionen, allerdings würde ich bei der geringen Medikamentengabe nicht davon ausgehen. Daher ist ein Selbstmord sehr wahrscheinlich! Es sei denn …«

Sie unterbrach ihn und wiederholte seine letzten Worte: »*… es sei denn?*«

»Es sei denn, sie wurde vom Turm gestoßen oder zumindest animiert zu springen. Das wiederum herauszufinden, obliegt der Polizei.«

»Danke, Georg! Du hast mir sehr geholfen.«

»Charly, du bist mir immer noch ein Essen schuldig! Wäre schön, wenn wir das mal in die Tat umsetzen könnten! Ich bin übrigens nächsten Monat in Konstanz.«

»Das ist doch wunderbar, dann holen wir das nach! Ich freue mich. Bleib gesund!«

Die beiden legten auf und Charlotte blieb mit einem großen Fragenzeichen im Gesicht auf ihrem Sofa zurück.

***

Zur gleichen Zeit im Polizeirevier Konstanz

Bevor Nadine mit ihrer Tätigkeit beginnen konnte, sorgte sie als Erstes auf ihrem Schreibtisch für Ordnung. Einerseits lagen aktuelle Akten gut sortiert auf dem Tisch, anderseits hatte ihr irgendjemand die zu erledigenden nur hingeknallt. Sie ahnte, wer es gewesen war, riss sich jedoch zusammen und sichtete schnell das Gröbste.

Hufnagel saß bereits am Schreibtisch und erledigte ein paar Telefonate.

»Chef, so hatte ich mir meinen ersten Arbeitstag nach dem Urlaub aber nicht vorgestellt. Das bedeutet Überstunden. Normalerweise bräuchte ich die Zeit für Dringenderes wie die Tote vom Münster. Liegt der Autopsiebericht denn schon vor?«

Hufnagel, der immer noch sprach, schüttelte den Kopf und legte dann auf, um seine eingegangenen Mails zu sichten.

»Ah, doch gerade angekommen. Ich leite Ihnen die Mail mal weiter«, entgegnete er und klickte auf Weiterleiten.

Nadine öffnete das Dokument, druckte es aus und sortierte den mehrseitigen Bericht. Danach begab sie sich wieder an den Schreibtisch.

»Selbstmord? Was? Nee, oder?«, rief sie erbost und preschte vom Stuhl hoch.

»Und was spricht dagegen?«, antwortete Hufnagel erleichtert.

»Alles, Chef! Schon vergessen, sie muss einen Schlüssel gehabt haben, sonst wäre sie nicht aufs Münster gekommen. Wenn es tatsächlich Selbstmord war, sollten wir schleunigst den Schlüssel bei ihr finden, sonst gebe ich keine Ruhe! Noch immer wissen wir nicht, wer sie war.«

»Richtig, uns liegt keine Vermisstenanzeige vor.«

»Kein Wunder, die darf erst nach vierundzwanzig Stunden gestellt werden. Heißt also abwarten, andererseits sollten wir vielleicht in der Tageszeitung eine Suchanzeige inserieren. Vielleicht vermisst sie doch jemand«, meinte sie.

Daraufhin setzte sich Nadine mit der Lokalredaktion der hiesigen Tageszeitung, dem Südkurier, in Verbindung und gab die wichtigsten Daten der jungen Frau durch. Man versprach ihr, in der nächsten Ausgabe, gut sichtbar, eine Anzeige zu schalten und nach sachdienlichen Hinweisen aus der Bevölkerung zu fragen.

Doch die Konstanzer waren längst in Unruhe geraten und ein jeder, der eine junge Frau seit ein paar Stunden vermisste, rief bei der Polizei an und bat um Hilfe. Bislang ließ man keine näheren Angaben über die Tote verlauten, lediglich dass sie Anfang zwanzig war, gab man bekannt.

Gegen Nachmittag stellte man Nadine den Anruf einer Studentin durch und bat diese, ihre soeben gemachten Angaben der jungen Polizistin zu wiederholen. Ihre Beschreibung einer Kommilitonin passte haargenau auf die Tote. Die Vermisste hieß Yvonne Laufenburg, war circa 1,75 Meter groß, attraktiv, rothaarig, gepflegt, stets gut und teuer gekleidet, introvertiert und scheu. Sie studierte im sechsten Semester Jura an der Universität Konstanz. Weiterhin erzählte die Anruferin, dass Yvonne Laufenburg kaum Freunde hatte und darüber hinaus eine Einzelgängerin war. Dennoch vermutete sie, dass die Tote mit jemandem liiert war, da sie des Öfteren unausgeschlafen wirkte und *Knutschflecke* an Hals und Dekolleté hatte. Doch mehr wusste sie nicht.

Nadine war froh, zumindest einen Anhaltspunkt gefunden zu haben, mit dem sie zunächst arbeiten konnte.

»Chef, für mich war das der beste Hinweis überhaupt. Ich werde der Sache mal nachgehen und der genannten jungen Dame einen Besuch abstatten. Laut Adresse wohnt sie recht idyllisch im Musikerviertel. Na ja, scheint wohl aus gutem Hause zu stammen. Passt alles zusammen, Wohnort und Klamotten. Melde mich dann mal ab und halte Sie telefonisch auf dem Laufenden!«, erklärte sie Hufnagel über ihren Schreibtisch hinweg und hatte sich längst in ihre zweireihige khakifarbene Wolljacke geschwungen. Wie eine Detektivin stellte sie den Kragen hoch und warf einen letzten Blick in den Spiegel, der im Inneren des Kleiderschranks aufgehängt war.

»Ist gut, ich werde dann wohl die lästigen Telefonate mit erledigen müssen«, sprach er resigniert und nahm schon wieder einen Anrufer entgegen.

Da es draußen in Strömen regnete, schnappte sich Nadine am Ausgang einen Schirm und eilte damit über den Parkplatz. Mit einem hektisch lauten Scheibenwischen fuhr sie, wie gerade alle Fahrzeuge, im Schritttempo Richtung Fähre, die von Konstanz nach Meersburg im Fünfzehn-Minuten-Takt hin- und herschipperte. Der starke Regen erschwerte die Straßenverhältnisse zusehends.

Obwohl Nadine der Regen nichts ausmachte, steckte ihr die Müdigkeit vom Urlaub noch im Nacken. Eine Woche Lanzarote mit der Weiberclique hatte sie in vollen Zügen genossen. Bei dem dort vorherrschenden milden Klima und den gleichmäßigen fünfundzwanzig Grad Celsius hatten die vier lange Spaziergänge am Strand gemacht, Ausflüge über die Insel unternommen oder sich in ihren Büchern verkrochen. Jedoch vor Mitternacht kamen sie selten ins Bett.

Ganz in der Nähe des Lorettowaldes kam das Auto der Polizistin vor einem eierschalfarben getünchten Mehrfamilienhaus zum Stehen.

Sie stieg aus und schaute an der Fassade empor.

Jede Wohnung hatte einen Balkon mit Edelstahlgeländer sowie Milchglas als Sichtschutz. In der oberen Etage vermutete sie eine Reihe von Penthouse-Wohnungen. Ansonsten wirkte das Haus eher schlicht, jedoch sprachen Lage und Seenähe für hohe Mieten.

Die junge Frau klingelte wahllos bei irgendeinem Namen und hoffte, dass jemand öffnen würde. Und tatsächlich, die Tür ging auf.

Frau Laufenburg bewohnte ein Appartement im ersten Stock. Es lag in der Mitte.

Das Haus wirkte durch den hellen Fliesenboden kalt, fast steril. Hier und da standen ein paar Kübelpflanzen, mehr nicht.

Nadine entschied, sich vorerst in der Nachbarschaft nach der jungen Frau umzuhören und erst dann die Wohnung, gemeinsam mit der Spurensicherung, zu betreten. Vielleicht gab es mit den Nachbarn mehr Kontakt als mit den Kommilitonen. Für gewöhnlich hatte jeder Mensch, sei er auch noch so ruhig, irgendein Geheimnis, das er im stillen Kämmerlein, abgeschirmt von der Außenwelt pflegte.

Sie klingelte zunächst links, doch ohne Erfolg.

Erst beim nächsten Versuch hatte sie Glück und nahm aus der Wohnung ein Geräusch wahr. Jemand schlurfte ihr entgegen.

Mit einem leisen Ziehen, vermutlich vom Windschutz an der unteren Türkante, öffnete jemand die Tür und ein grauer Wuschelkopf zeigte sich.

»Ja, bitte?«, fragte dieser mit tiefer Stimme.

»Hallo Herr Hansen, mein Name ist Andres. Ich bin Polizistin und hätte ein paar Fragen an Sie!«

»Wie bitte? Was sagten Sie?«, brummte es zurück und eine faltige Hand legte das rechte Ohr vom Haar frei.

Nadine wiederholte sich und sprach um einiges lauter.

»Tut mir leid, ich bin schwerhörig, kleines Fräulein. Meine Nachbarin habe ich fast nie zu Gesicht bekommen. Fragen Sie doch besser den jungen Mann neben ihr, der weiß bestimmt mehr!«

»Danke Herr … Hansen.«

»Nein, nein. Mein Mann ist längst tot. Ich bin Frau Hansen!«, korrigierte die alte Dame und legte einen Teil ihres Gesichtes von der Haarpracht frei.

Peinlich, aber ihre Stimme klang wie von einem Mann, dachte Nadine.

Sie entschuldigte sich freundlich und schritt zur nächsten Wohnung weiter. Jedoch blieb ihr Klingeln ohne Wirkung.

Grübelnd huschte Nadine eine Etage höher und hoffte, dort etwas zu finden. Plötzlich hörte sie Schritte. Der Nachbar von Frau Laufenburg war inzwischen nach Hause gekommen. Sie hatte er nicht bemerkt.

Erneut klingelte sie bei Renz.

Temperamentvoll ging die Tür auf und ein junger Mann etwa Mitte dreißig, in Anzug, Schlips und passendem blauweißen Einstecktuch stand in der Tür. Es schien, als wäre er gerade vom Einkaufen zurückgekehrt. Noch immer hielt er eine bräunliche Papiertüte in der Hand.

»Hey!«

»Hey«, antwortete Nadine knapp. »Ähm, ich … ich würde Sie gerne etwas fragen.« *Blöde Kuh, jetzt reiß dich mal zusammen. Nur weil der gut aussieht, musst du nicht gleich zum Lämmchen werden.* »Wann haben Sie Ihre Nachbarin zum letzten Mal gesehen?« Unaufgefordert zeigte sie ihren Polizeiausweis.

»Polizei? Hat sie falsch geparkt? Ach, Yvonne hat kein Auto«, sagte er lächelnd und zeigte seine ebenmäßig weißen Zähne.

»In dem Fall kannten Sie Frau Laufenburg?«

»Kannte wäre zu viel gesagt. Ich wollte mal mit ihr ausgehen. Aber sie sagte nur, sie gehöre jemandem. Wieso eigentlich *kannten*?«

»Frau Laufenburg ist gestern vom Münster gestürzt. Wir vermuten Selbstmord.«

»*Selbstmord???*«, wiederholte er gefasst. »Aber …?«

»Sie meinten, sie gehöre zu jemandem!«, verbesserte Nadine.

»Nein, Sie haben mich schon richtig verstanden! Yvonne sagte, sie gehöre jemandem!«

Was macht das denn für ein Unterschied. Sicherlich wollte sie ihm einfach nur klarmachen, dass sie nichts von ihm will. Und irgendwie verstehe ich sie sogar. »Und die Wohnung? Die Mieten sind sicherlich ganz schön gepfeffert, oder?«

»Sieht das hier nach Mietwohnungen aus? Nee, nee hier wohnen nur Eigentümer.«

Nadine kam ins Stocken. *Eigentumswohnung, Studentin, teure Klamotten. Reiches Mädel, also.*

»Aha, wenn man Tür an Tür wohnt, bekommt man doch so einiges mit! Freunde, Gewohnheiten, Geräusche«, sprach sie überlegt.

Der junge Mann schaute Nadine aus schmalen Augen an.

Erst jetzt bemerkte sie, dass seine Unterlippe etwas dicker war als die obere. Auch sein Hautbild gefiel ihr nicht. Leichte Rötungen umspielten die Kinn- und Wangenpartie.

Na ja, schön ist dann doch anders.

»Freunde? Mhm, ach kommen Sie doch bitte herein!«, bat er die Polizistin mit einem Handwinken in den Flur.

Vorsichtshalber blieb Nadine in Reichweite der Wohnungstür stehen. Irgendetwas fand sie an ihm abstoßend. Nun, es war ein Gefühl, das sie nicht beschreiben konnte, aber dennoch war es da und sagte: *Sei vorsichtig!*

»Von Freunden habe ich nichts bemerkt. Sie war eigentlich die meiste Zeit alleine, hatte kaum Besuche und laut, laut war sie nie.«

»Sie sagten, kaum! Also hatte sie Besuch?«

»Ja! Vielleicht einmal im Monat kam ein Mann zu ihr. Ich habe ihn selten gesehen. Meistens habe ich *die* nur gehört.«

»… wenn sie sich unterhalten haben?«, stocherte Nadine nach.

»Nein, das waren eher Geräusche der Erregung.«

»Aha.« Nadine wurde rot. »Ich dachte, sie war leise!«

»War sie auch, aber immer wenn *der* kam, ging's richtig zur Sache.« Er räusperte sich und erzählte weiter: »Die erste Stunde schrie sie laut, dann keuchte sie und dann stöhnte er. Ich fand's widerlich. Geräusche sind ja menschlich, aber was die beiden da veranstaltet haben, geht weit über das mir Bekannte hinaus. Wer kann schon vierundzwanzig Stunden sexuell erregt sein?« Er schaute Nadine mit einem süffisanten Augenaufschlag an und taxierte den Bereich ihrer Brüste.

Nadine fühlte sich unwohl und begann mit ihren Fingernägeln zu spielen.

»Können Sie den Mann beschreiben?«, während sie sprach, überkam sie ein Würgen.

»Nun, er war schätzungsweise zwanzig Jahre älter als Yvonne, sprach sehr gewählt und außergewöhnlich langsam. Vermutlich ein Akademiker. Und noch etwas fiel mir auf. Er kam immer nur nachts.«

»Nachts? Dann wollte er nicht, dass man ihn sieht. Ich an ihrer Stelle wäre neugierig gewesen und hätte aus dem Fenster geschaut!«, überlegte sie und blickte aufs Parkett, das sich mit warmem honigfarbenem Holz über den Flur zog.

»Nun«, begann er zu drucksen. »Na ja, geschaut habe ich schon … Manchmal bin ich rausgegangen und habe zu ihnen nach oben gesehen … Bei dieser Gelegenheit fiel mir auf, dass sein Auto immer zwei Straßen vom Haus entfernt abgestellt wurde.«

»Also haben Sie das Auto gesehen!«

»Nein, aber einen Mercedes-Maybach S-Klasse fährt hier, meines Wissens, niemand. Das Auto ist auffallend, zumal wenn es genau dann hier parkte, wenn Yvonne Herrenbesuch hatte. Finden Sie nicht?«

Nadine nickte zustimmend.

»Können Sie sich noch ans Kennzeichen erinnern?«

»An das Kennzeichen nicht, aber an die Stadt. Es kam aus Friedrichshafen.«

»FN? Okay. Immerhin etwas!«, entgegnete sie. »Sagen Sie mal, wo waren Sie gestern Vormittag gegen elf?«

»*Gestern Vormittag?* An der Schule! Um diese Zeit hatte ich Englisch.«

»Sie sind Lehrer?«

»Ja, ich unterrichte Englisch und Sport am Humboldt-Gymnasium.«

Daher seine altkluge Art. »Gut, vielen Dank!« *Ich werd's überprüfen. Ich glaube, der Typ war eifersüchtig.*

4. Eine halbe Stunde später

In der Zwischenzeit hatte Nadine die Spurensicherung in Kenntnis gesetzt. Als sie dann die Schritte mehrerer Leute im Hausflur vernahm, verabschiedete sie sich sogleich von Renz, was ihr geradewegs zupasskam.

Sie begrüßte ihre Kollegen mit einem lauten »Hallo« und ging mit ihnen in die Wohnung der Toten, welche auf Etagenmitte lag. Der erste Eindruck erzeugte bei der jungen Polizistin sofort ein Gefühl von Sterilität. Alles war feinsäuberlich aufgeräumt. Nichts lag herum. Jedes Stück hatte seinen Platz. Die Kissen auf dem Sofa waren ausgerichtet. Die Gardinen ordentlich zugezogen. Die Schals auf der Garderobe zusammengelegt. Die Pflanzen gegossen.

Die Wohnung hatte klare Strukturen.

Ein lang gestreckter Flur, rechts und links davon Bad und Küche sowie ein großer Wohn- und Schlafbereich mit angrenzendem Balkon. *Nicht übel, so könnte ich mir meine Wohnung auch vorstellen, wenn ich mal aus der WG ausziehe,* überlegte Nadine.

Die Männer der Spurensicherung machten sich an die Arbeit.

Nadine Andres nahm ihr Smartphone heraus und schoss ein paar für sie aufschlussreiche Fotos. In erster Linie interessierte sie das Wohnzimmer, in dem am Fenster ein weißer Schreibtisch stand, und der in ihren Augen nicht wie der Platz einer Studierenden wirkte, sondern wie ein ungeliebter Tisch, an dem man nur ab und zu arbeitete, wenn es etwas zu erledigen gab. Neben dem Schreibtisch standen die passenden Regale voller Bücher.

Nadine ging am Regal vorbei, schaute kurz auf die Bücherrücken und entdeckte schließlich ein Foto der Studentin. Sie strahlte darauf mit einem einnehmenden Lächeln, das selbst Nadine überzeugte. Leicht, federleicht wirkte diese Frau, wie eine Elfe, verletzlich, zart besaitet, so als müsste man sie in den Arm nehmen und vor der Welt beschützen. Sie war äußerst attraktiv. Ihre wohlgeformte sommersprossige Nase, die ausdrucksstarken grünen Augen sowie ihr feurig rotgewelltes Haar verliehen ihr das Aussehen eines Fotomodells. Doch außer diesem Foto fand Nadine keinerlei Hinweise, die auf einen vermeintlichen Freund hätten schließen können.

Neugierig betrat sie die kleine Küche, in der sie eine edel wirkende braunglänzende Einbauküche vorfand. Der Kühlschrank war gespickt mit gesunden Sachen. Gemüse, Obst, ein paar Magerjoghurts, Käse und eine Flasche Mineralwasser. Es gab weder Wurst noch Fleisch noch Alkohol. *Mann, die hat sich ja kasteit. Fehlt nur noch eine Liste mit Gewicht und Waage.*

Im Badezimmer fand sie schließlich die Bestätigung ihrer Vermutung. Frau Laufenburg führte tatsächlich Buch über das tägliche Gewicht und markierte jedes Gramm zu viel mit einem roten Kreuz. Dahinter vermerkte sie den Buchstaben D.

Gedankenversunken ging Nadine zurück zu ihren Kollegen und erkundigte sich nach deren Fortschritten.

Niemand hatte Tabletten gefunden oder irgendwelche Medikamente, die einen geplanten Suizid vermuten ließen. Auch einen Abschiedsbrief fand man nicht. Nichts deutete auf Selbstmord hin.

Der wohl älteste Mann der sechsköpfigen Gruppe grübelte laut vor sich hin: »Seltsam, die junge Frau besaß anscheinend kein Konto. Hier sind nirgends Kontoauszüge.

Und wenn's so ordentlich ist, wie's hier wirkt, hätte man das.«

Nadine dachte über seine Worte nach. *Vielleicht hat jemand alles verwaltet. Ihre Eltern?*

Sie griff zum Handy und rief ihren Chef an.

»Sind Sie noch im Büro?«, fragte sie Hufnagel ein wenig provokant.

»Mhm, leider. Wollte gerade gehen. Was gibt's?«, entgegnete er.

»Na ja, irgendwie finde ich's hier befremdlich. Teures Appartement, aber keinerlei Hinweise auf Freunde oder Familie. Keine Bilder, einfach nichts.«

»Frau Andres? Wo sind Sie eigentlich? Stehe wohl gerade auf dem Schlauch oder habe ich was verpasst?«

»Wiiie verpasst? … Na, ich bin gerade in der Wohnung der Toten. Sie wissen schon, die vom Münster! Habe ich Ihnen doch gesagt. Oder haben Sie es vergessen?«

»Ach so, ja … Nein, nicht vergessen … Keine Fotos, na und? … Mag halt nicht jeder.« Hufnagel schien mit seinen Gedanken längst woanders zu sein und wirkte ein wenig ungehalten.

»Was ist los, Chef? Sie haben doch was?«

»Es ist Mittwoch, Frau Andres!«, gab er beleidigt zurück.

»Ihre Trompetenprobe???«

»Ganz genau! Vereinsabend der Blätzlebuebe-Zunft, wie jede Woche.«

»Mist, habe ich ganz vergessen. Und heute ist auch noch der 11.11. Also dann Chef, bis morgen!«

»War's das?«

»Nicht ganz, der Rest kann warten.«

»Sind Sie sicher, Frau Andres? Dann mache ich mich mal in den Feierabend auf. Bis morgen! Und machen Sie nicht mehr so lange!«

Na, der hat gut reden. Ich kann nicht einfach zu den Kollegen sagen, ich muss zum Verein. Aber Chef bleibt Chef! Wozu hat man Angestellte?

Am nächsten Morgen im Polizeirevier

»Moin, Moin, Chef! Na, hatten Sie einen schönen Abend?«, meldete sich Nadine Andres beim Eintreffen im Büro. Das *Moin, Moin* konnte sie immer noch nicht ablegen, denn es klang nach Fehmarn, ihrer alten Heimat, wo sie aufgewachsen war und das sie aufgrund der Scheidung der Eltern verlassen musste, um mit der Mutter nach Berlin zu ziehen.

Hufnagel schaute sie nachdenklich an und wusste nicht, ob sie ihn nur aufziehen wollte oder ob es ihr ernst war. Stattdessen drehte er den Spieß um: »Und bei Ihnen?«

»Ging so.« *Ach lassen wir das. Ist doch kindisch.* »Also, Chef, es gibt ein paar wichtige Fakten zu recherchieren! Erstens: Wir sollten herausfinden, wer die Eltern der Verstorbenen sind. Und zweitens: Auf wen der Wagentyp Mercedes-Maybach S-Klasse mit dem Kennzeichen FN zugelassen wurde.«

»Maybach? Mercedes? Mhm? … Dann erzählen Sie mal!«

Nadine schenkte sich Kaffee in der Miniküche ein und reichte Hufnagel ebenfalls eine mintgrüne Kaffeetasse. Im Anschluss berichtete sie ihm ausführlich vom gestrigen Abend und erwähnte, dass Selbstmord auszuschließen sei. Die Indizien sprachen eindeutig dagegen. Dann teilten die beiden die zu erledigenden Punkte auf und begannen mit der Recherche.

Etwa nach einer guten Stunde hatten sie alle Informationen via Mail auf ihren Schreibtischen liegen und fanden heraus, dass die Eltern von Yvonne Laufenburg vor mehr als zehn Jahren bei einem Autounfall verstorben waren. Ihre

Großmutter väterlicherseits hatte dann den Teenager nach Konstanz geholt. Jahre später verstarb auch sie, und weitere Verwandte gab es nicht.

Den Wagentyp Mercedes-Maybach S-Klasse hatte man im Raum Friedrichshafen, nach der erst kürzlich erfolgten Einführung im vorangegangenen Sommer, wenig bestellt. Nadine Andres hatte vier Kfz-Zulassungen samt Fahrzeughalter vor sich liegen. Zwei waren privater Natur und die anderen gehörten zum Fuhrpark einer Firma namens ELA-Transplant.

»Gut, dann befasse ich mich als Erstes mit den Alibis von Professor Doktor Walter Schmidt und Freiherrn von Bodelshausen. Und wenn meine Zeit noch reicht, schaue ich mir auch diese Firma an … ELA-Transplant, schon mal von denen gehört?« Nadine schaute erwartungsvoll auf eine Antwort hoffend zu Hufnagel.

»ELA-Transplant? Mal überlegen … Nee, kenn ich nicht«, stellte Hufnagel resigniert fest. Obwohl er schon immer am Bodensee lebte und aufgrund seiner Tätigkeit im Fastnachtsverein eine Unmenge an Leuten kannte, war ihm die Firma kein Begriff. »Komisch, wieso gibt es so wenig Zulassungen?«, erkundigte sich Hufnagel nachdenklich und googelte gleichfalls den Wagentyp. Zwar kannte er den Maybach, aber die Verbindung mit Mercedes überraschte ihn dann doch. »Wow, na, das nenn ich mal einen Preis … Frau Andres, was glauben Sie, was so ein Gefährt kostet?«

Nadine zuckte mit den Achseln. Mit Autos hatte sie nicht viel am Hut. Sie war froh zu wissen, wie man so ein Teil fuhr, geschweige denn tankte. Doch mit Drehmomenten und Hubraum konnte sie wenig anfangen. Außerdem dachte sie erst gar nicht über ein Auto, das sie sich nicht leisten konnte, nach. Ihr reichte ein Roller völlig aus, um von einem

Ende der Stadt zum anderen zu gelangen. Für die beruflichen Einsätze gab es zum Glück Dienstwagen.

»Weiß nicht, siebzigtausend?«, schätzte sie.

»Dann packen Sie noch mal hunderttausend drauf und je nach Ausstattung sind wir noch lange nicht am Ende. Tja, dafür muss eine alte Frau lange stricken«, frotzelte Hufnagel und kratzte sich am Kinn.

»Sooo viel? Wie dekadent. Wer kann sich denn so was leisten?«

»Sie sehen selbst, nicht gerade viele!«

»Also dann fahr ich jetzt auf die andere Seeseite, okay, Chef?«

In diesem Moment vernahm Nadine das leise Surren ihres Handys. Eine WhatsApp von Marcel, ihrem Exfreund, von dem sie sich im letzten Jahr getrennt hatte.

Hallo Nadine, melde dich mal. LG Marcel

Nadine ignorierte seine Nachricht und lief raschen Schrittes in den Hof, bestieg ein Dienstfahrzeug und fuhr in Richtung Fähre, um auf die andere Seeseite des Bodensees zu wechseln. Natürlich hätte sie auch um den See herumfahren können, aber mit der Fähre ging es schneller.

Obwohl Konstanz im Herbst auf Du und Du mit dem Nebel stand, meinte es das Wetter heute gut. Langsam drückte sich die Sonne durch die dichte Nebelwand und ließ ihre Strahlen hindurch.

Nadine fuhr im Schritttempo auf die Autofähre und parkte ihr Fahrzeug ordnungsgemäß nach Einweisung des Fährpersonals hinter einem silbergrauen Geländewagen. Dann stieg sie aus und beschloss, für die Dauer der Viertelstunde Überfahrt aufs Deck zu gehen und sich von der Sonne verwöhnen zu lassen.

Die junge Frau setzte sich auf eine der Bänke. Fröstelnd stellte sie ihren Kragen aufrecht, streckte ihre Beine aus, schlug sie übereinander und genoss den steifen Fahrtwind. *Herrlich, wie daheim auf Fehmarn.*

Erneut vernahm sie das Eintreffen einer WhatsApp und kramte ihr Handy aus der nussbraunen Umhängetasche hervor.

He, warum antwortest du nicht, hast doch meine Nachricht gelesen. M

Sofort stiegen die Erinnerungen vom letzten Jahr in ihr hoch. Damals hatte Marcel sie ständig mit seinen Nachrichten bombardiert. Antwortete sie nicht schnell genug, setzte es Beleidigungen.

Marcel, schon vergessen, mit uns ist es aus!!!, antwortete sie verärgert und drückte auf Senden.

Ich muss dringend mit dir reden. Sorry, wollte dich nicht nerven. Ein Smiley war dem angefügt.

Nadine ließ sich erweichen. *Ich melde mich in den nächsten Tagen mal.*

O.k., tu das. Hast du einen neuen Fall?

Ja.

Wünsch dir viel Glück und bis dann!

Als die Fähre in Meersburg angelegt hatte, stieg Nadine die schmale Metalltreppe im Schiff hinab. Sie öffnete ihr Auto, wartete darin, bis sich ein Fahrzeug nach dem anderen in die Schlange der Aufwärtsfahrenden eingefädelt hatte, und fuhr dann in Richtung Friedrichshafen, um dort den ersten Namen ihrer Liste mit dem Kfz-Kennzeichen FN abzuarbeiten.

Ihr Ziel war Hagnau, eine kleine Gemeinde am Bodensee, die sich am Nordufer zwischen Meersburg und Friedrichshafen in steiler Hanglage befand und gut über die

Bundesstraße B31 zu erreichen war. Außerdem war der Ort für seine ausgedehnten Weinanbaugebiete bekannt und zog gerade in den Sommermonaten Touristen an.

Professor Walter Schmidt bewohnte dort eine riesige weiße Villa direkt am See.

Bereits von der Straße konnte Nadine das gut gepflegte Anwesen mit den rotbraunen Dachziegeln bewundern. Vorsichtshalber parkte sie das Auto eine Seitenstraße zuvor und näherte sich zu Fuß dem Haus. *Schön, sieht beinahe wie ein Reetdach aus.*

Ihre Augen wanderten am Haus abwärts und entdeckten unterhalb der Dachschrägen ein halbovales Fenster, das in kleinere Facetten unterteilt war und den darunter liegenden Fenstern ähnelte. Der mediterrane Garten wirkte gepflegt, genau wie der Rest der Anlage.

Nadine betätigte die kleine goldene Klingel auf einer ebenso goldenen Namenstafel.

»Sie wünschen bitte?«, fragte eine nette, schon ältere Frauenstimme in die Sprechanlage.

»Mein Name ist Andres, Nadine Andres. Ich würde gerne Herrn Walter Schmidt sprechen.«

»Sehr gerne, dürfte ich Ihren Grund erfahren?«

»Ich bin von der Kripo. Mein Anliegen möchte ich mit Herrn Schmidt selbst besprechen!«, gab die Polizistin resolut von sich.

Kurz darauf folgte ein unmerkliches Surren und die Tür ging mit einem metallischen Quietschen auf.

Nadine drückte das weiße halbhohe Eingangstor auf, schloss es hinter sich wieder und lief ein paar Schritte bis zu einer kleinen Eingangstreppe. Oben kam ihr bereits eine gut gekleidete Dame in dunklem Rock und bunt gemusterter Schleifenbluse mit ausgestreckter Hand entgegen.

»Guten Tag, ich bin die Ehefrau. Kommen Sie doch bitte herein.« Sie wirkte verlegen und man spürte ihre Unsicherheit.

Nadine befolgte ihren Wunsch und betrat ein riesiges in Holz gestaltetes Foyer. Rechts blickte sie auf ein altes rotes Kanapee und gegenüber auf einen Goldspiegel mit Facettenschliff.

Die Dame des Hauses bat Nadine nicht ins Wohnzimmer, sondern blieb mit ihr im Foyer stehen.

»Warten Sie bitte hier, ich hole meinen Mann!«

Fünf Minuten später vernahm Nadine ein dumpfes Brummen. Überrascht wandte sie sich dem Geräusch zu und schaute direkt auf einen sich öffnenden Fahrstuhl. Sein Inneres offenbarte einen älteren Herrn mit karierter Weste, der in einem Rollstuhl saß.

Müßig drehte er die Räder und rollte vor die junge Frau.

Nadine erschrak, damit hatte sie weiß Gott nicht gerechnet.

»Herr Schmidt?«, fragte sie ahnend.

Schmidt nickte wackelnd mit dem Kopf.

»Ähm, ich würde Sie gerne etwas fragen.«

»Tun Sie das!«, entgegnete Schmidt mit heller Stimme und versuchte zu lächeln. Seine rechte Hand, die er auf das Rollstuhlrad gelegt hatte, zitterte ein wenig, während seine Linke bewegungslos auf seinem Schenkel ruhte.

»Sie besitzen einen Mercedes-Maybach?«

»Ja, ein schönes Auto, sag ich Ihnen. Ist was damit?«

»Nein, nein. Waren Sie mit dem Auto diese Woche in Konstanz?«

»*In Konstanz?*«, wiederholte er erschrocken. »Nein, ich sowieso nicht. Ich kann seit meinem Unfall kein Auto mehr betätigen. Das macht jetzt meine gute Seele, Herr Hofstätter.

Aber der liegt leider seit zwei Wochen wegen einer verschleppten Lungenentzündung im Krankenhaus. Das Auto steht seitdem in der Garage. Wenn Sie mögen, meine Frau zeigt es Ihnen.«

Nadine fühlte sich geradezu unwohl. Aber woher hätte sie denn ahnen können, dass der Professor an den Rollstuhl gefesselt war? Dieser Mann war mit Sicherheit nicht der mysteriöse Freund von Yvonne Laufenburg.

»Noch eine letzte Frage, Herr Professor, kennen Sie eine Yvonne Laufenburg?«

Professor Schmidt schien über den Namen nachzugrübeln, runzelte die Stirn und antwortete schließlich selbstsicher: »Nein, diese Dame ist mir nicht bekannt. Es tut mir leid!« Er hüstelte etwas und man spürte, wie ihm das Antworten hörbar schwerer fiel.

Nadine bemerkte dies und beließ es bei der letzten Frage.

»Vielen Dank!« Sie reichte dem Mann im Rollstuhl ihre rechte Hand, der wiederum seine Linke hob und mit schwachem Händedruck ihre Verabschiedung erwiderte. »Schon gut, ich finde alleine hinaus!« Nadine drehte sich um und ging zur Tür. *Na, der war's ganz bestimmt nicht!*

Der zweite auf ihrer Liste, Freiherr von Bodelshausen, bewohnte ein kleines Stadtschlösschen außerhalb von Friedrichshafen. Das um 1100 erstmals urkundlich erwähnte Haus war zunächst ein Kloster, wechselte dann über die Jahrhunderte seine Besitzer und wurde Anfang der Siebzigerjahre liebevoll vom Vater des heutigen Eigentümers restauriert. Doch inzwischen nagte der Zahn der Zeit daran.

Wie langweilig, dachte Nadine, als sie sich dem Haus im Schritttempo näherte. *Das soll ein Schloss sein? Sieht aus wie ein verwitterter grün-grauer Kasten mit flaschengrünen Fensterläden ohne Zaun.*

Etwa zehn Meter vor dem Schloss stoppte sie, parkte ihr Auto und ging den Rest zu Fuß. Kurz darauf betätigte die Polizistin auch schon die Messingklingel ohne Namen, deren Knopf sich vom vielen Drücken dunkel verfärbt hatte. Ihr Klingeln blieb ungehört. Erst beim zweiten Versuch hatte sie Glück.

»Was gibt's?«, fragte die mürrische Stimme eines Mannes, den die Kripobeamtin wohl gestört hatte.

»Guten Tag, dürfte ich bitte den Hausherrn sprechen«, fragte Nadine freundlich in die Anlage.

»Tun Sie bereits! Um was geht's? Falls Sie ein Interview wollen, melden Sie sich bei meiner Pressestelle!« Abrupt beendete er das Gespräch.

Nadine klingelte ein weiteres Mal. Diesmal heftiger und länger als zuvor.

»Wenn Sie damit nicht sofort aufhören, rufe ich die Polizei!«, knurrte der Sprecher.

»DIE steht bereits hier unten und will mit Ihnen sprechen.«

»POLIZEI???«, fragte er irritiert nach. »Dann halten Sie bitte Ihren Ausweis vor die Kamera, damit ich ihn sehen kann!«

Nadine presste das scheckkartengroße Dokument vor die fünf Zentimeter runde Wölbung.

Ein paar Minuten vergingen.

Danach drückte sie ihr Gesicht vor die Kamera und blinzelte hinein. Ihr Abbild erschien auf dem anderen Ende übertrieben groß und wirkte wie eine Karikatur.

Das laute Surren des Türöffners ertönte.

Nadine drückte die Tür auf und betrat das äußerst rustikal wirkende Schloss.

Überall hingen Hirschgeweihe, alte Pistolen sowie Lanzen und die grau gestreifte Gobelintapete wirkte an manchen Stellen bereits zerschlissen. Außerdem roch es modrig, so als hätte man seit Tagen nicht mehr gelüftet. Anscheinend fehlte dem Eigentümer das nötige Geld für die Instandsetzung.

Plötzlich vernahm die Polizistin hinter ihrem Rücken eine Stimme, die sie aufgrund der Klangfarbe zunächst für eine Frau hielt. Im Zeitlupentempo drehte sie sich um und blickte in die Augen eines etwa vierzigjährigen Mannes. Seine blonden Haare waren gegelt und nach hinten gekämmt. Vermutlich hatte er nur noch wenige Haare. Sein Outfit zauberte der jungen Frau zunächst ein Schmunzeln aufs Gesicht, das sie unter Mühen zu verbergen versuchte. *Der sieht aus wie ein Clown mit seinem hellblauen Anzug, rosa Hemd und pinkfarbener Krawatte. Oh Mann, der ist sicher hochgradig schwul.*

Die junge Frau reichte ihm die Hand. Mit übertrieben weiblicher Manie erwiderte er ihren Gruß und umfasste ihre Finger mit einem leichten Druck. Angewidert zog Nadine die ihre zurück und versuchte, ihr Unwohlsein mit einer Frage zu kaschieren: »Fahren Sie einen Mercedes-Maybach?«

»Ja, in meinen Kreisen hielt ich das für nötig«, sagte er und fügte arrogant an: »Sie wissen doch, sehen und gesehen werden!«

»Nein, das weiß ich nicht. In meinen Kreisen fährt man noch Rad«, sprach sie gereizt und schaute sich um. »Wo waren Sie am Dienstag zwischen zehn und elf?«

»Am Dienstag? Lassen Sie mich mal überlegen«, grübelte er, hob seine rechte Hand und spreizte seinen kleinen Finger ein wenig ab. Danach führte er sie zum Mund, strich ein paar Male darüber und wirkte auf einmal auffallend nervös. »Letzten Dienstag, mhm.«

»Ja, am Dienstag!«, entgegnete Nadine genervt und hatte große Lust, diesen Typen an seinen spärlichen Haaren zu ziehen, nur damit er endlich antwortete. »Nun, ich kann Sie auch gerne vorladen, wenn Sie nichts zu sagen haben! …

Allerdings kann ich die Presse nicht davon abhalten, wenn sie über den Alltag der Polizei berichten mag, wie erst kürzlich geschehen … Und glauben Sie mir, wenn *die* mal was schreiben, lässt sich das nicht mehr löschen. Stellen Sie sich mal die Headline vor: *Freiherr von Bodelshausen unter Mordverdacht. Warum hatte er Yvonne Laufenburg vom Münster gestürzt? War sie seine Geliebte oder wusste sie, wer er tatsächlich war? Musste die Arme deshalb sterben?*«

Von Bodelshausen begann auffallend schnell zu schwitzen und strich immerfort über seine feuchte Schläfe.

»Ermordet? Ich kenne keine Yvonne. Frauen interessieren mich überhaupt nicht!«, meldete er pikiert und senkte kurz darauf die Stimme: »Gegen elf habe ich noch im Bett gelegen.«

»Alleine?«

»Nein, natürlich nicht. Wir haben bis in die Nacht gefeiert, Champagner getrunken, geraucht und sind irgendwann eingeschlafen.«

»Wer ist wir?«, hakte Nadine nach und schlug ihre Arme vor der Brust zusammen.

»Meine Freunde.«

»Freunde? Ihre Namen bitte!« Sie öffnete ihre ineinandergeschlungenen Arme und suchte dann in ihrer Umhängetasche nach einem Block.

»Muss das sein?«, murrte von Bodelshausen und gab Nadine die zwei Namen seiner Spielgefährten an. »Stefano Domenico und Patrick Suma.«

Vermutlich Stricher. »Gut, ich überprüfe ihre Alibis! Falls Ihre Freunde noch zu jung sind, ist das ein Fall für die Sitte und falls nicht, bekommen Sie ein Problem mit dem Drogendezernat. Egal, wie Sie es wenden, Sie stecken ganz schön tief im Dreck!« *Blöder Kerl*, dachte Nadine und verabschiedete sich ohne einen Händedruck.

Draußen im Auto machte sich Nadine noch ein paar Notizen und beschloss, nach ihrer Rückkehr ins Kommissariat sämtliche Alibis zu überprüfen.

Die üblichen Verdächtigen? Ein Rollstuhlfahrer mit krankem Chauffeur und ein Homosexueller mit Spielgefährten. Krasser geht's nicht. Was kommt wohl als Nächstes?

5. Noch am selben Tag

Frustriert startete Nadine den Motor ihres Wagens und begab sich nach Überlingen, wo laut ihrer Liste die zwei anderen Mercedes-Maybach zugelassen waren. Eine Firma Namens ELA-Transplant besaß gleich zwei Exemplare der teuren Luxuskarossen.

Nadine mochte diesen idyllischen Ort am nördlichen Bodenseeufer, die nach der Kreisstadt Friedrichshafen die zweitgrößte Gemeinde im Bodenseekreis war. Überlingen, ein Ferienort, wie er schöner nicht sein konnte. Pittoreske Fachwerkhäuser, schmale Gässchen und die hübsche Uferpromenade an der sich ein Haus an das andere reihte. Ein Städtchen, das sich zwischen sanfte Hügel von Obstbäumen, Weinreben und den silbrig glitzernden Bodensee kuschelte.

Sie kannte Überlingen aber nicht nur von seiner schönen Seite. Es waren Bilder des Grauens, die in ihr hochstiegen, als sie an das Unglück vor dreizehn Jahren vom 01. Juli 2002 zurückdenken musste. Damals war im Luftraum über dem westlichen Bodenseekreis eine russische Passagiermaschine mit einem Frachtflugzeug zusammengestoßen. Einundsiebzig Menschen waren dabei ums Leben gekommen, darunter neunundvierzig Schulkinder, nicht älter als sie zu jener Zeit selbst gewesen war. Für die junge Polizistin waren das die ersten prägenden Bilder vom Bodensee, die bis heute in ihrem Gedächtnis verankert waren.

Auch der heutige Anlass war eher von Traurigkeit geprägt als von Freude, denn viel lieber wäre sie durch das Städtchen geschlendert und hätte sich die Auslagen in den Schaufenstern angeschaut. Aber sie musste weiter ins Industriegebiet, zum Firmensitz der ELA-Transplant, der mitten auf einer grünen Wiese errichtet worden war.

Bereits von Weitem staunte Nadine über den imposanten Gebäudekomplex, der futuristisch wie ein weißes Dreieck aus Glas, umgeben von Natur sowie einem künstlich angelegten Teich vor ihr stand.

Staunend verließ sie ihr Fahrzeug, das sie auf dem Besucherparkplatz abgestellt hatte, und ging direkt auf den gläsernen Haupteingang zu. *Wow, na denen scheint es ja richtig gut zu gehen. Voll spacig hier.*

Leise schob sich die Glaseingangsfront vor Nadine auf.

Vor ihren Augen erstreckte sich ein lang gezogener Raum, der eher wie der Showroom einer Modefirma wirkte statt einer Institution, die mit menschlichen Organen handelte.

Links standen große weiße Vasen mit weinroten Orchideen. Davor goldbraun abgesteppte Stoffbänke, die dem Besucher Platz zum Warten boten und sich farblich abgestimmt durch den gesamten Eingangsbereich zogen. Auch die Empfangstheke mit Glasvasen und Orchideen passte in das Erscheinungsbild.

Nadine schritt staunend zu einer netten Empfangsdame mit dunkelbraunem Kostüm und dazu passend orangegeblümtem Halstuch.

»Guten Tag, mein Name ist Andres.« Gleichzeitig zeigte sie ihren Ausweis und fragte: »Wer kann mir denn hier eine Auskunft zu den Betriebsfahrzeugen geben?«

Die lächelnde Frau hörte Nadine aufmerksam zu und begann gleichzeitig, eine Telefonnummer zu wählen.

»Hallo Martin, könntest du bitte mal zum Foyer kommen! Eine Frau von der Polizei hat ein paar Fragen an dich.« Dann wandte sie sich wieder Nadine zu und sagte: »Kleinen Moment bitte, Frau Andres, Herr Scherbert kommt sofort! Bitte nehmen Sie dort hinten Platz! Blättern Sie doch in der Zwischenzeit in unserer Imagebroschüre! Vielleicht hätten

Sie dazu gerne einen Kaffee?« Sie übergab der jungen Frau eine weiße Hochglanzbroschüre.

Nadine verneinte den Kaffee, ging zum besagten Platz und ließ sich auf das bequeme Sofa nieder. Weil die Jacke ihr Bewegungsfreiheit nahm, öffnete sie diese.

Neugierig durchblätterte sie die etwa ein Zentimeter dicke Broschüre. Das erste Drittel zeigte lauter Fotos von weiß gestalteten Büros, passenden Treppenhäusern mit Edelstahlgeländern sowie großen Glasfronten mit Blick ins Grüne.

Das zweite Drittel der Broschüre wurde schließlich interessanter. Es zeigte die Fotos dreier Männer, zwei ältere etwa fünfzig Jahre alt und ein jüngerer um die dreißig. Zwei trugen den gleichen Familiennamen, Bundschuh, und der andere hieß Quast, Professor Doktor Quast. Im Jahr 2002 hatten Bundschuh und Quast die Stiftung ELA-Transplant zum Gedenken an den schmerzlichen Tod von Gabriele Bundschuh, der verstorbenen Frau des Firmengründers, ins Leben gerufen. Mit dem Ziel, auf ein Spenderorgan angewiesene Menschen schneller versorgen zu können, indem man die Wartezeiten darauf reduzieren wollte. Was letztendlich zur Folge hatte, dass die Bereitschaft, ein Organ spenden zu wollen, populärer gestaltet werden musste. Und genau an dieser Stelle wurde ELA-Transplant aktiv. Die Stiftung hatte im Laufe der Jahre ein System entwickelt, teils mit Werbung, teils mit direkter Ansprache der Bevölkerung, um das Thema aus der Grauzone von Aussagen wie: »*Ich weiß nicht, ob ich mein Organ spenden möchte*«, in die Weißzone von »*Warum eigentlich nicht*« zu holen.

Bin mal gespannt, wie die das machen. Irgendwie behagt mir das nicht. Dieser Pomp lässt sich doch nur mit viel Kohle finanzieren. Während Nadine grübelte, wurde sie von einer sanft herben Männerstimme gestört.

»Guten Tag …«, sagte ein etwa 1,80 m großer, kräftig wirkender Mann mit breiten Schultern und kariertem Hemd, »… Sie wollten mich sprechen?« Gleichzeitig setzte er sich zu ihr auf die gegenüberliegende Sitzbank und taxierte die junge Frau mit kastanienbrauen Augen.

»Darf ich fragen, wer Sie sind?«, erkundigte sich Nadine.

»Ja, selbstverständlich! Ich bin hier der Fuhrparkleiter, Automechaniker und Chauffeur. Suchen Sie sich was aus!«

Nadine fand ihn nett und sein schelmisches Lächeln erinnerte sie an einen Jugendfreund, mit dem sie des Öfteren in ihrer Clique abgehangen hatte.

»Die zwei Maybachs fahren Sie auch?«, fragte sie tonlos und beobachtete seine Gestik.

»Ja, auch die. Schönes Auto sage ich Ihnen. In erster Linie fahren wir damit aber Patienten.«

»*Patienten?*«, wiederholte Nadine ungläubig.

»Ja. Sowohl die Spender als auch die Empfänger.«

»Übertreiben Sie damit nicht ein bisschen?«, hinterfragte sie.

»Darüber kann ich Ihnen keine Auskunft geben. Das ist die Entscheidung des Vorstands.«

Mhm, na, die knöpfe ich mir mal vor. »Gut, wo waren Sie am Dienstagvormittag?«

Scherbert holte ohne große Erklärung sein Blackberry aus der Jeanshosentasche, meldete sich an und schien etwas darin zu prüfen.

Nadine ließ ihn in Ruhe gewähren und schaute sich gedankenversunken um. Dabei vernahm sie ein paar Wortfetzen der Empfangsdame, die mit jemandem angeregt sprach. »Ja, mache ich, Professor! Sie unterhalten sich …« Kurz darauf legte sie auf.

Ein herbes Hüsteln holte Nadine zurück zur Unterhaltung.

»Am Dienstag habe ich eine Patientin vom Züricher Flughafen Kloten abgeholt«, antwortete Scherbert schließlich.

»In welcher Zeit?«

»Moment, ich schaue nach!« Scherbert tippte auf sein Handy. »Um acht bin ich hier los und war gegen eins zurück. Steht alles im Fahrtenbuch!« Gleichzeitig stand er auf, ging zu Nadine und setzte sich neben sie. »Hier schauen Sie selbst! Der Eintrag im Fahrtenbuch.«

Sie nickte und sagte: »Und der zweite Wagen?«

»Der steht seit zwei Wochen mit einem Blechschaden in der Werkstatt.«

»Danke Herr Scherbert! Auf Wiedersehen!«

Scherbert verabschiedete sich und lief mit einem leicht nach rechts wippenden Gang aus dem Gebäude.

Wenig später stand die Polizistin auf und begab sich ein zweites Mal zum Empfang mit der Bitte, doch ein Vorstandsmitglied sprechen zu dürfen: »Hätte einer der Herren kurz Zeit?«

Die Empfangsdame schüttelte verneinend den Kopf.

»Senior und Junior sind auf einer Tagung in Stuttgart und der Professor ist in einer OP«, während sie sprach, scrollte sie mit der PC-Maus über den Bildschirm. »Die OP hat sich leider etwas verzögert. Aber ich schätze …«, sie wurde ruhig, »… ich schätze, in einer Stunde ist er fertig. Möchten Sie vielleicht warten?«

Nadine überlegte kurz, schaute auf ihre anthrazitfarbene Sportuhr und entschied, die Stunde mit einem Spaziergang zu überbrücken.

»Gut, danke, ich bin in einer Stunde wieder hier! Ach, könnte ich diese Broschüre …«, sie hob das Heft hoch, »… mitnehmen?«

»Sehr gerne.«

Nadine schloss ihre Jacke wieder, kuschelte sich an das warme Material im Halsbereich und verließ mit dem Heft unterm Arm das Haus.

Nach der vereinbarten Stunde, gegen 16.00 Uhr kam Nadine leicht fröstelnd zurück. Ihre Ohren glühten, waren rot und die Nasenspitze zeigte einen leicht schimmernden rosafarbenen Fleck.

Sich die Hände reibend, ging sie schnurstracks auf den Empfang zu und wurde auch schon von Weitem mit einem herbeirufenden: »Frau Andres, der Professor hat jetzt Zeit! Folgen Sie mir bitte!«, erwartet.

Die Frau vom Empfang lief mit hochhackigen Pumps voran, wackelte dazu dezent mit ihrem kleinen knackigen Po und versprühte den Charme eines Models.

Na, die weiß, wie's geht. Nadine folgte ihr durch einen prächtigen Gang, der sowohl an den Seiten als auch an der Decke von Glas durchzogen war. Weiter hinten befanden sich weitere Büros mit weißem Mobiliar. Lediglich die Farbe der Zimmerpflanzen sorgte hier für Abwechslung.

Sie erreichten das Ende des Korridors.

Mit einem dreimaligen kurzen Klopfen brachte die Empfangsdame die Polizistin in ein großräumiges Zimmer mit dunkelbraunem Dielenparkett.

Nadine schaute sich kurz um, entdeckte links in der hinteren Ecke eine Ledersitzgruppe vor einer Fensterfront stehend sowie weiße geschlossene Jalousien. Und direkt vor sich, an einem weißen Schreibtisch sitzend, einen älteren Mann um die fünfzig mit halbrunder Glatze und weißem Poloshirt, konzentriert auf den Bildschirm seines Computers blickend.

Als er die Frauen hereinkommen sah, stand er auf, ging um seinen Schreibtisch herum, begrüßte Nadine mit einem festen Händedruck und nannte seinen Namen. Professor

Doktor Dominique Quast, leitender Arzt und zweites Vorstandsmitglied der Stiftung ELA-Transplant. Erst jetzt sah sie seinen fülligen Körper.

»Guten Tag, ich hörte, Sie wollten mich sprechen? Wie kann ich Ihnen helfen, Frau …?«, fragte Quast.

»… Andres«, vervollständigte sie seinen Satz, noch während er ihre Hand hielt und sie mit blassgrünen Augen anstarrte. Er wirkte erschöpft und hatte dunkel gefärbte Tränensäcke unter den Augen. Als hätte er geahnt, dass sein Aussehen sie erschrecken würde, entschuldigte er sich und erwähnte eine mehrstündige vorangegangene Nierentransplantation.

Nadine blieb eine Antwort schuldig. Sie fühlte sich ihm gegenüber auf seltsame Weise klein, denn Männer seines Kalibers begegneten ihr nur selten. *Mensch, Nadine, gut, er ist Arzt, aber sich deshalb gleich einschüchtern lassen.* Verunsichert spielte sie an ihrem blonden langen Haar und legte irritiert eine Haarsträhne hinters Ohr.

»Ich hörte, Sie sind von der Kripo?«, fragte er mit gespielter Höflichkeit und ließ sie nicht aus den Augen.

Der jungen Frau missfiel sein bohrender Blick, doch sie hielt ihm stand. »Ja! Gehören zu Ihrem Wagenpool auch zwei Mercedes-Maybach?«, fragte sie bestimmend und versuchte, sich so seiner einnehmenden Art zu entziehen.

»Ganz recht. Ist was mit ihnen?«

»Nein! Ihr Fuhrparkleiter konnte mir eigentlich schon alle Fragen beantworten«, meinte Nadine. »Aber eine Frage hätte ich noch. In Ihrer Imagebroschüre steht, dass sie im Jahr mehr Organe verpflanzen als die Stiftung Eurotransplant. Wie kann ich mir das vorstellen?«

Wieder musterte Quast die junge Frau, mehr als zuvor.

»Nun, wir sprechen speziell jüngere Menschen an, klären sie besser auf und lassen das Thema Organspende nicht wie einen Teufel durch die Medien kursieren. Keiner muss spenden, wenn er nach seiner Einwilligung nicht mehr will. Wir machen die Organspende einfach attraktiver. Das ist alles!«, erklärte er und lief zu einem Regal, zog einen Flyer heraus und übergab ihn Nadine.

Klingt einfach. Zu einfach! Na ja, zum Spenden kann man niemanden verpflichten, das ist freiwillig. Würde mich das Konzept überzeugen? Und ganz selbstlos läuft das wohl auch nicht ab. »So einfach ist das?«, hinterfragte sie nach einer Weile des Schweigens.

»Ja, so einfach!« Quast warf einen Blick auf seine Armbanduhr. »Wenn Sie mich dann jetzt entschuldigen würden! Ich habe in einer halben Stunde die nächste OP«, sagte er und lief dabei langsam mit der jungen Polizistin zur Tür, griff nach der Klinke und machte ihr unmissverständlich klar, dass sie zu gehen hatte.

»Ach, bevor ich's vergesse ...«, störte Nadine sein Tun, »... sagen Sie mal, wo waren Sie eigentlich am Dienstagmorgen gegen elf?« Sie blickte ihn erwartungsvoll an. Diesmal war sie es, die ihn nicht aus den Augen ließ.

Quast wirkte gefasst.

»Dienstag war ich im OP, bin kurz nach Hause gefahren und habe Mittag gegessen. Meine Frau wird Ihnen das bestätigen können! Warum fragen Sie?«, grübelte Quast und wirkte inzwischen unruhig.

»Zu dieser Zeit hat sich eine Studentin vom Konstanzer Münster gestürzt.«

»Schlimm, aber davon hört man leider des Öfteren«, gab Quast zu.

»Ja, leider. Wir überprüfen nun, ob es Mord oder Selbstmord war.«

»Und damit kommen Sie zu mir? Wie absurd. Ich rette Leben und bringe doch niemanden um. Sie haben Glück, dass Sie von der Polizei sind und nur Ihre Arbeit machen. Normalerweise begegne ich solchen Anschuldigungen viel resoluter«, zischte Quast weniger nett.

Nadine ließ seine Antwort an sich abprallen, ignorierte sie und sagte stattdessen: »Können *Sie* in einen Menschen hineinschauen? … Ich nicht! … Danke für Ihre Zeit! Auf Wiedersehen!«

Die Polizistin verließ Quasts Büro, dann das Gebäude. Den Flyer steckte sie in ihre Tasche, schloss ihre Jacke und ging raschen Schrittes auf ihren Dienstwagen zu.

Inzwischen war es dunkel geworden und eine eisige Kälte umgab sie.

Jetzt wollte Nadine nur noch nach Hause. Ein heißer Tee, eine Wolldecke und ein gutes Buch, danach stand ihr jetzt der Sinn. Jedoch als die Fähre wieder in Konstanz angelegt hatte und sie an Häusern, in denen Licht brannte, vorbeifuhr, überkam sie plötzlich eine innere Leere. Sie machte ihr Angst. *Ich will jetzt nicht alleine sein, muss mit jemandem reden.* Kurz entschlossen schickte sie Marcel eine WhatsApp.

Wie sieht's aus? Hättest du jetzt Zeit? Nadine
JETZT? Klar, für dich immer. M.

Zehn Minuten später stand Nadine vor Marcels Haus, in dem er eine kleine Zweizimmerwohnung bewohnte. Nachdem sie geklingelt und er ihr die Tür geöffnet hatte, schlich sie wie eine Katze die Stufen bis zum zweiten Obergeschoss hinauf. Ganz behaglich war ihr dabei nicht. Immerhin hatte sie sich letztes Jahr von ihm getrennt, weil er sie betrogen hatte.

Im Türrahmen wartete bereits Marcel. Er war barfüßig, trug eine Jeans und ein eng anliegendes dunkelblaues Muskelshirt.

»Hey«, gab er kurz von sich und drückte ihr einen dezenten Kuss auf die Wange. »Komm rein, ist arschkalt draußen!«

Nadine roch sein frisch herbes Aftershave, nickte nur und betrat vorsichtig die Wohnung. Sie fühlte sich noch immer verletzt und hatte Sorge, darin irgendwelche Hinweise auf eine neue Freundin zu finden. Mit dem typischen Blick einer betrogenen Frau durchsuchte sie den Flur. Doch außer einer Jeansjacke hing dort nichts. Auch gab es keine weiteren Schuhe. Wie es aussah, wohnte Marcel alleine.

»Und wie geht's dir?«, erkundigte sich Nadine verlegen.

»Ach, geht so«, knurrte Marcel und lief in die Küche. »Hunger? Hab mir gerade Bratkartoffeln gemacht.«

Seine Frage nach dem Essen klang für Nadine wie eine Offenbarung, dazu der Geruch von gebratenen Kartoffeln und Zwiebeln. Sie hatte einen unbändigen Hunger und schaute ihrem Exfreund zu, wie er gerade zwei Teller mit Bratkartoffeln befüllte und diese auf den Tisch stellte.

»Erzähl, wie ist es dir ergangen!«, fragte er voller Unschuld und setzte sich gemeinsam mit Nadine an den Küchentisch.

»Ist doch egal, sag du mir lieber, warum du mich sprechen wolltest!«, gab Nadine schnoddrig zurück und begann zu essen.

»Immer noch sauer wegen der Sache vom letzten Jahr?«, fragte Marcel über den Tisch hinweg und legte seine Hand auf die ihre.

Nadine zog überrascht die Hand zurück.

»*Sauer???* Schon vergessen? Du hast mich betrogen, Marcel!«, schimpfte sie laut. »Jetzt nerv mich nicht mit alten Kamellen! Ich bin längst drüber hinweg.« Sie war erregt und zitterte vor Wut. *Arschloch, das hättest du mir echt ersparen können.*

»Sorry, hast recht. Magst du einen Wein?« Er stand auf und holte eine Flasche.

Nadine verneinte, ließ sich dann aber doch auf ein Glas überreden. Schluck um Schluck wurde sie entspannter und hörte ihm aufmerksam zu. Während des Gesprächs erfuhr sie, dass man ihm bei den Stadtwerken Konstanz, wo er seit seiner Lehre arbeitete, eine neue Position angeboten hatte, für die er sich qualifizieren musste. Das hatte ein einjähriges Zusatzstudium zur Folge.

»Find ich gut. Mach das! Wer weiß, ob du so eine Gelegenheit noch mal bekommst.« Sie prostete ihm zu.

Marcel rückte näher an sie heran und erwiderte ihre Geste. Gleichfalls gab er ihr einen sanften Kuss auf ihren weingeschwängerten Mund.

Empört stand Nadine vom Küchentisch auf und lehnte sich gegen den Küchentresen.

Er folgte ihr.

Nadines Kopf lief augenblicklich rot an. Sie spürte die Hitze in sich hochsteigen. Ihre Ohren begannen zu glühen. Sie schämte sich und versuchte, es sich nicht anmerken zu lassen, denn noch immer schwirrte dieser Mistkerl in ihren Gedanken herum.

»Und du? Bist du wieder in festen Händen?«, raunte er ihr zu.

Sie verneinte. *Bitte frag nicht weiter.*

»Seit einem Jahr???«

Nadine nickte wahrheitsgemäß und erschrak über sich selbst. Tatsächlich, seit einem Jahr war sie solo und das mit allen Konsequenzen. Eigentlich fehlte ihr nichts, doch jetzt, wo sie Marcel beinahe Wange an Wange gegenüberstand, war sie unglücklich.

Er gab ihr einen Kuss, nur diesmal heftiger als zuvor.

Zögernd ließ sie ihn gewähren und genoss seine warmen Lippen auf den ihren. Instinktiv streckte sie ihm die Zunge entgegen und küsste ihn energisch.

Marcel nahm Nadine das Weinglas ab und stellte es auf den Küchentisch. Er strich über ihr langes Haar, streichelte sanft, kaum spürbar ihre Wangen und glitt weiter über ihre kleinen Brüste.

Nadines Atem wurde hörbar lauter. Sie schnaufte dezent durch die Nase und fühlte die verlorene Lust in sich emporsteigen.

Mit gekonntem Griff zog Marcel Nadines Pullover über den Kopf, streichelte ihre Brüste und liebkoste ihre kleinen hart gewordenen Warzen. Danach umfasste er ihren Po, hob sie hoch und trug sie ins Schlafzimmer.

»Nicht hier, Marcel!«, flehte Nadine leise. Sie dachte an den Ort des Betruges und drückte ihn leicht an den Schultern.

»Wie du willst!«, gab er kleinlaut zurück. Kurz entschlossen drehte der junge Mann um, lief mit ihr in die Küche zurück und setzte Nadine auf den Küchentisch. Mit wenigen Handgriffen zog er sie darauf aus und entledigte sich auch seiner Kleidung. Gierig umfasste er ihre schmalen Hüften, drückte diese fest an sich und begann, sich rhythmisch zu bewegen. Kurz darauf drang er in sie ein.

Lustvoll gaben sich die beiden dem Liebesspiel hin.

Wie einem inneren Befreiungsschlag folgend kam ihr der Sex jetzt vor. Nadine gönnte sich die Zeit und hegte keinerlei Gewissensbisse. Nur diesen einen Moment Glückseligkeit, bevor es wieder in die Kälte ging.

Nachdem Marcel laut aufgeschrien hatte, verwöhnte er Nadine noch mit den Fingern, bevor auch sie vor Erschöpfung und laut keuchend in sich zusammensackte. Ermattet ließen sie voneinander ab.

»Sorry Nadine, das hätte ich nicht tun dürfen«, entschuldigte er sich noch nach Luft ringend.

»Passt schon, Marcel, mach dir keinen Kopf!«, vergab sie ihm.

Nadine zog sich an. Sie fühlte sich erleichtert. Zum einen körperlicher Natur und zum anderen, dass ihr Ex sie noch begehrenswert fand.

»Mit dir macht's einfach Spaß, Süße. Vielleicht machen wir das mal wieder? Tut mir leid, dass das im letzten Jahr so ablaufen musste … Aber ich fühlte mich ständig von dir allein gelassen, da passiert so was schon mal«, rechtfertigte er sich traurig.

Nadine legte ihren Zeigefinger auf seinen Mund.

»Lass es bleiben, Marcel! Man sieht sich, wenn man sich sieht! Bei mir hat sich nichts geändert. Mein Job fordert meine ganze Kraft, da bleibt halt wenig Zeit für Privates«, erklärte sie und fügte betrübt an: »Womöglich hatten wir von Anfang an keine Zukunft, wer weiß.«

Liebevoll gab sie ihm noch einen Abschiedskuss und schlich, so wie sie gekommen war, die Treppe hinab.

Ihr war nach frischer Luft. Daher ging sie noch ein paar Schritte durch die Konstanzer Altstadt, schlenderte am Hofbräuhaus vorbei und erschrak, als sie die Konturen eines ihr bekannten Mannes mit Rastazöpfen wahrnahm, den sie im Jahr zuvor in Berlin kennengelernt hatte. *Daniel??? Nee, du siehst schon Gespenster! Was macht DER denn hier in Konstanz?*

Kopfschüttelnd ging sie weiter und hoffte auf einen Irrtum.

Erschöpft ging sie unter die Dusche und blieb für eine Weile unter dem warmen Wasser. Sie nutzte die Zeit des Duschens zum Nachdenken sowie Reflektieren. Resigniert stellte Nadine fest, dass sie im Fall der zu Tode gekommenen Studentin keinen Deut weitergekommen war. Gut, sie wusste inzwischen, wer die Fahrer der Luxuslimousinen waren und kannte ihre Alibis. Jetzt galt es, diese zu überprüfen. Nach reiflicher Überlegung grenzte sie Schmidt und von Bodelshausen fürs Erste aus und beschloss, tags darauf mit Hufnagel über die weitere Vorgehensweise zu sprechen. *Irgendwie trete ich auf der Stelle. Wieso bringt sich eine so bildhübsche Frau auf derart tragische Weise um? Schlaftabletten hätten es doch auch getan. Oder wollte jemand auf Nummer sicher gehen, dass sie auch wirklich tot ist. Warum? Wusste sie, was andere nicht wissen durften?*

Müde vom Tag legte sich Nadine zu Bett und schlief kurz darauf ein.

Erst kürzlich hatte sie ihre Sommerdecke mit der Winterdecke getauscht, um jetzt feststellen zu müssen, dass es noch zu früh dafür war. Sie konnte kaum schlafen, erwachte immer wieder, ging auf die Toilette und versuchte es erneut mit dem Schlafen. Erst gegen Morgen kam sie endlich dazu und wurde von wirren Träumen heimgesucht, die sie auf den Münsterturm steigen ließen. Doch sie war nicht alleine. Ein Fremder begleitete sie. Sie ging mit ihm hinauf und vernahm seine wohlklingende Stimme, die ihr bekannt vorkam. Ihr Haar wehte im Wind, nur war es rot und nicht blond.

Schweißgebadet erwachte Nadine gegen sieben und konnte sich nur noch bruchstückhaft an ihren Traum erinnern. Daher notierte sie ein paar Worte auf einem Zettel und klebte ihn in ihren kleinen Taschenkalender, den sie stets bei sich trug und regelmäßig pflegte. *Ich war nicht alleine,* schrieb sie mit zittriger Handschrift.

6. Freitag, der Dreizehnte

»Moin«, kam es kurz von Hufnagel, als Nadine das Büro gegen 8.00 Uhr betrat.

Irritiert starrte sie ihn an. *Seit wann begrüßt der mich mit Moin*? »Ist was, Chef?«

Hufnagel sichtete gerade ein paar Akten, schaute mit grimmigem Blick auf und sagte: »Wir sollen gleich zum Alten kommen.«

»Meinen Sie Herrn Amans?« Sie zog ihre Jacke aus, hängte sie in den Kleiderschrank und schaute noch einmal in den Spiegel, bevor sie die Tür wieder schloss. »Gut, wir können gehen! Was will er denn? Klingt nicht so gut, oder täusche ich mich?«

Hufnagel schüttelte vehement den Kopf, schlüpfte in seine Schuhe, die er wie so oft unter dem Tisch ausgezogen hatte, ging zum Fenster und öffnete es.

»Nein, als ich das letzte Mal zum Alten musste, wurden Sie mir direkt vor die Nase gesetzt. Na ja, in der Zwischenzeit hat sich das als sehr angenehm erwiesen«, schmunzelte er. »Mit Ihnen an der Seite macht's gleich viel mehr Spaß.«

»Oh, danke fürs Kompliment. Vielleicht ist es auch nur eine Bagatelle«, versuchte sie, Herrn Hufnagel zu trösten. Zumindest hoffte sie es.

Die Büroperle Frau Kleinschmidt kam eilig herein und spielte aufgeregt mit den rot lackierten Fingernägeln an ihrer blonden Lockenpracht. Mit hohen Pumps, kurzem Rock sowie körperbetonter knallroter Bluse zog sie sofort Hufnagels Blick auf sich.

»Chef, der Alte hat schon zweimal nach Ihnen gerufen. Er wartet!«, dabei klopfte die Kleinschmidt nervös gegen die Bürotür.

»Ja, ja, wir kommen!« Sein Blick scannte die Kleinschmidt einmal von oben bis unten ab. *Hach, schon ein Prachtweib, aber sicher auch sehr anstrengend. Da lob ich mir doch mein Christinchen. So lange wie wir muss man erst einmal verheiratet sein.*

Hufnagel wirkte angestrengt und griff auf eine seiner fettig glänzenden Geheimratsecken. Eigentlich wollte er nur seine Ruhe und das für die letzten Berufsjahre. Erneut übermannte ihn die Furcht. Erwartete ihn etwa wieder eine neue Herausforderung? Doch als Beamter konnte er sich dieser nicht entziehen. Also hieß es Zähne zusammenbeißen und beim obersten Chef der Mordkommission, Harald Amans, antreten.

Hufnagel und seine Kollegin bevorzugten statt des Lifts die Treppe. Es waren nur zwei Etagen hinauf zu Amans.

Nervös klopfte Hufnagel an die Tür des Alten.

Wie immer rief Amans etwas zu laut aus seinem Büro: »Kommse, kommse rein!«

Hufnagel legte seine Hand auf die silberne Klinke und drückte diese nach unten.

Er trat ein, Nadine folgte.

Plötzlich stoppte sie, blieb wie angewurzelt einen Meter hinter der Tür stehen und war nicht imstande, auch nur einen Schritt weiterzugehen.

Vor ihr saß ihr den Rücken zugewandt Daniel Selzer, der Typ aus Berlin. Nadine hatte ihn sofort erkannt. Lange Rastazöpfe, dunkle legere Kleidung und alles andere als bieder.

Amans kam den beiden bereits entgegen.

Gleichzeitig erhob sich Herr Selzer vom Stuhl, ging mit einem kessen Augenaufschlag auf Nadine zu und reichte ihr wortlos die Hand.

Nadine überkam ein kalter Schauer, der ins heiße wechselte. *Was will DER denn hier??? Und die Tätowierung am Hals ist weg?*

Um Worte ringend, fragte sie Selzer leise: »Was machst du denn hier? Ich dachte, du …« Doch zum Weiterreden kam sie nicht, weil Amans das Wort ergriff: »Darf ich Ihnen Herrn Selzer vorstellen!«, erklärte dieser selbstsicher. Amans war unscheinbar, wirkte farblos und hatte so gar nichts Besonderes an sich. Halbglatze, klein geraten und unauffällig. Hätte man ihn beschreiben wollen, hätte man sagen müssen, der nette unscheinbare Mann von nebenan. Außerdem war er stets korrekt.

Die Herren reichten einander die Hand.

Mitten in der Begrüßung klopfte es erneut an die Bürotür.

Hübner, der schleimige und circa 1,70 m große Kollege vom Nebenbüro, den Nadine wegen seines ständigen Anbaggerns nicht ausstehen konnte, betrat den Raum.

Und DER auch noch?, dachte sie und erhaschte einen schnellen Blick von Daniel. *Der hat mir noch gefehlt! Was wird das hier? Ringelpiez mit anfassen?*

»So, dann ist das Team ja komplett!«, stellte Amans erfreut fest. »Bitte nehmen Sie Platz!«

Sich einander anschauend setzte man sich an den Besprechungstisch.

Nadine setzte sich Daniel gegenüber. Die Herren Hübner und Hufnagel jeweils daneben und Amans ans Kopfende.

»Nun«, begann Amans die Einleitung. »Lange Rede, kurzer Sinn! Wir werden die Mordkommission erweitern müssen. Herr Kaltbrunn wird in den Vorruhestand gehen. Sein Sturz im letzten Jahr war doch schlimmer als erwartet. Daher ist die Leitung der Mordkommission vakant. Herr Hufnagel …«, dabei schaute er zu Hufnagel, »… hatte freundlicherweise die Abteilung übernommen. Inzwischen hat auch er seinen Vorruhestand bekundet, jedoch das Ersuchen wieder zurückgenommen. Er bleibt uns weiterhin erhalten. Da wir es aber mit einer neuen, wie ich finde, widerlichen Mordserie zu tun bekommen haben, mussten wir sofort reagieren.«

Ein Raunen ging durch die Runde.

»Mordserie? Ich verstehe nicht«, hinterfragte Nadine und strich gedankenversunken über ihren Mund.

Herr Selzer mischte sich ins Gespräch: »Ja! Ich habe mich inzwischen mit dem Fall Yvonne Laufenburg näher befasst und gehe davon aus, dass wir es mit einem Wiederholungstäter zu tun haben. Es gibt wahrscheinlich noch zwei weitere Morde, einer davon mit ähnlichem Tatverlauf. Genau wie unser hiesiges Opfer stürzte die Frau aus großer Höhe. Alle waren rothaarig und außergewöhnlich schön. Die Unfälle geschahen ausschließlich im November, immer im Abstand von zwei Jahren. Unser Täter scheint allerdings die Reihenfolge verändert zu haben. Jetzt tötet er jährlich.« Selzer wirkte gefasst und wusste genau, wovon er sprach.

Amans rief dazwischen: »Langsam, Herr Kollege! Dazu kommen wir später! Sie …«, der Alte schaute einen nach dem anderen an. »… Sie VIER werden die neue Mordkommission bilden, mit Herrn Selzer an der Spitze! Herr Hufnagel wird ab sofort im Innendienst tätig sein. Frau Andres und Herr Selzer bilden ein Team. Herr Hübner wird Sie unterstützen!«

Nadine war außer sich. *Das fehlte noch, ich soll mit diesem Kerl zusammenarbeiten? Ich könnte kotzen. Okay, dass Hufnagel bleibt, finde ich super. Der ist richtig nett und weiß, was sich gehört. Aber ausgerechnet Hübner in meinem Team. Dann nimmt das Baggern ja gar kein Ende mehr. Ich kündige!*

»Sie ziehen alle in ein größeres Büro! Es wird gerade eingerichtet. Ab Montag steht's zur Verfügung!«

Frau Anders schüttelte energisch den Kopf.

»Wie bitte, ein Großraumbüro? Nee, nicht mit mir!« Erbost stand sie auf und verließ mit einem Türenschlagen das Büro. Zornig stellte sie sich draußen an die Wand, presste einen Fuß dagegen und spielte die beleidigte Leberwurst. »Ich glaube, ich bin im falschen Film. Die können mich mal. Freitag, der Dreizehnte! Ich hätte es wissen müssen.«

Daniel folgte Nadine sofort und gesellte sich zu ihr.

»He, ich verstehe dich ja. Glaub mir, das ist die beste Lösung! Für deine Art von Empfindlichkeit haben wir jetzt keine Zeit. Was ist, wenn unser Täter noch einmal zuschlägt?«, meinte er streng.

»Mir doch egal. Mit Hübner in einem Team und dann DU auch noch. Wieso bist du überhaupt hier? Ich dachte …« Nadine blickte ihn zornig an.

Daniel stellte sich mit der Schulter neben Nadine an die Wand und schaute sie aus dem Augenwinkel an.

»Was dachtest du? Dass ich ein Loser bin, sag's ruhig! Ich gebe es ja zu, hab dir damals in Berlin nicht ganz die Wahrheit gesagt. Ich bin beim BKA im Bereich schwere und organisierte Kriminalität. Darüber hinaus Profiler.«

Nadine war außer sich, verschanzte ihre Hände in den Jeanshosentaschen und begann laut zu schimpfen: »Nicht ganz die Wahrheit gesagt??? Ich glaub, ich spinne. Du hast mich völlig im Unklaren gelassen, über das, was du tust. Hast dich mir als Langweiler verkauft.«

Daniel versuchte, ihre Hand zu greifen, die Nadine sogleich zurückzog und erneut in ihre Hose steckte.

»Aber ganz so blöd, wie du glaubst, bin ich auch nicht!« Nadine erzählte Daniel alles, was sie über ihn herausgefunden hatte. Sie erwähnte seinen längeren Aufenthalt in den USA, dem damit verbundenen einjährigen Polizeikurs und seine Lehrtätigkeit in Wiesbaden. Außerdem wusste sie von der Kripo-Expertengruppe und seiner Tätigkeit im Zeugenschutzprogramm. Auch dass er später als verdeckter Ermittler beim BKA gearbeitet hatte, war ihr bekannt.

»Respekt! Stimmt alles. Woher …? Ach, das brauche ich wohl gar nicht erst zu fragen.«

»Nee, brauchst du nicht! Wir im Süden sind auch nicht doof. Schon vergessen, auch bei uns gibt es bereits Internet!«, zischte sie.

»Komm, Nadine, lass uns das Kriegsbeil begraben! Ich habe mich auch *deinetwegen* hierher versetzen lassen. Als ich von dem Selbstmord hörte und ihn mit den mir bekannten ungeklärten Suizidfällen verglichen habe, fand ich sehr viele Parallelen. Also entschied ich, mich auf die ausgeschriebene Stelle des Leiters der Mordkommission zu bewerben.«

»Gratuliere!«, maulte sie kurz. »Okay, machen wir das Beste draus. Ich will auch wissen, wer diese junge Frau auf dem Gewissen hat. An einen Selbstmord habe ich ohnehin nicht geglaubt. Spricht viel zu viel dagegen.« Dennoch kochte sie vor Wut.

***

Etwa eine halbe Stunde zuvor im Seniorenheim Wolkenlos

Frau Kaufmann hatte sich nach einem ausgiebigen Frühstück mit ihrer Bekannten Frau Schulz in ihr Appartement begeben. Sie brauchte jetzt Ruhe und musste nachdenken, denn bei zu vielen Menschen um sich herum konnte sie das nicht. Meist kamen dann die besten Ideen.

Die alte Dame hatte sich auf ihr Sofa gekuschelt, ihre Beine hochgelegt und eine Wolldecke darüber geschlagen. Nun hatte sie die Muße, die sie brauchte. Nachdenklich schaute sie auf ihre kleine goldene Armbanduhr und dachte an die junge Frau, deren letzte Sekunden so schrecklich geendet hatten. Sie zermarterte sich das Hirn, denn ihr schien dieser Tod zu einfach. Was bewegte diese Frau und warum war sie am Tag ihres Todes so schick gekleidet? Hatte sie Besuch, von dem niemand etwas wusste? Von einem Verehrer vielleicht. Irgendwie passte für die Rentnerin das Puzzle nicht zueinander.

Sie hatte schöne gepflegte Hände, sinnierte die alte Dame. *Würde ich mich umbringen wollen, wäre mir mein Aussehen egal.* Plötzlich wurde Frau Kaufmann stutzig. *Und die kleine tätowierte Rose am Handgelenk, was hatte die wohl zu bedeuten?*

Schwerfällig und mit einem lauten »Hach« setzte sich Charlotte aufrecht aufs Sofa, winkelte ihre Beine an, um sie dann mit einem erneuten »Herrje« auf ihren eierschalfarbenen Florteppich zu stellen. Wie so oft schmerzte ihre Hüfte.

Sie schlurfte hinüber zu ihrem antiken Sekretär, auf dem der Laptop stand, und setzte sich davor. Die Seniorin liebte dieses kleine Teil und hatte sich längst damit angefreundet. Eigens dafür hatte sie einen Seniorenkurs für Interneteinsteiger im Altenstift besucht.

Neugierig gab sie den Begriff *Tätowierung* ein und wollte wissen, warum Menschen derartiges tun. Sie scrollte durch die erstbeste Webseite und wurde schließlich bei der Überschrift *Tätowierung als Kennzeichnung* hellhörig. Interessiert überflog sie den Artikel und las über die Zeit des Nationalsozialismus, als man Insassen eines Konzentrationslagers Häftlingsnummern eintätowiert hatte. Oder aber, wie man bei Haus- und Zuchttieren das Tätowieren eines Identifikationscodes nutzte, um die Tiere und Halter besser einander zuordnen zu können. Möglicherweise hatte die Rose einen ähnlichen Nutzen oder war nur eine Liebelei.

Charlotte Kaufmann faltete die Hände über ihrem Bauch, lehnte sich zurück und schloss die Augen. Mit einem tiefen Durchatmen ließ sie vor ihrem geistigen Auge die schrecklichen Minuten vom Konstanzer Münster Revue passieren. Die Erinnerungen kamen zurück und mit ihnen das kurze Gespräch zwischen ihr und dem Jungen, der quengelnd neben seiner telefonierenden Mutter gestanden hatte. *Der Kleine, Gott wie furchtbar. Hat er etwas gesehen?*

Sie beugte sich wieder vor, schaute aus dem Fenster und suchte nach einem Hauch von Sonne. Schon seit dem frühen Morgen lag eine dichte Nebelwand über der Stadt und lud keineswegs zu einem Spaziergang am nahe gelegenen Bodensee ein. Nichtsdestotrotz entschied sie sich dafür. Dem Wetter trotzend ging sie zum Kleiderschrank und suchte ein passendes Outfit. Lange dunkle Hose, kuscheliger Wollpullover und flauschige, wasserdichte Stiefel waren ihre Antwort.

Kurz entschlossen klingelte Frau Kaufmann bei Frau Schulz durch und bat sie um einen Spaziergang am See.

»Wat, bei dem Schietwetter? Geht's och ein anderet Mal? Heute ist Freitag, der Dreizehnte!«, knurrte die Seniorin ins Telefon.

Doch Charlotte Kaufmann verstand sich gut aufs Überreden und lockte ihre Bekannte schließlich mit einem Cafébesuch heraus. *Warum nicht gleich so?*

Vor dem Eingang der Residenz wartete bereits Maria Schulz in ihrem alten beigefarbenen Wollmantel, den sie vehement auf das Äußerste verteidigte, wenn die Sprache auf einen neuen kam. Er erinnere sie an weniger rosige Zeiten, war stets ihre Antwort auf eine den Mantel betreffende

Frage. »Ick hatte nicht immer so viel Schotter wie jetze. Wer konnte denn ahnen, dass ick mal im Lotto gewinne?«, waren ihre Standardsätze.

Charlotte ignorierte inzwischen das Aussehen von Maria, schämte sich zwar ihrer, genoss aber auch gleichzeitig ihre unorthodoxe freche Art, die sie von den anderen Senioren haushoch abhob.

»Na, Madame Trüffel, wo soll's denn hinjehen?«, scherzte Maria Schulz beim Eintreffen von Charlotte Kaufmann und zog den Schleim ihrer Nase hoch.

Frau Kaufmann überreichte ihr ein Stofftaschentuch, das sie aus ihrer Manteltasche gezogen hatte. *Bitte, es geht auch unauffälliger!*

Nach einem halbstündigen Spaziergang durch frostige Kälte entlang an von Blättern leer gefegten Bäumen und Sträuchern und einem leise im Nebel schlummernden Bodensee erreichten sie schließlich das *Kinderhaus* im Paradies. Es war der einzige mögliche Kindergarten in Konstanz, auf das die Bemerkung »buntes Kinderhaus«, die der Junge geäußert hatte, hätte passen können.

»Und wat wollen wir jetzt hier? Uns als Leihomas melden?«, unkte Frau Schulz und hatte sich nach dem für sie eher lästigen Spaziergang etwas anderes vorgestellt. Ein Caféhaus wäre ihr lieber gewesen als eine Horde grölender Kinder. »Nee, Charlotte, dafür habe ick keine Nerven mehr. Nee!« Sie war im Begriff sich umzudrehen und wollte gehen.

Unerwartet hielt Frau Kaufmann Frau Schulz am Ärmel fest und erklärte, dass sie sich nur kurz nach jemandem erkundigen wolle. Im gleichen Augenblick trat eine junge Erzieherin mit blau-weißem Ringelpulli, Pferdeschwanz und legerer Hose vor die Seniorinnen.

»Darf ich Ihnen helfen?«, fragte diese mit ruhiger Stimme und schaute sich gleichermaßen nach den neugierigen Kindern um, die zwischenzeitlich herbeigeeilt waren. »Geht zurück in eure Gruppen. Es gibt gleich Mittagessen!«, rief sie mit warmer Stimme.

»Wer ist das?«, kreischten die Kinder und schrien weiter: »Omas!«

Charlotte nickte geflissentlich. Hektik machte sich breit.

»Wir suchen einen Jungen namens Korbinian. Er ist etwa fünf«, antwortete Frau Kaufmann und wirkte aufgrund der vielen Kleinkinder außerordentlich nervös.

Die junge Frau sah die beiden älteren Damen überrascht an, zögerte und erkundigte sich nach dem Grund ihres Besuchs. Aus datenschutzrelevanten Gründen konnte sie ihnen jedoch keine Auskunft geben, versprach aber, die Telefonnummer der Rentnerin an die Mutter des Jungen weiterzuleiten. Diese konnte dann entscheiden, ob sie Kontakt mit Frau Kaufmann wünschte oder nicht.

»Na dit war dann wohl für die Katz!«, war das abschließende Resümee von Maria Schulz, das die beiden zum Lachen brachte.

***

Zurück im Polizeirevier, wo noch immer das neue Team der Mordkommission tagte.

Inzwischen hatte sich die Anspannung gelöst. Nadine Andres und ihre Kollegen nahmen ihr künftiges Schicksal an und beschlossen, für den Rest des Tages eine Strategie zu entwickeln, wie man künftig vorgehen wollte. Man entschied Mittagessen zu gehen und sich gegen 14.00 Uhr erneut im Büro von Hufnagel und Andres zum Teammeeting zu treffen.

Nadine holte sich aus dem Essensautomaten im Flur ein Käsebrötchen und kehrte in ihr ausgekühltes Büro zurück. *Mann, Herr Hufnagel, warum haben Sie das Fenster nicht geschlossen?* Fröstelnd rieb sie die Hände.

Sie schloss das Fenster und drehte die Heizung auf die höchste Stufe. Im Anschluss kochte sie sich einen Kaffee und verbrachte die Pause lieber im Warmen statt in der Kälte.

Das leise Brummen der Heizung war zu hören.

Noch immer waren die Alibis von Stefano Domenico und Patrick Suma, der beiden vermutlich minderjährigen Stricher, zu prüfen. Hatten sie ein Alibi, hatte auch Freiherr von Bodelshausen eines und schied als Tatverdächtiger aus. Weiterhin stand das Alibi des Chauffeurs von Professor Doktor Walter Schmidt, Herrn Hofstätter, offen. Ein kurzer Anruf im Klinikum Friedrichshafen sollte hierzu genügen. Und tatsächlich, Herr Andreas Hofstätter war zum fraglichen Zeitpunkt dort Patient gewesen.

Daniel Selzer trat aus dem Fahrstuhl in den hellen Gang. Soeben von draußen hereingekommen, empfand er die Luft im Haus als stickig. Langsam schritt er an den Türen vorbei, bis er auf einem der Namensschilder *Rudolf Hufnagel* und *Nadine Andres* las.

Mit einem Klopfen kündigte er sich an und betrat auch sogleich nach dem »Herein« einer Frauenstimme das Büro.

»Schon zurück?«, erkundigte sich Nadine mit gewissem Unterton.

Selzer nickte kurz und schaute sich um. Das Büro war freundlich und hell, hatte zwei gegenüberliegende holzgemusterte Schreibtische, eine Miniküche, einen Kleiderschrank und viele Pflanzen zu verzeichnen. Eigentlich ganz behaglich für die manchmal trockene Arbeit im Revier.

An der Glastafel blieb er wortlos stehen, kramte aus seiner Umhängetasche ein paar Fotos sowie Notizen heraus und klebte sie rechts neben das Foto von Yvonne Laufenburg. Die Fotos zeigten zwei Frauen mit auffällig langem rotem Haar, schätzungsweise nicht älter als zwanzig. Über der einen notierte er den Namen Estha Sarva sowie ein *Kreuz* für gestorben plus dem Vermerk 10.11.2014 und über der anderen, Jasmin Zimmer, ein *Kreuz* mit Datum 10.11.2012. Darunter brachte er weitere Bilder vom Todestag sowie ein paar Großaufnahmen einiger Körperteile an.

»Sind das die anderen?«, fragte Nadine schluckend.

»Ja! Und ich gebe ihnen *jetzt* einen Namen. Man hatte allen einen natürlichen Tod bescheinigt. Aber schau dir die Sterbedaten an! Zu viel des Guten. Und an Zufälle glaube ich nicht, zumindest nicht in dieser Angelegenheit«, dabei schaute er augenzwinkernd zu Nadine hinüber, die aufmerksam jede seiner Handlungen verfolgte.

Nadine verstand seine kleine unterschwellige Andeutung nur zu gut, ging aber nicht weiter auf sie ein. Immerhin war Selzer jetzt ihr Vorgesetzter und dafür hatte sie eine goldene Regel, die da lautete *Never fuck the company*. Privates trennte sie strickt von Beruflichem. Daniel verkörperte für sie in Zukunft keinen Mann mehr, sondern nur noch ein *ES*. Doch die Umsetzung, das war ihr sofort bewusst, würde schwerfallen.

Zum Glück kamen gerade Hübner und Hufnagel gemeinsam durch die Tür geeilt, sodass erst gar keine beklemmende Situation zwischen ihr und Selzer aufkommen konnte.

»So dann mal los!«, kam es von Hufnagel voller Tatendrang. Er freute sich über die Entscheidung seines Chefs, bedeutete sie doch, dass er künftig wieder Verantwortung abgeben konnte, statt zu tragen. Inzwischen hatte er Gefallen an der Arbeit in der Mordkommission gefunden, war sie doch weniger langweilig als die der Straßenverkehrsbehörde. Außerdem hatte der Innendienst den Vorteil des pünktlichen Gehens. Zumindest hoffte er das.

Die vier bildeten einen Halbkreis vor dem Glasboard.

Hübner stand links mit verschränkten Armen, daneben Hufnagel mit auf dem Rücken gekreuzten, dann Selzer mit den Händen in den Hosentaschen und zum Schluss Nadine Andres mit vor der Brust verschränkten.

Stumm schauten sie auf die Fotos.

»Also …«, begann Selzer, »… fangen wir an! Ich habe Ihnen hier mal eine Reihe von Fotos aufgehängt. Fragen?«, kam es kurz und knapp.

»Allerdings!«, sagte Hübner. »Wozu?«, gab er ebenso einsilbig zum Besten.

»Schaut euch mal die Todesdaten an! Fällt da nichts auf?«, entwickelte Nadine eine Theorie.

»Nun, alle Selbstmorde geschahen am 10. 11.!«, meinte Hufnagel.

»Richtig! Und weiter!«, kam es von Selzer.

»Die Frauen sahen sich ähnlich!«, antwortete Hufnagel wieder richtig.

»Ja und? Leute, wir reden hier von Selbstmord, nicht von Mord!«, unkte Hübner genervt dazwischen. »Also, was soll das Ganze?«

»Da gebe ich Ihnen recht, Herr Kollege. Warten Sie's ab!«, befahl Selzer und heftete unter die Fotos ein paar Panoramabilder vom Konstanzer Münster und vom Kreidefelsen auf Rügen. »Fällt Ihnen etwas auf?«

»Dieselben Todesursachen?«, grübelte Nadine.

»Ja! Zwei von ihnen stürzten sich aus großer Höhe herunter. Noch was?«, erklärte Selzer. »Nur die dritte nahm Tabletten.«

»Für mich sieht das beinahe nach einem Nord-, Süd-, West-Gefälle aus. Fehlt nur noch der Osten. Ich erkenne eine gewisse Struktur, als ob der Täter sich mit seiner Handschrift über ganz Deutschland verewigen wollte«, rätselte Nadine.

Selzer blickte zu ihr, griff in seine Rastalocken und legte ein paar Zöpfe über die Schulter.

»Nicht schlecht, Kollegin! Vermutlich haben wir es hier mit einem Täter zu tun, der es ausschließlich auf rothaarige Frauen abgesehen hat. Interessant dabei ist seine Auswahl. Die Frauen waren jung, überaus attraktiv und beinahe feenhaft. Vielleicht ein Märchenliebhaber oder ein Mann mit einem besonderen Fetisch für diese Art von Frauen.«

»Mich verwirren die Zahlen«, grübelte Hufnagel. »Erst tötet unser Mörder im zwei-Jahres-Abstand, doch dann bereits ein Jahr darauf!« Er ging einen Schritt auf die Tafel zu und vergewisserte sich, dass er die Daten auch richtig gelesen hatte, denn seine Augen wurden mit der Zeit merklich schlechter. Immer wieder kniff er sie zusammen, um das Kleingedruckte besser lesen zu können, und trat wenig später in den Halbkreis seiner Kollegen zurück.

»Auch das ist richtig! Und hier beißt sich die Katze in den Schwanz. Entweder, er verkürzt seine Vorhaben um ein Jahr oder aber …«, meinte Selzer.

»… oder aber?«, wiederholte Nadine fragend.

»… oder aber, er schlägt jetzt unregelmäßiger zu. Vermutlich aus Lust am Töten und er wiegt sich in Sicherheit. Kein Fall wurde je recherchiert. Alle Frauen wurden eingeäschert und keinen der Morde konnte man ihm bislang nachweisen«, sagte Selzer.

»Doch, es gibt von allen Fotos! Kleinigkeiten, welche man übersehen haben könnte. Sisyphusarbeit!«, widersprach Nadine vehement und spürte, dass hinter den Selbstmorden mehr steckte, als man bisher herausgefunden hatte. Gleichzeitig weihte sie ihre Kollegen über ihr Wissen der noch zu überprüfenden Alibis ein.

Selzer machte sich an die Verteilung einzelner Aufgaben. Hufnagel und Hübner sollten die noch ausstehenden Alibis überprüfen und sich gegebenenfalls mit der Sitte in Verbindung setzen. Er selbst und Nadine wollten dem Vorstandsmitglied der ELA-Transplant, Professor Quast, einen weiteren Besuch abstatten. Vielleicht wusste der Arzt mehr, als er bisher erzählt hatte.

»So, aber für heute ist erst einmal Feierabend! Wer abergläubisch ist, geht nach Hause! Der Rest trotzt einem Freitag, dem Dreizehnten! Wir haben sechzehn Uhr und sehen uns am Montag wieder. Hoffentlich können wir dann schon das neue Büro beziehen … Also, Ihnen ein schönes weekend!« Selzer reichte jedem die Hand, nahm seine Tasche und verließ das Büro.

Kurz darauf ging auch der Rest.

7. Samstagabend, 14. November

Nadine hatte beschlossen, sich einen gemütlichen Freitagabend zu machen. Diese Woche hatte ihr wahrlich gereicht. Inzwischen hatte sich bereits der zweite Mord innerhalb eines Jahres in Konstanz ereignet. Und wie schon beim ersten fühlte sie sich machtlos. Dennoch war sie froh, Daniel Selzer an ihrer Seite zu wissen. Er war ein Profi und sie hoffte, noch viel von ihm lernen zu können. Zwar schätzte sie ihren *alten* Chef Rudolf Hufnagel, doch mit seiner manchmal unbeholfenen Art hatte sie so ihre Mühe.

Eigens dafür hatte sie eine Tiefkühlpizza gekauft sowie eine Flasche Rotwein und wollte es sich gut gehen lassen, denn zum Kochen war ihr nach diesen stressigen Tagen nicht.

Gleich nach dem Essen verschwand Nadine auf ihr Zimmer und wälzte sich gemütlich auf ihr breites Bett. Den Abendfilm schaffte sie gerade noch bis zur Hälfte, als die Müdigkeit sie schließlich mit sich riss. Als sie dann des Nachts erwachte, legte sie ihre Kleidung ab, in der sie eingeschlafen war, ging kurz ins Bad und begab sich wieder zu Bett.

Gegen neun Uhr morgens weckte sie ein lautes Hupen.

Schlaftrunken schlurfte sie zum Fenster und sah auf die gut befahrene Straße. Ein Autokorso zog sich im Schritttempo über den Asphalt. Die meisten Autos hatten Schweizer Kennzeichen und fuhren nach Konstanz. Aufgrund des niedrigen Wechselkurses konnte man hier günstig einkaufen.

Zwar liebte sie das Wohnen inmitten der Stadt, brachte es doch viele Vorteile, nur samstags eben nicht. Die Straße, in der sie wohnte, lag unmittelbar am Emmishofer Zoll und bildete die Grenze zwischen Deutschland und der Schweiz. Und heute herrschte hier Hochbetrieb.

Eine Weile beobachtete sie das Treiben auf der Straße, schaute auf die Passanten, um sich dann erneut in ihre warme Bettdecke zu kuscheln. Den Rest des Tages verbrachte sie auf ähnliche Weise und redete sich mit der üblen Wetterprognose des kalten und nebeligen Tages heraus. Erst gegen Abend schlich die Langeweile in ihr hoch. Früher hatte sie die Abende mit Marcel verbracht. Heute war sie Single. Im Sommer hatte sie dieser Zustand weit weniger gestört, aber jetzt, wo die Leute wie Geister davonschwirrten, um dann in ihren Wohnungen zu verharren, hasste sie das Alleinsein. *Wer jetzt keinen Menschen an seiner Seite weiß, wird auch keinen mehr finden.* Und plötzlich gewann die Aussage einer alten Freundin an Bedeutung.

Wie eine Katze schlich Nadine durch die Wohnung. Sie wirkte verwaist, weil Lea, ihre Mitbewohnerin, mal wieder fort war. Wahrscheinlich war sie bei ihrem neuen Freund, den sie am Konstanzer Seenachtsfest kennengelernt hatte.

Inmitten der Ruhe klingelte Nadines Handy und eine unbekannte Nummer erschien auf dem Display.

Zögerlich drückte sie die grüne Taste und hauchte ein »Hallo« in den Hörer.

»Nadine? Ich bin's Daniel. Wollte mal fragen, ob du nicht Lust hättest, mir die Stadt zu zeigen?«

Nadine ging in die Küche und starrte aus dem Fenster. Es war nach 18.00 Uhr und bereits stockfinster. Außer dem grellen Licht der Straßenlaternen und dem eines angekommenen Pkws war nichts zu erkennen.

»He, hast du mal aus dem Fenster geschaut? Was soll ich dir denn in dieser Dunkelheit noch zeigen?«, maulte sie und zog genervt ihre Augenbrauen in die Höhe.

»Zeig mir die Fundstelle des Opfers!«, kam es resolut von Daniel. »Und wenn du magst, ein gutes Lokal. Blöd, wenn man niemanden kennt.«

Aha, und dafür bin ich wohl gerade recht. Andererseits solltest du mal an die frische Luft. »O.k., sagen wir in einer halben Stunde auf der Marktstätte, am Kaiserbrunnen!«

»Gut, in einer halben Stunde. Bis dann!«, antwortete Daniel erleichtert am anderen Ende der Leitung.

In Windeseile zog Nadine ihren Flauschpullover über und schlüpfte in die Jeans, um wenig später mit einem lauten Knall die hellgrau gestrichene Tür mit dem hübschen alten Messingknopf nach sich zu schließen.

Hastig eilte sie die Treppe abwärts.

Draußen wurde sie sogleich von einem eisigen Wind begrüßt.

Fröstelnd zog sie die Jacke enger um sich, schaute gedankenversunken nach rechts und schließlich nach vorn.

Auf der anderen Straßenseite erblickte sie einen dunklen Kombi mit einem jungen Pärchen. Die beiden hielten sich liebevoll im Arm und es hatte den Anschein, als würden sie sich küssen, was aufgrund der beschlagenen Scheiben nicht genauer zu erkennen war.

Ein Schub verzweifelter Sehnsucht übermannte Nadine. Auch sie sehnte sich nach einem solchen Moment. Traurig schritt sie nach links und lief in Richtung Marktstätte. Auf ihrem Weg dorthin traf sie kaum noch auf Passanten. Wie leer gefegt wirkten die Gassen. Man mied die Stadt. Noch vor wenigen Monaten herrschte hier hektisches Treiben, aber mit beginnender Winterzeit wurde all das verbannt.

Die Einsamkeit kroch in ihr hoch und sie fühlte sich unwohl. Rasch lief Nadine zum Schnetztor und hoffte, dort mehr Leute anzutreffen. Nach ein paar Metern kreuzte ihr Weg eine kleine Straßensperre, die sie nach rechts laufen ließ und in einen weniger beleuchteten Innenstadtbereich führte. Spärlich brannte hier Licht.

Mit den Händen in den Jackentaschen ging sie weiter. Plötzlich bemerkte sie einen Schatten hinter sich.

Nadine stoppte, blickte sich um und lief langsam weiter.

Der Schatten folgte ihr.

Erneut hielt sie an und spürte, dass jemand hinter ihr war. *Wer ist das? Daniel?*

Nadine erhöhte ihr Lauftempo, bis sie schließlich rannte. Nach knappen sieben Minuten und der Sicherheit, dass sie ihren Verfolger abgeschüttelt hatte, verlangsamte sie das Tempo und erreichte schnaufend die Markstätte.

Daniel wartete schon auf sie.

»Hallo«, röchelte Nadine bereits von Weitem und kam näher. Sie beugte sich leicht nach vorne, legte ihre Hände auf die Knie und atmete tief durch. Suchend schaute sie sich um. Ein leichtes Zittern durchströmte ihren Körper.

»Wenn du lieber joggen magst, kein Problem«, entgegnete Daniel zur Begrüßung und wartete gespannt auf eine Erklärung.

Nadine schaute kurz auf und antwortete schwer atmend: »Ha ha, selten so gelacht. Ich wurde verfolgt.« Die junge Frau stellte sich aufrecht und blickte sich ängstlich um.

»*Verfolgt?* Machst wohl Witze. War sicherlich ein verflossener Liebhaber«, reizte Daniel sie provokant und trat vor Kälte von einem Fuß auf den anderen. Sein Stirnrunzeln zeigte seine Skepsis.

»Neee«, widersprach sie mürrisch und machte ein trotziges Gesicht. *Blödmann, du glaubst mir wohl nicht.*

Daniel übermannte das schlechte Gewissen, daher schwenkte er um und versuchte, das Gespräch in eine andere Richtung zu lenken: »Also, wohin möchtest du mich entführen?«

Entführen? Dich? Träum weiter! Heuchelnd antwortete sie: »Wonach steht dir denn der Sinn?«

»Gutbürgerliche Pizza, scharf gewürzt, mit Paella als Beilage«, sagte er mit einem Augenzwinkern.

Will der mich veräppeln? »Gut, bekommst du! Lass uns zum Münster laufen, dort gibt es etliche Restaurants!« Nadine wirkte fahrig und ihr Blick schwenkte immerzu um. Ihr Verfolger schien verschwunden.

Die beiden jungen Leute liefen durch die schmalen und verwinkelten Gassen von Konstanz. Viel redeten sie nicht. Nadine war mit ihren Gedanken ganz woanders und grübelte darüber nach, wer sie vorhin verfolgt haben könnte. Sie dachte an Marcel, nur ihn hatte sie erst am Donnerstag unter weit erfreulicheren Umständen getroffen. Falls er wissen wollte, was sie sonst in ihrer Freizeit tat, hätte er angerufen. Die zwei näherten sich dem Münsterplatz, auf dem man schon von Weitem das grelle Licht der Römer-Pyramide leuchten sah.

»Was ist das denn? Eine Pyramide mitten auf dem Platz«, erkundigte sich Daniel überrascht und blieb neugierig vor dem Glaselement stehen.

Nadine stellte sich neben Daniel und schaute mit ihm hinab auf die Ruinen einer römischen Siedlung, die seit dem ersten Jahrhundert nach Christus bestand und auf dem Münsterhügel errichtet worden war. Mit Zunahme der germanischen Bedrohung war um 300 nach Christus dort ein mächtiges Kastell errichtet worden. Teile dieser Anlage hatte man im Jahr 2005 freigelegt und der Bevölkerung zugänglich gemacht.

Während die beiden hinabstarrten und die Wärme des Lichts auf sich wirken ließen, gesellte sich eine Blondine zu Daniel und bat diesen um Feuer. Geschickt verwickelte sie den jungen Mann in ein Gespräch und unterhielt sich mit ihm über die Technik des Zigarettendrehens, von der er sich erst kürzlich verabschiedet hatte. Seitdem hatte er mit überflüssigen Kilos zu kämpfen, seiner drahtigen Figur tat dies allerdings keinen Abbruch, erzählte er ihr stolz.

Während Daniel sich ein paar Schritte mit der Frau entfernt hatte, starrte Nadine immer noch gespannt in das Licht. Dabei vernahm sie eine leise männliche Stimme. Fast hätte sie diese überhört.

»Haben Sie Euros? Mir ist kalt! Hab Hunger! Viel Hunger«, kam es flehend von der Stimme.

Nadine wandte sich ihr zu. Sie gehörte einem Mann mit dunklem Haar, dessen Kapuze bis tief ins Gesicht ragte. Schatten lagen über seiner Gestalt. Die markanten Wangenknochen und das unrasierte Kinn wirkten auf die junge Polizistin angsteinflößend.

Dennoch tat ihr der Mann leid. Kontrovers hatte sie die Flüchtlingswelle in den Medien verfolgt, die seit dem letzten Sommer einfach nicht mehr abebben wollte. Über zweihunderttausend Flüchtlinge hatten in der Zeit von Januar bis August einen Asylantrag in Deutschland gestellt. Überwiegend aus Syrien und dem Balkan kommend, erhofften sie sich in Deutschland ein besseres Leben. *Und wenn er einer von ihnen ist? Vielleicht brauchte er Hilfe.*

Sie zog ihr Portemonnaie aus der Jackentasche hervor und suchte darin nach Münzgeld. Kaum dass sie nachsehen konnte, erhielt sie auch schon einen fürchterlichen Schlag gegen die Hand, sodass ihre Geldbörse im hohen Bogen auf das Kopfsteinpflaster flog. Ein weiterer Hieb in die Magengegend folgte.

Nadine begann zu taumeln, versuchte, dem entgegenzuwirken und suchte nach festem Stand. Plötzlich sah sie sich einer zackenförmigen Messerklinge gegenüberstehen. Geistesgegenwärtig trat sie einen Schritt zurück. Schaute hoch. Überlegte, und musste reagieren. Und zwar sofort.

Jetzt ging es um ihr Leben.

Blitzschnell sondierte sie die Lage. *Oh Gott, ich bin alleine. Wo ist Daniel nur?*

Sekunden verstrichen.

Erneut bedrohte der Fremde sie. Hielt ihr das Messer vors Gesicht. Kam näher.

Nadine wich ihm gleich einer Gazelle aus.

Das Messer streifte ihre Jacke und durchtrennte sie.

Verdammt, DU musst reagieren! SCHNELL!

Rasch drehte sie sich dem Angreifer seitlich zu, hob ihr linkes Bein, zog es im rechten Winkel hoch und streckte es mit voller Wucht aus, sodass die Hüfte des Mannes getroffen wurde. Vor Schreck ließ er das Messer fallen.

Der Tritt hatte gesessen. Der Fremde ging schmerzbelastet in die Knie und fiel danach zu Boden. Kurz darauf erhob er sich wieder und stürzte sich mit vollem Körpereinsatz auf die junge Frau.

Nadine wehrte ihn mit allen Mitteln ab. Wieder und wieder. Sie kam ins Taumeln. *Verdammt, wieso ist hier niemand?*

Zu guter Letzt packte er ihre Haare, trat gegen das Schienbein und ging ihr an den Hals. Jetzt war er ihr überlegen.

Nadine schnappte nach Luft. Sie geriet in Todesangst und wusste, wenn ihr Daniel jetzt nicht schnell zu Hilfe kommen würde, hinge ihr Leben nur noch an einem seidenen Faden.

Voller Panik begann sie zu schreien: »Daaannniell! Daniel! Hilf mir!«

Es brauchte nur ein paar Sekunden, bis Daniel endlich Nadines Stimme hörte und aus der gegenüberliegenden Pizzeria geschossen kam, in die ihn die junge Unbekannte gelockt hatte, um das Gespräch bei einem Grappa fortzusetzen. *Du Idiot! Du hättest Nadine nicht alleine lassen dürfen.*

Sofort verpasste er dem Fremden einen Faustschlag gegen das Kinn und half seiner am Boden liegenden Kollegin hoch. »Mensch, Nadine! Kann man dich nicht mal eine Sekunde aus den Augen lassen? … Alles o.k.?«, erkundigte sich Daniel nach ihrem Befinden.

Nadine hatte weiche Knie und die Lust auf Essen war ihr vergangen.

»Verdammt, wo warst du?«, schimpfte Nadine.

»Sorry, mein Fehler. Ich wurde in ein Gespräch verwickelt«, entgegnete Daniel kleinlaut. »Ich war in der Pizzeria dort drüben.« Er wies mit der Hand in Richtung Gaststätte.

»*Dein Fehler* hätte mich fast das Leben gekostet«, schrie sie und war stinksauer.

Unterdessen war der Unbekannte aufgestanden und hatte sich hinter dem Rücken der beiden davongeschlichen. Auch die Frau, die um ein Feuerzeug gebeten hatte, war wie vom Erdboden verschluckt.

Starr vor Schreck schaute Nadine ihren Kollegen an. Sie zitterte wie Espenlaub. Ohne seine Hilfe würde sie jetzt tot am Boden liegen. Der Gedanke daran, erschütterte sie zutiefst.

»Daniel? Wer war dieser Kerl?«, stotterte sie. »Er hat mich ohne Grund attackiert. Ohne Grund, hörst du!«, setzte sie, ihn am Arm packend, nach.

»Beruhige dich! DER entkommt uns nicht. Hast du dir seine Visage gemerkt? Kannst du ihn beschreiben?«, wollte er wissen.

Nadine schüttelte traurig den Kopf und begann zu weinen.

»Nein, seine Kapuze hat das Gesicht fast bis zur Unkenntlichkeit verdeckt. Er war dunkelhäutig, vermutlich arabischer oder südosteuropäischer Abstammung«, meinte sie schluchzend und wischte sich mit dem zerfetzten Jackenärmel die Augen trocken.

»Nadine, das war kein Zufall. Der wollte ganz bewusst DICH treffen! Stellt sich nur die Frage nach dem WARUM?«, brummte Daniel. So hatte er sich seinen Einstieg in der Bodenseemetropole nicht vorgestellt. Andererseits war es naiv zu glauben, dass das Verbrechen um eine Stadt wie Konstanz einen großen Bogen machte, nur weil sie hübsch und touristisch war. Jetzt war er gewappnet und ahnte, was ihn erwarten würde. *Das Böse ist immer und überall.*

»Ich will nach Hause, mir reicht's für heute!«, maulte seine Begleiterin und schaute hinauf zum Münsterturm. »Von dort ist sie gefallen!« Sie wies mit dem Zeigefinger aufwärts.

Daniel schaute hoch, dann langsam abwärts und zeichnete mit den Augen einen imaginären Kreis über den Münsterplatz.

»Gibt's Zeugen?«

»Nein! Niemand hat etwas gesehen, geschweige denn gehört!«, antwortete Nadine gereizt und verspürte wenig Lust auf seine Fragerei.

Missmutig schritt sie los.

»Hab verstanden. Ich bring dich heim!«, bestimmte Daniel und schaute sich ein letztes Mal suchend um. Nach ein paar Schritten hatte er sie eingeholt.

Als die beiden etwa gegen 20.00 Uhr die Wohnung von Nadine betraten, klingelte das Telefon, genau wie auch bei Charlotte Kaufmann, der Mutter von Rudolf Hufnagel. Die alte Dame saß gerade auf ihrem gemütlichen Sofa und hatte den Fernsehapparat angestellt. *Telefon? Jetzt? Das passt mir gar nicht. Ich will Nachrichten sehen!*

Schwerfällig erhob sich Charlotte, schlurfte hinüber zum Telefon und presste den Hörer ans Ohr.

»Ja, bitte?«, erkundigte sie sich freundlich.

»Guten Abend Frau Kaufmann! Mein Name ist Jansen, ich bin die Mutter von Korbinian. Ich hörte, Sie wollten meinen Sohn besuchen?«, fragte die Mutter des kleinen Jungen, der Frau Kaufmann am Unglückstag von Yvonne Laufenburg um einen Besuch gebeten hatte.

Die alte Dame räusperte sich und ein sanftes Lächeln legte sich über ihren faltigen Mund. Sie schritt behäbig zum Sofa, nahm die Fernbedienung und stellte den Ton ihres Fernsehers auf Stumm.

»Das ist aber schön, dass Sie sich melden! … Wie geht's dem Kleinen?«, wollte die alte Dame wissen.

Auf der anderen Seite wurde zunächst geschwiegen.

»Nicht so gut. Korbinian liegt seit Mittwoch im Bett. Er hat Magenschmerzen, dazu plagen ihn Albträume«, entgegnete Frau Jansen und schien erschöpft. »Wäre ich doch nur an diesem Mittag gleich gegangen und hätte nicht telefoniert. Hach, ich mach mir solche Vorwürfe.«

»Das konnte doch niemand ahnen!«, sprach Charlotte beruhigend auf die Frau ein.

»Ja, aber … ich mache mir große Vorwürfe.«

»Das versteh ich gut. Als Mutter sorgt man sich ein Leben lang um seine Kinder und das schlechte Gewissen wird zum ständigen Begleiter. Ich würde Korbinian gerne besuchen wollen! Hätten Sie etwas dagegen?«

»Nein, ganz im Gegenteil, Frau Kaufmann! … Ich … ähm … wir … würden uns sehr über Ihren Besuch freuen.«

Die beiden Frauen einigten sich auf 15.00 Uhr des Folgetages, dem Sonntag. Frau Jansen gab der Rentnerin noch ihre Adresse durch, verabschiedete sich und legte dann auf. Anschließend ging sie ins Kinderzimmer ihres Sohnes, schaute, ob er eingeschlafen war, und lehnte die Tür einen Spalt weit an.

Nachdenklich nahm sie auf ihrem Ecksofa Platz und schaute noch ein wenig Fernsehen.

***

Nadine und Daniel hatten sich inzwischen beruhigt und gönnten sich auf den abendlichen Schreck ein Glas Rotwein zur übrig gebliebenen Tiefkühlpizza vom Vortag. Doch dieser Pizza fehlte gänzlich alles, was normalerweise eine solche Spezialität ausmachte.

Vor ihnen auf dem Tisch lagen Block und Stift. Anhand von Nadines bruchstückhaften Erinnerungen der vorangegangenen Messerattacke zeichnete Daniel, der anscheinend auch hierfür ein Händchen hatte, ihre Angaben auf.

Nach zwei Stunden kapitulierte Nadine. Sie war müde und wollte das schreckliche Erlebnis nur noch vergessen. Außerdem hatte Daniel über ihren Kopf hinweg entschieden, hier zu übernachten. Er traute den Ereignissen nicht. Erst hatte man Nadine verfolgt und dann mit einem Messer attackiert. Solange er nicht den Grund dafür wusste, brauchte sie seinen Schutz.

Ohne ein Wort verließ Nadine die Küche und ging in ihr Zimmer. Sie holte aus ihrem Kleiderschrank Bettwäsche und Handtücher sowie eine dicke Decke, derweil ihr Kollege die Wohnung nach geöffneten Fenstern und Türen durchsuchte. Die angrenzende Straße unter ihrem Fenster hatte er ebenfalls kontrolliert, aber nichts Auffälliges entdeckt.

Nadine kehrte mit der Wäsche über dem Arm in die Küche zurück.

»Du kannst in Leas Zimmer schlafen! Das ist das Zimmer, rechts am Ende des Flurs. Sie kommt erst morgen Abend wieder, schrieb sie mir per WhatsApp«, sagte Nadine und wünschte ihrem Kollegen eine gute Nacht. *Bloß nicht zu nett sein, am Ende will er noch was von mir.*

»Danke! Ist gut! Ich bleib noch etwas wach«, entgegnete Daniel lächelnd und warf ihr ein verheißungsvolles *Schlaf gut* zu.

Am Sonntagmorgen wurde Nadine durch ohrenbetäubenden Lärm geweckt. Irgendetwas schlug permanent gegen das Fenster. KLACK-KLACK – KLACK-KLACK. Müde zog sie die Bettdecke bis unter die Nasenspitze und hatte keine Lust, nach dem Rechten zu sehen. Zu kuschelig war es unter der Decke. Sie wusste, würde sie aufstehen, wäre die Wärme dahin.

Wieder vernahm sie das Geräusch.

Genervt stand sie auf und ging barfüßig zum Fenster.

Sie blickte auf den alten Kastanienbaum mit seinen gelbgold-braunen Blättern, die der Herbstwind langsam abtrug und kahl werden ließ. Ein Zweig war angebrochen und erwies sich als Verursacher des fortwährenden Geräuschs.

Nadine öffnete das Fenster, griff nach dem Ast und brach ihn ab. Mit einem dumpfen Schlag fiel er zu Boden. Zufrieden lehnte sie sich über die Fensterbank und blickte hinab auf den Weg. Der Ast hatte zum Glück niemanden getroffen.

Jetzt kann ich auch aufstehen. Sie zog sich bequeme Kleidung über, bändigte ihre blonden langen Haare zu einem Zopf und ging ins Bad. Schon von Weitem strömte ihr ein wohlriechender Kaffeegeruch entgegen.

Mhm herrlich, dachte sie und folgte dem wunderbaren Duft.

Daniel saß bereits in der Küche und schaute auf sein Handy.

»Moin, Moin. Ist alles o.k.? Du machst so ein angestrengtes Gesicht«, fragte Nadine und schaute suchend zur Kaffeemaschine.

Sie öffnete den Kühlschrank, holte einen Tetrapack Milch heraus und befüllte ihre große bauchige Kaffeetasse zu einem Drittel. Danach erwärmte sie die Milch in der Mikrowelle und goss den Kaffee dazu. Sie mochte ihren Milchkaffee süß und gab noch etwas Honig hinzu.

»So ein Zinnober für einen Kaffee«, bemerkte Daniel vom Handy aufschauend. »Meine Schwester hat mal wieder Sorgen mit ihrem neuen Film. Kennst sie ja! … Niemand kann es ihr recht machen … Mal gefallen ihr die Schauspieler nicht, mal die Regisseure und mal wieder die Statisten. Ewig die gleiche Leier.«

»Aber dafür schmeckt der Kaffee!«, knurrte Nadine sich gegen den Küchentresen lehnend und wärmte die Hände an der Tasse. »Tja, so sind wohl Leute vom Film. Bringt wahrscheinlich das Business mit sich.«

8. Sonntagnachmittag, 15. November

Pünktlich um 15.00 Uhr klingelte es im Stadtteil Petershausen an der Wohnungstür von Frau Jansen. Sie wohnte in einem älteren Mehrfamilienhaus. Nichts Besonderes, aber gut gepflegt. An ihrer weiß getünchten Tür hing ein Holztäfelchen mit der Aufschrift *Familie Jansen*.

Von draußen vernahm man bereits Schritte, die sich der Eingangstür näherten.

Dem folgte das Geräusch einer Kette, die sich löste.

Die Tür ging auf und ein Frauenkopf mit bräunlichem Haar zeigte sich.

Frau Kaufmann trat näher und reichte Frau Jansen einen kleinen herbstlichen Blumenstrauß.

»Oh, herzlichen Dank!«, sagte Frau Jansen am Blumenstrauß schnuppernd und wies die alte Dame in ihre Wohnung. »Kommen Sie bitte herein!«

Die alte Dame betrat den quadratischen Flur voller Familienfotos sowie einer in die Ecke platzierten Garderobe.

»Na ja, viel Platz haben wir nicht. Sie kennen die Mieten in Konstanz. Aber die Wohnung ist bezahlbar und das zählt.«

»Ja, wem sagen Sie das«, entgegnete Charlotte Kaufmann tief durchatmend und übergab der Gastgeberin ihren Mantel. Danach folgte sie ihr ins Wohnzimmer. Im Gegensatz zum Flur war es groß und in warmen Farbtönen gestrichen. Ein Paravent unterteilte das Wohnzimmer in einen Schlaf- und Wohnbereich.

»Für uns zwei reicht die Wohnung. Kommen Sie, Frau Kaufmann, ich zeige Ihnen das Zimmer von Korbinian! Er ist sehr aufgeregt und freut sich schon auf sie.«

Frau Jansen ging voran und öffnete eine bunt bemalte Zimmertür.

Dahinter spielte auf dem Teppich sitzend ihr Sohn und schien völlig vertieft in seine Bauklötze. Er bemerkte die beiden Frauen nicht.

»Korbinian? Korbinian!«, rief seine Mutter ihm zu.

Der Kleine zuckte zusammen und schaute mit weit geöffneten Augen zu seiner Mutter hoch. Sofort stand er auf und tippelte auf die Rentnerin zu. Schüchtern reichte er ihr seine kleine Hand.

»Oh die Tante. Mama hat gesagt, dass du kommst.«

Frau Kaufmann erwiderte die herzliche Begrüßung des Kleinen und streichelte über sein blondes, seidenweiches Haar. Danach öffnete sie ihre Handtasche und zog einen kleinen hellblauen Hasen mit langen Ohren heraus.

Der Kleine sah entgeistert auf den Hasen, während seine Mutter der Rentnerin zuflüsterte, dass sie den Kaffee aufsetzen wolle.

»Der ist blau! Hasen sind nicht blau!«, schimpfte der Kleine kess.

»Das stimmt, Korbinian! Das ist ein Angsthase und die sind blau.«

»Ich mag keine Angsthasen!«

»Ich auch nicht, aber Angst zu haben, ist nicht schlimm. Man braucht sich dafür nicht zu schämen. Irgendwann …«, Charlotte stockte, »… irgendwann hüpft die Angst wieder davon und dann …«, sie stockte erneut und zog einen weiteren Hasen aus ihrer Tasche, »… dann sieht er wieder braun aus wie dieser hier!« Sie überreichte dem Jungen einen weiß-braun gefleckten Hasen, gleichfalls mit langen Ohren.

Korbinian strahlte übers ganze Gesicht.

Frau Kaufmann schaute sich das Zimmer des Jungen genauer an und dachte an ihre Kinder, als diese im selben

Alter waren. Viel hatte sich seitdem nicht geändert, nur, dass die heutigen Spielzeuge kleine Computer waren und die herkömmlichen Holzspielzeuge ablösten. Hektik hatte inzwischen in den Kinderzimmern Einzug gehalten. Anders als früher.

Auf dem blau-rot-gelben Schreibtisch des Jungen lagen kunterbunte Kinderzeichnungen.

Neugierig nahm Frau Kaufmann eine an sich, legte sie wieder ab und nahm sich eine neue. Etwa beim fünften Bild wurde sie stutzig. Es war weniger bunt, zeigte einen Turm mit einer Frau, deren Kopf aus dem Fenster ragte. Ihr langes rotes Haar war gut zu sehen. Aus einem anderen Fenster, weiter rechts, war der Kopf eines Mannes zu erkennen. Unten auf dem Bild waren dicke große orangefarbene Kürbisse und farblich passende Bonbons.

»Rapunzel?«, erriet Charlotte und fügte an: »... mit rotem Haar?«

Korbinian schüttelte energisch den Kopf. »NEIN!«

»Dann Halloween?«

»NEIN, auch nicht. Das Bild ist ... ist vom Schattenmann.«

»*Schattenmann?*«, wiederholte Frau Kaufmann und legte ihre Stirn in tiefe Falten. Im Nu sah sie älter aus als ohnehin schon.

Die alte Dame schluckte, assoziierte das Bild als ein Abbild der Geschehnisse des verhängnisvollen Vormittags und fragte den Jungen einfühlsam, ob er jemanden auf dem Turm gesehen habe. Mit einem hauchend kindlichen *Mhm* stimmte ihr der Junge zu.

Gott-o-Gott, er muss das auf jeden Fall für sich behalten, sonst kommt er in große Schwierigkeiten. Wir ... na ja, Rudi, weiß doch noch nicht einmal, ob es Mord oder Selbstmord war. Und nach Aussage des Kleinen war also jemand mit auf dem Turm. Vermutlich der Mörder.

Frau Jansen kam mit einem Lächeln zur Kinderzimmertür herein und bat die zwei zu sich ins Wohnzimmer. Ihr Sohn hatte jedoch keinen Hunger und bevorzugte stattdessen das Spielen mit seinen zwei neuen Hasen.

Voller Sorge bat Frau Kaufmann Korbinians Mutter um die Skizze und erklärte ihr, was vermutlich darauf zu sehen war.

»Egal, wer Sie fragt, hören Sie, zu niemandem ein Wort! Mein Sohn ist der Chef der hiesigen Kriminalpolizei, ich werde mit ihm darüber sprechen! Könnte ich die Zeichnung von Korbinian behalten?«, fragte die Rentnerin vorsichtig.

Frau Jansen sprang entsetzt auf, sodass ihr Stuhl nach hinten kippte und ein lautes Getöse verursachte, das wiederum ihren Sohn aufhorchen ließ, der sogleich herbeieilte.

»Mama, was ist los?«

»Alles gut, mein Schatz. Mama war ungeschickt. Geh wieder spielen!« Sie legte ihre Hand auf die Schulter des Jungen, steuerte ihn dezent in sein Zimmer und kehrte danach zurück ins Wohnzimmer.

Mit einem lauten Seufzer setzte sie sich und schaute die Seniorin aus angstvollen Augen an. »Eine Bitte, halten Sie unseren Namen aus dieser Angelegenheit heraus! Diese Studentin wird dadurch auch nicht wieder lebendig. Aber ich … ich …«, presste Frau Jansen hervor, »… muss mein Kind beschützen.« Ihr Herz pochte und die Angst übermannte sie. Aus Kriminalfilmen ahnte sie um die prekäre Lage, in der sie sich von nun ab befand. Wenn ihr Sohn den Mörder tatsächlich gesehen hatte, war er in Lebensgefahr.

Frau Kaufmann versprach es, trank ihren Kaffee aus und verabschiedete sich zwei Stunden später von Mutter und Sohn.

Erst als sie wieder im Appartement des Seniorenheims war, griff sie zum Telefon und rief ihren Sohn an. Um diese Zeit schaute er gewöhnlich Fernsehen und lümmelte sich auf seiner Couch, genau wie sein verstorbener Vater es getan hatte. Wie ähnlich waren sich doch Vater und Sohn.

Christine Hufnagel ging zum Telefon und nahm ab, sprach ein paar Worte mit ihrer Schwiegermutter und brachte dann den Hörer zu Rudi.

»Hallo Mutter.«

»Ach, mein Sohn, ich wollte mich nur kurz entschuldigen, weil ich unser Mittagessen ausfallen lassen musste. Weißt du, zwei Mahlzeiten so kurz nacheinander waren mir einfach zu viel«, sprach sie. *Ich muss doch auf meine Linie achten und der Besuch bei Korbinian war mal was anderes als das sonntägliche Mittagessen bei Rudi und Christine. Und einer muss doch den Fall lösen.*

»Schon gut, Mutter. Das holen wir nächsten Sonntag nach. Aber deshalb rufst du doch nicht an, oder?«, drang es ahnend an ihr Ohr.

»Nun ja«, druckste sie. »Junge, sitzt du?«

»Nein!«

»Dann tue es!«

Rudi setzte sich in seinen Fernsehsessel.

»Gut, ich sitze.« Genervt rollte er mit den Augen und überlegte, was sie nun wieder wollte.

»Die junge Frau wurde vom Münster gestoßen!«, sprach sie leise. »Ich kann es beweisen.«

»DUUU? Nicht schon wieder Mutter! … Wie oft soll ich dir noch sagen, dass du dich aus meinen laufenden Ermittlungen raushalten sollst?«, brüllte er in den Hörer und beruhigte sich sogleich wieder. »Du meinst, es war Mord?«

»Ja, deshalb rufe ich an«, entschuldigte sie sich kleinlaut und schaute sich in ihrem Appartement suchend um, obwohl sie wusste, dass sie alleine war.

Danach erzählte sie ihrem Sohn vom Bild des kleinen Jungen und machte sich gleichzeitig große Sorgen um dessen Sicherheit. »Die Zeichnung von Korbinian könnte den Mörder überführen. Und wenn er Wind davon bekommt? … Oh je, daran möchte ich erst gar nicht denken …«

»Hast du das Bild?«

»Ja, ich schließe es in den alten Schrank.«

»Gut, ich hol's mir gleich morgen früh ab!«, beruhigte er seine Mutter und unterhielt sich noch eine Weile mit ihr.

Um den Kleinen nicht in Gefahr zu bringen, entschied Hufnagel, vorerst mit niemandem über den Vorfall zu sprechen. Erst wenn er die Zeichnung in den Händen hielt, wollte er seine Kollegen einweihen. Außerdem war Sonntag und nichts auf der Welt konnte Hufnagel dazu bringen, diesen mit Arbeit zu verplempern.

Montagmorgen etwa gegen 8.00 Uhr

Nacheinander trafen die Kollegen der neuen, zusammengewürfelten Mordkommission um Daniel Selzer im Polizeirevier ein.

Das ganze Haus roch nach Farbe. Malerplanen lagen am Boden. Farbtöpfe standen herum. Leitern lehnten an der Wand. Es gab kaum eine Stelle, die vermuten ließ, dass es sich hier um ein altehrwürdiges Polizeirevier mit Tradition handeln könnte. Der hellgelbe U-förmige Klinkerbau mit den rotbraun abgesetzten Seiten wurde generalüberholt und heute begann die Tätigkeit der Handwerker im Inneren des Gebäudes, zum Leidwesen seiner Nutzer.

Nadine hasste den Geruch, erinnerte er sie doch an den Umzug nach Berlin kurz nach der Scheidung der Eltern. Und wahrlich schöne Erinnerungen waren das nicht. Mutter und Tochter zogen von Fehmarn in die Großstadt, um die Vergangenheit hinter sich zu lassen. Damit hatte die Kindheit von Nadine von einem Tag auf den anderen geendet.

Inzwischen standen Hübner, Andres und Selzer im alten Büro von Hufnagel und warteten auf ihn.

Circa gegen 8.30 Uhr hetzte auch dieser nach dem Besuch seiner Mutter hinzu und legte das zusammengewickelte Papier auf den Schreibtisch.

»Mann, dieser Farbgestank, kaum auszuhalten«, schimpfte Hufnagel und fühlte sich unwohl bei derart vielen Menschen in seinem Büro. An Nadine Andres hatte er sich inzwischen gewöhnt. »Guten Morgen!«

»Morgen, Herr Kollege«, sprach Selzer an Nadines Schreibtisch gelehnt und eine Akte haltend. »Eigentlich hatte ich mir den ersten Tag anders vorgestellt. Aber die Maler beginnen wohl erst heute mit dem neuen Büro. Hübner und ich werden also provisorisch mit in *Ihr* Büro ziehen!« Er blickte nach rechts zu Hufnagel, dann zur Andres und Hübner.

Nadine zog eine Schnute.

Hübner atmete tief durch, was gleichzeitig als Ablehnung zu verstehen war, und Hufnagel motzte leise vor sich hin: »Nicht schon wieder!«

»Was meinen Sie, Herr Kollege?«, fragte Selzer, obwohl er genau wusste, was Hufnagel sagen wollte.

»Nichts, nichts!«, tat Hufnagel seine Bemerkung ab.

»Gut, legen wir los!«, forderte Selzer und bat um Aufmerksamkeit. »Als Erstes würde ich gerne mit Ihnen über die Einführung einer wöchentlichen Dienstbesprechung reden. Wobei mir die Bezeichnung absolut missfällt. Hat jemand eine Idee für einen anderen Namen?«, erkundigte er sich und sah in die Runde.

Dienstbesprechung klingt doch gut, warum sucht der nach einem neuen Namen, dachte Hufnagel. »Montagsbesprechung, vielleicht?«

Die Kollegen schüttelten den Kopf.

»Wie wär's mit Montagsmeeting oder Jour Fix«, kam es von Hübner.

Die anderen fanden seine Idee gut und schenkten ihm ein bejahendes Kopfnicken.

Nadine räusperte sich und meinte schließlich: »Kick-off! Nennen wir es doch einfach Kick-off.« *Nun das bedeutet zwar Startschuss für ein neues Projekt, aber für mich ist der Montag auch immer wieder neu.*

»Kick-off?«, widersprach Hufnagel und kam ins Schimpfen: »Was ist denn am alten Namen so verkehrt? Mir gefällt er. Sagt aus, was es ist. Wir sind Polizeibeamte und keine Showmaster«, knurrte Hufnagel und kratzte sich am Kinn.

»Gut, also stimmen wir ab! Wer ist für Herrn Hübners Vorschlag?«, fragte Selzer und zählte die erhobenen Hände. Außer Hübner meldete sich keiner. »Wer für den Vorschlag von Herrn Hufnagel?« Auch hier gab es nur die Stimme von Hufnagel. »Und wer zieht den Vorschlag von Frau Andres vor?«

Nadine hob ihren Arm, genau wie Selzer.

»Okay, nennen wir es fürs Erste Kick-off. Ist ja nichts Starres und lässt sich jederzeit ändern. Ach, und wenn es Ihnen nichts ausmacht, würde ich gerne diese Runde mit einem kleinen Frühstück eröffnen. Lockert die Stimmung. Was halten Sie von Butterbrezeln?«

»Und wer bringt die mit?«, maulte Hufnagel genervt dagegen.

»Wir wechseln uns ab«, entschied Nadine vorlaut, traf jedoch die richtige Entscheidung.

Ein wohlwollendes Zustimmen ging durch die Reihe.

Butterbrezeln zum Frühstück und was kommt als Nächstes? Womöglich noch gemeinsam joggen, grübelte Hübner, der diese Art von Vertrautheit gar nicht mochte. Aber es half nichts, da musste er wohl durch.

»Gut, dann fangen wir gleich mit dem ersten Kick-off an«, forderte Selzer und stellte sich aufrecht. »Wir haben ein weiteres Problem hinzubekommen. Frau Andres wurde am Samstagabend von einem Unbekannten auf dem Münsterplatz mit einem Messer attackiert. Noch haben wir keinerlei Hinweise, wer dieser Mann war. Daher meine Bitte, passen Sie auf sich auf. Nach meiner Einschätzung steckt mehr hinter den Morden, als wir bislang vermutet haben.«

Man sah dem Team seine Entrüstung an. Die Gedanken kreisten durch die Köpfe. *Wer war der Angreifer? Und warum traf es gerade Nadine Andres?*

»Wieso ausgerechnet Frau Andres?«, hinterfragte Hübner, starrte mitleidig auf die Oberweite seiner Kollegin und schenkte ihr einen lüsternen Seitwärtsblick.

»Wieso?«, wiederholte Hufnagel. »Vielleicht weil es sich bei unserer Toten vom Münster nicht um eine Selbstmörderin handelt, sondern um einen kaltblütig ausgeführten Mord, für den es anscheinend Beweise gibt.« Hufnagel rollte die Zeichnung des kleinen Jungen auf seinem Schreibtisch auf und zog sämtliche Blicke auf sich.

»Eine Kinderzeichnung?«, fragte Hübner. Man spürte eine gewisse Abfälligkeit in seiner Stimme, die mit einem kurzen Zeigefingerstrich über das bunte Papier zum Ausdruck kam.

Nadine nahm die Zeichnung an sich, schaute sie genauer an und wusste sofort, worauf Hufnagel hinauswollte. Auch sie sah in der Krakelzeichnung einen dunkel gefärbten Mann und schlussfolgerte, dass Frau Jansens Sohn wohl der Einzige gewesen war, der diesen Mord tatsächlich gesehen haben könnte.

»Wo haben Sie das her?«, erkundigte sie sich und schaute Hufnagel mit bohrendem Blick an.

»Von der Mutter des Jungen«, kam es überzeugend retour.

»Komisch, mir ist von einer Zeugin mit Kind nichts bekannt. Dann hatten Sie wohl noch eine andere Quelle als ich. Charly?«

Hufnagel schaute sie gleich einem Hund an. Einem Blick, der wohl verkünden ließ, dass er für die Eigeninitiative seiner Mutter mal wieder nichts konnte.

Nadine gab sich mit seiner Antwort zufrieden und flüsterte mit Selzer: »Das erklär ich dir später!«

Selzer beließ es dabei, machte große Augen und wandte sich erneut seinem Team zu. »Mord ist auch meine Vermutung. Also lassen Sie uns die Aufgaben für die nächsten Tage verteilen. Die Herren Hübner und Hufnagel machen sich bitte an die Überprüfung der Alibis, und zwar die der Stricher. Und meine Herren, ich erwarte ein hieb- und stichfestes Alibi. Erkundigen Sie sich bitte auch bei der Sitte, ob etwas gegen sie vorliegt. Frau Andres und ich nehmen uns noch mal den … wie hieß er doch gleich …?«

»… Quast?«, unterbrach ihn Nadine.

»Richtig, Quast, den Chef dieser Organspenderfirma, vor?«, fügte Selzer an.

Nadine nickte bejahend und schenkte ihm ein zustimmendes *Mhm*.

»Wieso noch mal diesen Quast?«, empörte sich Hufnagel und rümpfte die Nase. »Er hatte doch ein Alibi für die besagte Zeit.«

Selzer schaute ihn herausfordernd an. »Hatte er das wirklich? Dem Protokoll kann ich nur das Alibi seines Chauffeurs entnehmen. Ob Quast zur besagten Tatzeit in Konstanz war, wissen wir nicht. Uns liegt lediglich eine Aussage der beiden anderen Geschäftsführer, Bundschuh senior und junior vor.«

Hübner stimmte ihm kopfnickend zu, wobei Nadine Andres auf das Gespräch mit Quast hinwies, dass er zum besagten Tatzeitpunkt wohl operiert habe, und resümierte nachfolgend: »Ja, die Bundschuhs waren für zwei Tage in Stuttgart auf einer Tagung. Scheiden somit als Tatverdächtige aus.«

Nachdem Selzer alle Aufgaben im Team verteilt hatte, griff er zum Telefon und schien mit der Technikabteilung des Polizeireviers zu telefonieren. Er bat den Mann am anderen Ende der Leitung freundlich, aber bestimmt um die baldige Ausführung der Renovierungsarbeiten für das neue Büro und legte mit ihm eine Frist von einer Woche fest. Als zwischenzeitliche Lösung einigte man sich auf zwei weitere Schreibtische in Hufnagels Büro, die noch im Laufe des Tages aufgestellt werden sollten.

Wenig später verabschiedete sich Selzer von Hübner und Hufnagel und verließ mit seiner Kollegin das Zimmer. Die beiden wollten gegen Mittag nach Friedrichshafen fahren, um Professor Quast einen privaten Besuch abzustatten. Laut seiner Sekretärin arbeitete er montags nicht, weil er diesen Tag abgrundtief hasste.

***

Etwa zur gleichen Zeit in einem Berliner Supermarkt

Langsam lief Nadines Mutter durch die sich öffnende, leicht surrende doppelglasige Schiebetür im Kaisers-Supermarkt.

Wie immer nahm sie sich viel Zeit für ihren kleinen wöchentlichen Einkauf, der ihr vielmehr zum Austausch mit anderen Menschen diente als zum Einkaufen selbst. Als Erstes gönnte sie sich vor Beginn des Einkaufs ein Tässchen Kaffee und beobachtete neugierig die aus- und eingehenden Leute. Anschließend tätigte sie ihre Einkäufe und begab sich dafür zu den Regalen.

Etwa nach fünf Metern drehte sich Frau Andres nach hinten um, weil sie von einer ihr bekannten Frauenstimme lautstark gerufen wurde: »Frau Andres, Frau Andres!«

Jedoch kaum dass sie ihrer Bekannten zuwinken konnte, wurde sie auch schon von einem kräftigen, herbeieilenden Mann mittleren Alters in einem olivgrünen Parka niedergestreckt. Sie fiel der Länge nach auf den kalten Fußboden, blieb liegen und bewegte sich nicht mehr. Unterdessen machte sich der Kerl unbeobachtet aus dem Staub.

Die Bekannte, eine großgewachsene, gertenschlanke Frau mit blonder Pagenfrisur, nicht älter als Frau Andres selbst, eilte herbei, bückte sich und berührte mit ängstlicher Miene die am Boden liegende Frau.

»Frau Andres? Frau Andres, hören Sie mich?«, fragte ihre Bekannte, Frau Witte, erregt und schaute sich suchend in der Menge um, ob jemand bereit war, zu helfen. »Wir brauchen einen Arzt! Schnell!«

Immer mehr Kunden strömten herbei.

»Was fehlt ihr?«, erkundigte sich ein älterer Herr im Trenchcoat und lässig gebundenem Schal. »Hat jemand ein Handy?« Suchend blickte er den Leuten in die Augen.

Ein paar von ihnen tuschelten, während andere entsetzt schauten.

Auch eine Verkäuferin kam hinzu und starrte schockiert auf die Liegende.

Ein junges Mädchen im Teenageralter griff nach ihrem Handy und rief geistesgegenwärtig den Notarzt an, der auch nicht lange auf sich warten ließ.

Nach erster Einschätzung des Arztes hatte sich Frau Andres den Oberschenkelhalsknochen gebrochen. Alles Weitere würde die nachfolgende Untersuchung ergeben, erklärte der Mann in Notarztmontur den aufgewühlten Kunden.

***

Zurück am Bodensee, Friedrichshafen

Um Zeit zu sparen, entschied Selzer, mit der Fähre von Konstanz nach Meersburg überzusetzen, um von dort weiter nach Friedrichshafen zu fahren.

Dieser Novembermontag war alles andere als ein schöner herbstlicher Tag. Trüb und nebelig war er und kalt dazu. Ein typischer Tag, um es sich daheim bei einer guten Tasse Tee sowie einem Buch gemütlich zu machen.

»Ich mag den November nicht«, knurrte Daniel und konzentrierte sich auf den Straßenverkehr. Immerzu stellte er die Scheibenwischer an, um die Spuren des nassen Nebels von der Autoscheibe zu wischen.

»Tja, der Totenmonat«, entgegnete Nadine und spielte auf dem Display ihres Smartphones. »Mir macht er nichts, das Wetter erinnert mich an Fehmarn. Dort ist es auch nicht besser zu dieser Jahreszeit … Ich bin's gewohnt.«

Mitten in ihrer Unterhaltung ertönte plötzlich der laute Klingelton ihres Handys.

Nadine zuckte zusammen. Betätigte die Annahmetaste und sagte, ohne sich mit ihrem Namen zu melden: »Halllooo?«

»Frau Andres? … Nadine Andres? … Die Tochter von Katrin Andres?«, erkundigte sich eine süßlich klingende, weibliche Stimme am anderen Ende der Leitung und stellte sich als Krankenschwester Sandra Schneller vor.

Nadine wurde heiß. Der Atem stockte. Die Stimme versagte. Sie hustete und rang nach Luft.

»Ja … das … bin ich«, sprach sie leise in den Hörer und fühlte sofort, dass irgendetwas nicht stimmte. Sie spürte die Angst in sich hochkriechen. Eine Angst, wie sie Nadine bislang nicht gekannt hatte. Es war die Furcht vor einer Hiobsbotschaft, so wie die junge Polizistin sie schon ein paar Male fremden Menschen übermitteln musste, sei es nach einem tragischen Unfall oder gar Tod. Und jetzt traf es sie. Nadine wusste nicht, wie schwer die nun kommende Information für sie werden würde. Sie zitterte am ganzen Körper und hoffte auf eine erlösende und weniger quälende Antwort.

»Ihre Mutter hatte heute Vormittag einen Unfall. Sie liegt im Krankenhaus.«

Tiefes Durchatmen auf der anderen Leitung.

»*Einen Unfall?* Oh Gott! Was ist passiert?«, fragte Nadine mit bebender Stimme ängstlich nach.

»Sie ist gestürzt und erlitt dabei einen Oberschenkelhalsbruch auf der rechten Seite. Wir werden noch heute operieren müssen.«

»*Oberschenkelhalsbruch?*«, wiederholte Nadine langsam, aber deutlich. »Wann kann ich meine Mutter besuchen? In welchem Krankenhaus ist sie?«

»Im Vivantes Klinikum im Friedrichshain. Machen Sie sich bitte keine Sorgen, es geht ihr den Umständen entsprechend gut. Sie können Ihre Mutter selbstverständlich jederzeit besuchen.« Die Stimme der Krankenschwester klang besänftigend und wirkte augenblicklich beruhigend auf die junge Frau. Nadine glaubte ihr, und ein Stein fiel von ihrem Herzen.

9. Montag, 16. November

»Genau davor hatte ich immer Angst«, gab Nadine nachdenklich zu und ließ das Handy in ihre braune Umhängetasche rutschen. Ihr Begleiter starrte sie kurz an. »Denk ich mir, hätte ich auch«, meinte er knapp und lenkte seinen Blick zurück auf die Straße. »Wann willst du sie besuchen?«

»Weiß nicht, Mittwoch? Dann geht's ihr bestimmt schon besser«, druckste Nadine und knabberte nervös an ihren Fingernägeln.

»Mittwoch klingt gut. Ich begleite dich, kann bei der Gelegenheit noch ein paar Dinge in Berlin regeln«, kam es entschlossen retour.

Mann, ich bin doch kein kleines Mädchen mehr und einen Aufpasser brauche ich schon gleich gar nicht. Andererseits ... ach was soll's.

»Passt dir bestimmt nicht, oder?«

»Nee, nicht wirklich«, kam es schnoddrig von Nadine.

»Denk ich mir. Aber in letzter Zeit passiert zu viel. Und an derart viele Zufälle glaub ich nicht.«

Nadine grinste belustigt vor sich hin.

»Wieso lachst du?«, fragte Daniel verunsichert nach und lenkte den Wagen nach links.

»Warum? Schon vergessen, wie wir uns in Berlin kennengelernt haben? Ganz zufällig in der U-Bahn. Oder war's kein Zufall?«

»DOCH. Und zwar ein sehr schöner. Eigentlich der Schönste, der mir bisher passiert ist«, sagte er augenzwinkernd und blickte wieder zu ihr.

»Flirtest du mit mir?«, fragte Nadine und bekam augenblicklich einen roten Kopf. *Peinlich, wenn Daniel das mitbekommt. Hilfe, ich glühe. Erde, bitte öffne dich und verschlinge mich.*

»Und wenn ja?«

»*Wenn ja*, würde ich dir sofort eine Abfuhr erteilen. Dienst ist Dienst und Schnaps ist Schnaps.«

Daniel verstummte und schien nachzudenken.

»Heißt das«, begann er unsicher, »du würdest nichts mit einem Kollegen anfangen?«

»Genau, das soll's heißen. Ich halte nichts von einer Liebelei im Büro. Wird dann nur getratscht. Is nix für mich.«

»Aha«, beendete Daniel das kurze Gespräch und konzentrierte sich wieder auf die Fahrbahn.

Etwa nach einer halben Stunde hatten sie ihr Ziel erreicht. Manzell, ein Stadtteil von Friedrichshafen. Eigentlich ein unspektakulärer kleiner Vorort nur wenige Kilometer von der großen Stadt entfernt. Wäre da nicht seine berühmte Geschichte, wäre er wohl weniger bekannt.

In der Manzeller Bucht hatte sich die Luftschiffhalle für die Zeppeline befunden. Und genau hier hatte auch die Ära der berühmten Luftschifffahrt mit dem Erstaufstieg des Starrluftschiffs LZ 1 am 02. Juli 1900 begonnen. Weitere Fahrten mit neuen Luftschiffen waren gefolgt, bis zum unsäglichen Unglück am 06. März 1937, als LZ 129 *Die Hindenburg* bei der Landung in Lakehurst/USA in Flammen aufgegangen war und die zivile Langstrecken-Luftschifffahrt beendet hatte.

Das Haus von Professor Quast lag in einer dieser typischen Nachkriegssiedlungen mit altem Baumbestand, gepflegten Gärten und Häusern, denen man im Laufe der Jahrzehnte die Nostalgie der Vergangenheit abmodernisiert hatte. Einige von ihnen hatten hübsche Wintergärten, andere waren durch Anbauten vergrößert worden und neuen Familienumständen angepasst, und wieder andere schienen in Ruhe gelassen worden zu sein. Sie sahen aus wie eh und je. Nur ein paar der Häuser mussten weichen, um sich der Moderne unterzuordnen. Wie auch das Haus der Quasts. Sie bewohnten einen hässlichen weißen Kasten, mit Fenstern so klein, als wären es Schießscharten. Die Anlage war wie aus dem Ei gepellt. Der Rasen gemäht. Die Bäume getrimmt. Nichts wurde hier dem Zufall überlassen.

Die beiden Polizisten verließen das Auto und bewegten sich langsam auf das schwarze Tor zu. Die Straße war menschenleer. Wahrscheinlich waren alle arbeiten oder gingen einer Tätigkeit daheim nach.

Die Hausklingel wirkte schlicht und passte zum Rest des Hauses.

Nachdem die Polizistin die Klingel gedrückt hatte, fragte eine nette, tiefe Frauenstimme nach ihrem Namen. Augenblicklich öffnete sich das Tor.

Als Nadine die Dame des Hauses erblickte, erschrak sie zunächst. Sie war weder schick noch passte sie hierher. Genau wie ihr Mann war sie klein und dick, hatte kurzes grau meliertes Haar und war in ihrem eng anliegenden Kleid unvorteilhaft gekleidet. Man sah ihr an, dass Mode sie nicht interessierte. Lediglich das dezente Make-up half ein wenig darüber hinweg.

»Polizei? Können Sie sich ausweisen?«, fragte die Hausherrin in gepflegtem Hochdeutsch und schien wenig überrascht, als sie auf die Ausweise blickte. »Danke, dürfte ich Sie ins Wohnzimmer bitten? … Kaffee? … Tee?«, fügte sie kurz an, aber man nahm ihr die Geste des Freundlichseins kaum ab. Es wirkte gestelzt, wie einstudiert.

Die Polizisten verneinten.

Forsch stellte sich Nadine vor ihren Kollegen, schaute Frau Quast mit bohrendem Blick an und fragte: »Ist Ihnen eine Frau Laufenburg bekannt?« Gleichzeitig schaute sie sich neugierig um.

Frau Quast wirkte nachdenklich, blieb jedoch gefasst.

»Laufenburg …? Laufenburg, der Name sagt mir nichts. Könnten Sie sich etwas präziser ausdrücken. Mein Gatte wie auch ich haben täglich mit unzähligen Menschen zu tun, da merkt man sich nicht jeden Namen«, entschuldigte sie ihre Unkenntnis.

»Ich verstehe nicht ganz«, grübelte Nadine, »arbeiten Sie auch in der Stiftung?«

Frau Quast lächelte verhalten und wirkte gelöster.

»Oh Gott, nein. Ich besitze eine eigene Praxis in Friedrichshafen und habe mit der Stiftung meines Mannes nichts zu tun. Fast nichts … Manchmal tauschen wir uns aus, mehr nicht. Wissen Sie, als Mediziner hat man immer Gesprächsbedarf … Im Gegensatz zu ihm habe ich geregelte Arbeitszeiten und noch Zeit für andere Dinge. Er steht nur noch im OP, da bleibt wenig Zeit für Hobbys.«

»Ach, deshalb nimmt er montags immer frei«, schlussfolgerte Nadine.

»So ist es. Seine Zeit für Tennis und Garten«, erklärte sie. »Warum interessiert Sie das alles? Hat sich mein Mann etwas zuschulden kommen lassen?«

Überraschend zog Selzer ein Foto der verstorbenen Studentin aus der Tasche und zeigte es Frau Quast. »Hier, das ist Frau Laufenburg«, sagte er herausfordernd und starrte auf das Bild, später auf Frau Quast. Ihre Frage ließ er allerdings unbeantwortet.

Die Ärztin schaute fachmännisch auf die Verstorbene und dann zu Selzer. »Nein, diese Frau ist mir nicht bekannt. Woran ist sie gestorben? Den Verletzungen nach an einem Sturz oder äußerer Gewalt?«

»Ein Sturz«, bejahte Nadine. »Das können Sie erkennen?«

Ein überhebliches Lächeln legte sich auf die Lippen der Ärztin.

»Junge Frau, ich habe in meinem Leben derart viele Unfälle behandelt, da bekommt man mit der Zeit Routine.«

Junge Frau? Ganz schön überheblich. Bringt wohl das Business mit sich. »Sagen Sie, Frau Quast, ist Ihr Mann auch zu sprechen?«

»Das kann ich Ihnen nicht sagen, normalerweise ist er um diese Zeit in der Tennishalle.«

»Heute auch?«, mischte sich Selzer ins Gespräch und schaute suchend durch das Wohnzimmer. Es wirkte edel durch die riesige Couchlandschaft, den dazu passenden Designerstühlen und dem imposant wirkenden avantgardistischen Gemälde darüber. Schlicht, aber elegant, war sein kurzes Resümee.

Frau Quast wirkte zerstreut, ging zum Panoramafenster voll Orchideen und schaute nachdenklich auf den vom Schnee leicht eingezuckerten Rasen. Inzwischen hatte es angefangen zu schneien. Wenig zwar, aber der Schnee blieb liegen.

»Ach, wissen Sie«, sprach sie mit Blick auf den Rasen, »wir führen eine offene Ehe, jeder geht seinen Interessen nach, da bespricht man nicht mehr jedes Detail. Für uns zählt das Große und Ganze. Die Sache, wenn Sie verstehen, was ich meine …« Dennoch wirkte sie traurig.

Die Polizistin schaute zu ihrem Kollegen und er zu ihr.

»Tut mir leid, so ganz kann ich Ihnen nicht folgen. Die Sache …?«

Frau Quast hüstelte. »… die Medizin, uns verbindet die Liebe zur Medizin. Das Helfen. Leiden lindern … das meinte ich damit«, und setzte entschuldigend nach: »Vielleicht habe ich mich da etwas unglücklich ausgedrückt.«

Eigentlich gut, überlegte Nadine. *Ist doch ehrenhaft.*

»Würden Sie bitte nachsehen, ob Ihr Mann hier ist?«, bat Selzer schließlich.

Frau Quast wandte sich vom Fenster ab. »Selbstverständlich«, und verließ das Wohnzimmer.

Neugierig lief Nadine durch den Raum und blickte auf die wenigen Familienfotos, welche auf einer kleinen Anrichte nebeneinander im Halbkreis aufgestellt waren. Sie zeigten das Ehepaar in verschiedenen Zeitabschnitten, wie der Hochzeit und dem Arbeiten rund um die Welt.

Sie stutzte, traute ihren Augen kaum. Entschlossen rief sie ihren Kollegen zu sich und wies auf das Hochzeitsbild der Quasts.

»Fällt dir was auf?«

»Sie hatte früher rote Haare!«, folgerte Daniel.

»Genau. Siehst du, der Quast steht auf Rothaarige.«

»Etwas weit hergeholt, findest du nicht? Aber nicht abwegig.«

In diesem Moment kam Frau Quast zurück und unterbreitete den beiden, dass ihr Ehemann nicht im Hause sei.

»Wissen Sie, wo er letzten Dienstag so zwischen zehn und zwölf war?«, erkundigte sich Nadine streng und kratzte ihr Ohr.

»*Letzten Dienstag?* Um diese Zeit? … In der Stiftung. Er hat dienstags immer viele OP-Termine. Aber fragen Sie besser seine Sekretärin!«, antwortete Frau Quast besonnen. »Gegen Mittag war er dann kurz zu Hause.«

»Und Montagnacht?«, stocherte Nadine weiter.

»*Montagnacht?* Hier … Wo denn sonst? Wenn er frei hat, geht er immer früh zu Bett. Sein Terminplan ist dienstags dermaßen voll, dass er abends vollkommen erschöpft nach Hause kommt. Er muss mit seinen Kräften haushalten.

Viel Zeit zum Ausgehen bleibt da nicht. Stundenlanges Operieren ist kräftezehrend, deshalb operiere ich nicht mehr und behandle ausschließlich nur noch Privatpatienten.«

»Und die anderen nicht?«

»Nur noch Stammkunden, die neuen verweise ich an meine Kollegen.«

»Gut, tja dann … haben Sie uns sehr geholfen, Frau Quast. Bitte finden Sie sich in den nächsten Tagen im Polizeipräsidium ein und geben Ihre Aussage zu Protokoll. Nur der Form halber«, entschärfte Nadine ihre Ankündigung.

»*Der Form halber?* Vielleicht beantworten Sie mir erst einmal meine Frage. Was wird meinem Mann vorgeworfen?«, entgegnete Frau Quast barsch.

»Wir ermitteln in einem Mordfall, Frau Quast. Ihr Mann gilt als dringend tatverdächtig«, antwortete Nadine.

»Sie machen Witze. Mein Mann bringt doch niemanden um. Sie täuschen sich«, meinte die Ärztin. »Muss ich dafür nach Konstanz fahren?«

»Ja, das wäre unter diesen Umständen wohl angebracht, damit entlasten Sie Ihren Mann«, bemerkte Nadine leicht verärgert. »Ansonsten müssten wir ihn verhaften. Das wollen Sie doch nicht, oder?«

»Nein, natürlich nicht. Dann komme ich morgen«, entgegnete Frau Quast scharf und untermalte ihren Satz mit einem tiefen Seufzer. Danach führte sie die Polizisten hinaus, verabschiedete sich und setzte sich sofort telefonisch mit ihrem Mann in Verbindung.

***

Zur gleichen Zeit in der Seniorenresidenz Wolkenlos

Nachmittags pflegten die älteren Herrschaften ihr Kaffeekränzchen im hauseigenen Wiener Café. Hinter einer hübsch dekorierten Glasvitrine standen alle Leckereien, die die *Wolkenlos-Patisserie* zu bieten hatte. Wiener Torte, Herrentorte, Obsttorte, gedeckter Apfelkuchen, Käse-Sahne-Torte und die begehrte Erdbeer-Sahne-Torte. Außerdem waren auf einem silbernen Tablett braune wie auch weiße Schokoladenpralinen mit Liebe zu einem Turm arrangiert.

Wie gierige Katzen schlichen die beiden Seniorinnen Kaufmann und Schulz um die Vitrine herum und zeigten mit faltigen Fingern auf ihre Favoriten, bis sie sich schlussendlich für ein Stück Wienertorte sowie ein Stück Käse-Sahne-Torte entschieden hatten.

Sie setzten sich an den Tisch mit dem wohl schönsten Ausblick hinaus zum Park.

Charlotte Kaufmann hatte sich hübsch angezogen, bevorzugte Bluse und Rock sowie ein farblich abgestimmtes Tuch, das sie über ihre Bluse gelegt hatte, während sich ihre Mitbewohnerin in ihren altertümlichen pinkfarbenen Hausanzug gezwängt hatte.

Inzwischen hatte sich Charlotte an das Outfit der anderen gewöhnt, missbilligte es zwar, tolerierte es dennoch.

»Na, wat macht denn unser neuer Mordfall?«, zischte Maria Schulz beim Hinsetzen und nahm auch gleich die Kuchengabel in die Hand. »Lecker, sag ick Ihnen. Och mal kosten?«, und hielt ihre Gabel mit einem Stück Wienertorte obenauf direkt vor die Augen der anderen, die wiederum mit einem heftigen Kopfschütteln dankend ablehnte. *Wo bleibt nur das Gespür für Höflichkeit?*

»Rudi war heute Morgen schon bei mir und hat die Kinderzeichnung abgeholt.« Anschließend berichtete die Rentnerin, was sie auf dem Bild gesehen hatte.

»Wat is? Also war es doch Mord. Und der Kleene weiß allet?«

Charlotte bejahte. »Außerdem erzählte Rudi, dass es in den letzten Jahren ähnliche Todesfälle gegeben hatte. Stellen Sie sich das mal vor!«

»Und dit hat er Ihnen alles so jesagt?«, hinterfragte Maria, weil sie wusste, dass Hufnagel nichts über laufende Ermittlungen berichten durfte.

»Nein, natürlich nicht. Sie kennen mich doch, ich musste ihm das schon aus der Nase ziehen«, bemerkte Charlotte lächelnd. »Es waren nur Rothaarige, die getötet wurden. Seltsam oder?«

»Sie wissen aber schon, wat man über Rothaarige sagt?«, meinte Maria und schaute ihr Gegenüber herausfordernd an.

Charlotte Kaufmann wehrte ab. »Ersparen Sie mir das, ich will es gar nicht wissen.«

Zunächst war Maria Schulz für eine kurze Weile eingeschnappt und meinte dann: »Soll ick mal mit Egon, meinem alten Kumpel von der Morgenpost, reden? Beim alten Billstedt konnte er uns doch och helfen.«

»Mhm, na ja … zumindest wäre es eine Möglichkeit, um mehr über diese mysteriösen Unfälle in Erfahrung zu bringen. Ja, machen Sie das mal, Verehrteste!«

Eine Stunde später hatte Frau Schulz ihren Freund an der Strippe und erzählte ihm, was sie wusste, sodass dieser seinen Computer mit den dazugehörigen Fakten bestücken konnte.

»Bist ein Schatz, Egon. Wat macht eigentlich unser Kiez?«, fragte sie melancholisch und fügte an: »Weeste, manchmal fehlt mir der Trubel schon. Is ein bisgen ruhig hier im Heim mit den alten Zauseln. Andererseits, in meinem Alter och nicht das Schlechteste.«

Nachdem die beiden aufgelegt hatten, unterrichtete die Seniorin Frau Kaufmann und versprach, sie auf dem Laufenden zu halten.

***

Auch Hübner und Hufnagel waren unterdessen nicht untätig.

Während Hufnagel es sich im Büro bequem gemacht, seine Schuhe unter dem Tisch ausgezogen und eine Tasse Kaffee gekocht hatte, telefonierte er eifrig mit dem Sittendezernat. Er fand heraus, dass die beiden jungen Männer, Stefano Domenico und Patrick Suma, welche am Dienstag vergangener Woche ein Techtelmechtel mit Freiherr von Bodelshausen gehabt hatten, bei der Sitte bereits aktenkundig waren. Aufgrund des Alters waren sie mit einer Verwarnung davongekommen. Die Lehrlinge des Kfz-Mechaniker-Handwerks hätten am besagten Mordtag Berufsschule gehabt, diese jedoch geschwänzt, um stattdessen den Vormittag mit Herrn von Bodelshausen zu verbringen. Ein Pizzaservice, den von Bodelshausen am Dienstag beauftragt hatte, konnte die Aussagen bestätigen. Somit schieden die drei als Tatverdächtige aus.

Hübner dagegen musste sich mit den Handwerkern fürs neue Büro herumplagen, die ihn ständig wegen irgendwelchen, in seinen Augen lästigen Aufgaben nervten. Mal war es die Frage nach den Plätzen der vier aufzustellenden Schreibtische, dann wieder die des richtigen Lichts oder des sinnvollen Gestaltens der Büromöbel selbst. Übersichtlich und offen sollte das neue Büro sein, ohne viel Schnickschnack und mit weniger Zimmerpflanzen, dies waren die Wünsche des obersten Chefs, Harald Amans. Doch was die Pflanzen anbetraf, stellte sich Hufnagel stur. Für ihn waren sie das A und O eines schönen Büros. Manchmal, wenn er alleine im Büro weilte, sprach er sogar mit ihnen, wünschte einen *Guten Morgen* oder *Auf Wiedersehen.* Nur wusste das niemand.

Zu allem Überfluss platzte auch noch Nadine Andres mit ihrem Telefonat in Hübners Durcheinander. Bis er abnahm, ließ er es mindestens sieben Mal klingeln.

»Mann, was ist denn los?«, fragte seine junge Kollegin gereizt und schnaufte in den Hörer.

»Frag nicht! Hier klingelt pausenlos das Telefon. Ihr seid fort und jetzt muss ich den ganzen Mist alleine ausbaden. Ich bin Polizist und kein Innenarchitekt«, maulte Hübner böse.

»Wie? Hilf mir mal weiter, irgendwie stehe ich gerade auf der *Pipe*«, meinte Nadine.

»Bitte wo?«

»Na, auf der Leitung«, klärte sie ihn auf und holte hörbar tief Luft.

»Wegen des neuen Büros sind überall Handwerker und stellen blöde Fragen. Bin ich Moses und kenn mich mit all dem aus?«

»Das schaffst du schon, Hübi«, beruhigte sie ihn wie ein kleines Kind. Jetzt fehlte nur noch ein Streicheln über den Kopf. »Sag mal, könntest du für Daniel und mich am Mittwoch einen Flug nach Berlin buchen? … Meine Mutter hatte einen Unfall.«

»Wieso fliegt dann Selzer mit?«

»Er will mich begleiten, macht sich Sorgen.«

Hübner knurrte an dem anderen Ende der Leitung. »Hast du etwa was mit dem?«

»Seit wann habe ich was mit einem Kollegen?«, empörte sich Nadine und legte wütend auf. »Was denkt der sich eigentlich? Nur weil der bei mir nicht landen konnte, lasse ich mich doch nicht gleich auf den Nächstbesten ein.« Leider hatte Nadine vergessen, dass Selzer neben ihr saß.

»Aha, *der Nächstbeste*«, wiederholte Daniel. »So denkst du also über mich?«

Mist. Nadine schaute pikiert zu Selzer und war sich ihrer dummen Bemerkung sofort bewusst.

»Sorry, Daniel, so habe ich das nicht gemeint, aber …«, stockte sie und wusste nicht, wie sie die Situation noch retten konnte.

»Schon gut, mach dir keine Sorgen, von jetzt ab halte ich mich zurück. Trotz allem bist du eine klasse Polizistin, konzentrieren wir uns künftig mehr darauf. Lass uns nach Konstanz zurückfahren!« Seine Stimme klang wehmütig.

Als das Duo Andres und Selzer kurz vor Feierabend in ihr Büro zurückkehren wollte, vernahmen sie bereits vom anderen Ende des Flurs ein lautstarkes Gebrüll.

»Nein … nein und nochmals nein … Die Schreibtische kommen dort hinüber! … Meinen Schreibtisch bitte noch stehen lassen. Ich muss noch aufräumen … Morgen … es hieß morgen und nicht heute … Verdammt noch mal!« Hufnagel war außer Rand und Band.

»Was ist denn in den gefahren?«, fragte Nadine Daniel und schaute ihn überrascht von der Seite an. »So kenne ich Herrn Hufnagel gar nicht.«

Als die beiden durch die weit geöffnete Bürotür traten, kam ihnen Hufnagel zähneknirschend entgegen.

»So nicht, so nicht … Nichts ist organisiert … Die machen, was sie wollen … Rufe ich in der Technik an, werde ich vertröstet. So kann ich nicht arbeiten, ich brauche Ruhe. Da kommt man sich ja wie in einem Affenkäfig vor.«

Nadine ging auf Hufnagel zu und legte ihm fürsorglich die Hand auf seine rechte Schulter.

»Jetzt beruhigen Sie sich mal wieder, Chef … ups … ich meinte, Herr Hufnagel. Gibt's was Neues?«

Hufnagel bejahte.

Im gleichen Moment griff Selzer zum Telefon, schaute auf die Wände voller Farbschlieren und bat Hübner, der im Hause unterwegs war, zu sich. *Mensch, hier ist noch 'ne Menge Arbeit. Das mit dem Büro wird sich wohl mächtig hinziehen,* dachte Selzer.

Kurz danach bildeten die vier einen Kreis, tauschten ihre bisherigen Erkenntnisse aus und verabschiedeten sich wenig später in den Feierabend.

Hübner und Hufnagel gingen als Erstes, während Nadine noch mit Daniel ein paar Gesprächsnotizen an ihrem Computer zu erfassen hatte. Danach verließen auch sie das Büro, verabschiedeten sich rasch am Ausgang und ein jeder lief in eine andere Richtung. Nadine holte ihren Roller vom Parkplatz und Daniel war zu Fuß unterwegs.

Mist, ich glaube, dem bin ich heute ganz schön auf die Füße getreten, dachte Nadine, genau wie Daniel, der ebenso ins Grübeln kam. *Kleines Biest, so einfach wirst du mich nicht los.*

10. Spät am Abend

Als das Telefon von Maria Schulz etwa gegen 22.00 Uhr klingelte, erschrak sie zunächst, zuckte zusammen und griff dann forsch zum Hörer.

»Städtisches Beerdigungsinstitut«, rief sie in die Hörmuschel und wartete grinsend ab.

»Oh, da habe ich mich wohl verwählt«, entschuldigte sich eine ältere Herrenstimme und war gerade im Begriff wieder aufzulegen, als Frau Schulz diese mit einem klärenden Satz unterbrach: »Ick bin's Egon. Wollt dich nur foppen.«

»Mensch du alte Schnecke, immer noch die Alte, hä.«

»Hab doch gewusst, dass du's bist. Mein Display hat's mir verraten. 0 3 0 – die Berliner Vorwahl.«

»So langsam entwickelst du dich echt zu einer Detektivin, Mary. Diese Recherche hat mich richtig Nerven gekostet … Also, ich habe mal ein paar Eckdaten in den Computer eingegeben, wie Alter, rote Haare, Todesursache, Aussehen und die ungefähren Daten. Deine Freundin hatte recht. Am 10.11.2014 stürzte sich eine Estha Sarva vom Kreidefelsen in Rügen. Zuvor hatte es wohl stark geregnet, sodass die Steilküste teilweise zu bröckeln begann. Man fand ihre Leiche erst Wochen später vom Sand begraben. Laut Augenzeugen wurde sie am Todestag noch gesehen.

Und die andere, eine Jasmin Zimmer nahm sich am zehnten November 2012 mit einer Überdosis Schlaftabletten in ihrer Heidelberger Wohnung das Leben. Nach meiner Meinung wusste sie als Ärztin genau, was sie tat. Auch hier war es mit großer Wahrscheinlichkeit Selbstmord, zumindest berichten das die jeweiligen Lokalnachrichten.

Aber, wenn du mich als Laie fragst, würde ich schon von einem merkwürdigen Zufall ausgehen. Beide starben am zehnten November und waren, den Fotos nach zu urteilen, nicht nur hübsch, nein, sie hatten auch eine ganz besondere Ausstrahlung und etwas Feenhaftes. Sicherlich nicht jedermanns Typ, aber durchaus anziehend.«

»Mensch, Egon, *das war Spitze!*, wie Hänschen Rosenthal in *Dalli Dalli* immer zu sagen pflegte.«

»Freut mich, wenn ich dir helfen konnte. Also dann schlaf gut und pass auf dich auf. Lebst nicht ganz ungefährlich mit deinen Schnüffeleien. Tschüssikowski.«

Da Frau Schulz ihre Bekannte zu später Stunde nicht mehr stören wollte, entschied sie, bis zum nächsten Tag auszuharren, um ihr dann alles zu berichten. Für die quirlige Rentnerin bedeutete das kein leichtes Unterfangen. Wie gerne hätte die Seniorin noch geplaudert, stattdessen wälzte sie sich die ganze Nacht mit Albträumen im Bett umher.

***

Am nachfolgenden Dienstag ging es im Haus Wolkenlos sowie im Polizeirevier eher beschaulich zu. Die alten Damen tauschten sich während ihres opulenten Frühstücks aus und die Polizisten waren mit dem Einräumen ihres neuen Büros beschäftigt. Dazwischen erledigten sie alle möglichen Formalitäten und sehnten den Abend herbei.

***

Mittwoch, Flughafen Zürich-Kloten gegen 6.00 Uhr

»Von welchem Gate geht der Flieger?«, fragte Selzer Nadine und schaute auf die Abflugtafel. »Ah, Gate drei.«

»Wie sieht's aus, wollen wir noch einen Kaffee trinken?«, erkundigte sich Nadine.

Noch müde gingen die beiden ins Flughafenrestaurant und bestellten am Tresen einen Schümli-Kaffee. Zu dieser frühen Stunde war es ruhig. Lediglich ein paar geschäftsreisende Herren in dunklen Anzügen, ausgestattet mit kleinen Rollkoffern und Laptoptaschen nutzten das Lokal zu einem Meeting.

Etwa nach zehn Minuten kam ein junger Mann in lässigem Outfit hereinspaziert und setzte sich in eine der hinteren Ecken. Nadine musterte ihn mit Argwohn. *Irgendwoher kenn ich den,* dachte sie. Für einen winzigen Moment trafen sich die Blicke der beiden. Seiner durchdringend, der ihrige nachdenklich. Er war einer dieser Burschen, die man häufig in Modeläden, Cafés oder Restaurants von Großstädten antraf. Stets auf sein Äußeres achtend, ein Stück weit arrogant und ständig den Blick auf die Weiblichkeit gerichtet. Für Nadine verkörperte er den Typ Mann, der ihr zwar gefiel, den sie jedoch aus Vorsicht vor einer möglichen Enttäuschung links liegen ließ, wohlwissend, dass es zu nichts führte.

»Dein Typ?«, bemerkte Selzer herausfordernd.

»Quatsch«, zischte Nadine genervt zurück. Gleichzeitig wurde sie durch die Ansage einer netten Frauenstimme bei ihrer Beobachtung gestört, als sie sagte: »Wir bitten die Passagiere nach Berlin jetzt zum Boarding!«

Außer Nadine und Daniel verließ niemand das Restaurant. Jedoch kaum dass sie um die Ecke gebogen waren, stand der junge Mann auf, legte ein paar Geldstücke auf den Tisch und folgte ihnen. Wie es schien, wollte er ebenfalls nach Berlin.

Der Flug verging sprichwörtlich wie im Fluge. Man las Zeitung, gönnte sich einen Kaffee und unterhielt sich über Belangloses. Nach einer guten Stunde landete das Flugzeug pünktlich bei strömendem Regen und dunklen Wolken in

Berlin-Tegel. An diesem Morgen zeigte sich Berlin, wie so oft um diese Jahreszeit, mal wieder von seiner trüben Seite.

Schnellen Schrittes verließen die beiden die Flughafenlobby. Nadine hatte es an diesem frühen Vormittag eilig, sie musste zu ihrer Mutter ins Krankenhaus, und das schlechte Gewissen plagte sie. Gerade jetzt, wo die Mutter sie am nötigsten brauchte, wollte Nadine bei ihr sein.

Der Nässe trotzend spannte die junge Polizistin ihren kleinen Miniknirps, den sie vor einiger Zeit in einem Tchibo-Laden erstanden hatte, auf und lud ihren Begleiter zum Unterstellen ein. Es hatte sich eingeregnet und würde so schnell nicht wieder aufhören. Darüber hinaus ohrfeigte die klirrende Kälte Nadines Wangen und der eisige Wind pfiff ihr um die Ohren.

Selzer winkte ein Taxi herbei.

Das herbeigerufene Fahrzeug fuhr langsam heran und spritzte Regenwasser auf den Gehweg. Nadine hüpfte genervt einen Schritt zurück. Als der Fahrer dann sein Auto verlassen hatte, um den beiden beim Einsteigen behilflich zu sein, würdigte ihn Nadine eines bitterbösen Blickes.

»Oh, hab ick Sie etwa nass gespritzt? Dit tut mir aber leid … Na, wo soll's denn hinjehen?«, fragte er höflich und zwirbelte seinen angegrauten Bart.

»Zum Vivantes Klinikum«, knurrte Nadine und schaute hinab auf ihre nass gespritzten Pumps. *Na, das fängt ja gut an. Kann ich mich auch gleich umziehen. Mann, du Idiot.*

»Und welschet? Von denen jibt's nen paar«, hinterfragte der Bärtige und hielt den beiden die Türen auf.

Nadine rollte mit den Augen. »Das im Friedrichshain.«

»Okay, dann geb ick dit mal ins Navi ein. Also einsteigen, bitte.« Er schloss die Türen und ließ sich mit Wonne auf seinen Autositz nieder. Das dezente Quietschen vom Leder war unüberhörbar, und man hätte fast meinen können, der Gute konnte sich nicht beherrschen.

Während er nach der richtigen Route suchte, machten es sich Nadine und Daniel im Taxi bequem. Nadine öffnete ihre Jacke und rieb über die nassen Flecke ihrer Oberschenkel. Die Nässe hatte von ihr Besitz ergriffen und fühlte sich kalt und unangenehm an.

»Also Landsberger Allee«, kam es kurz entschlossen vom Taxifahrer.

Nur langsam kam das Auto durch die gutbefahrenen Straßen von Berlin, unterdessen sich Nadine den Kopf zerbrach, wie wohl die Operation ihrer Mutter verlaufen war. Sie verspürte einen faden Geschmack im Mund, öffnete ihre kleine braune Umhängetasche, zog eine Packung Tic Tac heraus und nahm zwei davon. Anschließend reichte sie wortlos die halb leere Packung an Daniel weiter.

Nach einer knappen Stunde hatten sie ihr Ziel erreicht, zahlten und warfen die Autotür hinter sich ins Schloss.

Der riesige und moderne backsteinfarbene Gebäudekomplex des Vivantes Klinikum erstreckte sich vor ihren Augen. Modern und einladend wirkte er, mit Parkplätzen, Grünanlagen sowie frischgepflanzten jungen Birken.

Ohne sich lange im Regen aufzuhalten, preschte Nadine nach vorne, ging zum Empfang und erkundigte sich nach ihrer Mutter. Dort erfuhr die junge Frau, dass sie in der Unfallchirurgie im Haus fünfzehn im ersten Obergeschoss lag. Alles Weitere sollte Nadine mit der zuständigen Stationsschwester besprechen, so war die Empfehlung der leicht gestressten Empfangsdame. Heute herrschte hier Betriebsamkeit von Leuten, die Krankenbesuche tätigten oder einen Arzt aufsuchen wollten.

Daniel begleitete Nadine, ohne ein Wort mit ihr zu sprechen. Er spürte ihre Anspannung und wollte sie nicht nervöser machen, als sie ohnehin schon war. Schließlich erreichten sie das Zimmer der Mutter.

Aufgeregt klopfte Nadine, öffnete die schwere weiß schimmernde Tür und lugte hinein. Im Zimmer standen drei Betten. Nur das hintere am Fenster war belegt. Darin lag eine Frau, den Rücken dem Zimmer zugewandt. Sie bemerkte die Hereinkommenden nicht. Erst als Nadine ihre Mutter leise rief, erschrak diese und drehte sich mit einem tiefen Seufzer zu ihr um.

»Kindchen, was machst du denn hier?«, wollte sie wehmütig wissen.

Nadine ging näher an das Krankenbett heran und begann zu weinen.

»Mama, was machst du nur?« Sie griff nach der vertrauten Hand ihrer Mutter, umklammerte sie voller Angst und streichelte sanft über ihre Finger hinweg. Schweiß legte sich in ihre Hand. Die blanke Furcht bestimmte nun ihren Körper, dazu die Sorge, die Mutter zu verlieren.

»Ach Mensch, so ein blöder Unfall. Wer konnte denn ahnen …?«, schluchzte ihre Mutter unter Schmerzen und schielte auf die gelb gemusterte Zudecke hinab zu ihrem Oberschenkel. »Die Ärzte sagen, im Alter kann es jeden treffen«, seufzte sie weiter. »Der Oberschenkelhalsbruch wird durch den altersbedingten Knochenschwund begünstigt. Dass ich nicht lache. Altersbedingt. Ich bin doch noch keine alte Frau. Und bei Osteoporose würde schon ein einfacher Sturz zu Hause reichen, um den Knochen brechen zu lassen.«

Nadine schaute ihre Mutter mit wässrigen Augen an, ließ ihren Blick über das sterile Krankenzimmer schweifen und blickte dann hinüber zu Daniel, den sie herbeirief und ihr vorstellte. Danach nahm sie sich einen Stuhl, postierte ihn vors Krankenbett und erkundigte sich nach dem unsäglichen Vorfall. Daniel setzte sich daneben.

Mitten im Gespräch klopfte jemand an die Tür, und eine junge Krankenschwester betrat mit einem üppig bunten Blumenstrauß den Raum.

»Der wurde gerade für Sie abgegeben«, sagte sie und schnupperte an der Blütenpracht. »Ich hole gleich eine Vase und versorge die Blumen.« Wenig später stellte sie den Strauß auf dem kleinen Ablagetisch neben der Kranken.

Die jungen Leute schauten überrascht, schmunzelten einander zu, und man sah ihnen die Verwunderung an. Mit Sicherheit dachten sie an einen heimlichen Verehrer oder gar Geliebten, von dem die Tochter nichts wusste.

»Mama? Hast du etwa einen Freund? Erzähl! Wie lange geht das schon?«, scherzte Nadine und fühlte sich gleich besser.

»Davon wüsste ich aber, Nadine. Vielleicht hat mir Frau Witte die Blumen geschickt. Sie hat mich damals bei Kaisers gerufen, kurz bevor mich der junge Mann angerempelt hat.« Dennoch war sie neugierig, wer ihr wohl derart schöne Blumen schenkte.

»Aha«, kam es kurz von Nadine. Sie erhob sich vom Stuhl und ging zum Tisch mit der Vase. »He, hier steckt sogar ein kleiner Briefumschlag.« Sie zog den dunkel gefärbten Umschlag vorsichtig zwischen den Blättern hervor. Voller Anspannung öffnete Nadine den Klebefalz und hielt kurz darauf eine schwarzumrandete quadratische Karte in ihrer Hand. Erschrocken ließ sie sie fallen, bückte sich sofort, hob die Karte wieder auf und las sie laut vor: »Mein herzliches Beileid.« Nadine schluckte und presste den imaginären Kloß, den sie in diesem Augenblick verspürte, die Kehle hinab.

»Eine Todesanzeige?«, wiederholte Daniel schockiert und stand sofort neben Nadine. »Zeig mal!«

Sie übergab ihm die Karte, rannte zur Tür, öffnete diese und preschte auf den Krankenhausgang hinaus. Dort suchte sie nach der gerade da gewesenen Schwester, entdeckte sie weiter hinten und lief ihr nach. In ihrer Hast schubste Nadine ein paar umherlaufende Besucher beiseite und entschuldigte sich gleichzeitig bei ihnen.

»Hallоооо … SIEEEE!«, kam sie hechelnd der Schwester näher, bis sie dann vor ihr stand. »Von wem haben Sie die Blumen?« Nadine schnappte nach Luft und schaute sich suchend um.

»Ein junger Mann, gut aussehend und charmant. Er sagte, er wäre der Sohn von Frau Andres und wollte sie überraschen«, antwortete die Krankenschwester. »Stimmt etwas nicht mit den Blumen?«

»Wie sah er aus? Groß … Klein … Haarfarbe?«

Die Schwester verschanzte ihre Hände in ihrem Schwesternkittel und machte ein nachdenkliches Gesicht. Naserümpfend sagte sie entschlossen: »Er war sportlich und trug eine dunkelbraune Lederjacke. Ich glaube, er hatte kurz geschorene dunkelblonde Haare und sie waren gegelt. Warum fragen Sie …?«

Nadine schnaufte, zeigte sich zufrieden und rannte, der jungen Schwester eine Antwort schuldig bleibend, davon. Hastig lief sie die Treppen hinunter und eilte aus dem Gebäude. Unentwegt schaute sie sich um, bis sie plötzlich etwa fünfzig Meter entfernt tatsächlich den Kerl stehen sah. Er rauchte im Regen genüsslich eine Zigarette und es schien, als wartete er auf jemanden.

Die junge Frau lief auf den Mann zu, griff ihm wütend an seine Schulter und forderte ihn zum Gespräch.

»Was sollte diese Aktion? Wenn es ein Scherz war, dann ist er voll in die Hose gegangen. Ihren Ausweis bitte!« Nadine zückte ihren Polizeiausweis und hielt ihn zähneknirschend vor die Augen des Mannes.

Doch ohne mit der Wimper zu zucken, erteilte er ihr eine Ohrfeige, packte sie am Hals und schrie sie an: »Halt dich aus Dingen raus, die dich nichts angehen! Hast du gehört? Sonst wird aus dem Fetzen Papier Realität.« Er ließ sie wieder los, schaute sie mit schmalen und hasserfüllten Augen an, trat ihr dazu in den Oberschenkel und rannte davon.

Nadine sackte in sich zusammen, und noch ehe sie sich besinnen konnte, war der Fremde wie vom Erdboden verschluckt.

Selzer war inzwischen herbeigeeilt. »Nadine, was ist passiert?«, fragte er seine am Boden kauernde Kollegin besorgt, deren Gesicht inzwischen voller Regentropfen war, die man ebenso für Tränen hätte halten können.

Nadine umfasste ihren Hals, strich darüber und versuchte, sich wieder aufzustellen. Daniel kam ihr jedoch zuvor und reichte ihr die Hand.

»DAS war kein Zufall. Der Typ vom Flughafen. Ich wusste doch, dass ich den kannte«, sprach sie überlegt und begann zu husten.

»Wie, Flughafen? Ich dachte, der hätte dir einfach nur gefallen«, hinterfragte Selzer sichtlich genervt und schaute sich dennoch nach dem Angreifer um.

»Ach, lassen wir das … Aber er kam mir gleich so bekannt vor … Hätte er eine Kapuze getragen, hätte man ihn für den Typen vom Münsterplatz halten können.«

»Bist du sicher? Was wollte er?«, stocherte Selzer nach.

»Er drohte mir, ich solle mich nicht in Dinge mischen, die mich nichts angingen. Dieser Kerl muss irgendetwas mit unseren Mordfällen zu tun haben. Und ich glaube, wir sind der Lösung näher, als uns lieb ist. Lass uns noch mal zu meiner Mutter gehen. Kannst du ihr einen Personenschutz zur Seite stellen? … Bitte, Daniel, ich habe Angst um sie.« Nadine schaute ihren Kollegen voller Verzweiflung an.

Daniel holte aus seiner Jackentasche ein Taschentuch und wischte Nadine damit über das Gesicht. »Okay. Allerdings muss ich in die Trickkiste greifen, zumal sie nicht unmittelbar mit den Morden zu tun hat und eigentlich auch keinen Schutz bedarf. Der Anschlag galt dir, Nadine.« Selzer sagte dies mit einem Gesichtsausdruck, den Nadine bislang an ihm nicht kannte. Tiefe Furchen zeichneten seine Stirn. Er hatte Angst. Und zum ersten Mal sorgte er sich um einen ihm nahestehenden Menschen. Einen, der ihm vertraut war und doch so fern. Instinktiv wehrte sich Selzer gegen diesen Gefühlsausbruch. Drängte ihn zurück und ging mit Nadine erneut ins Krankenhaus.

Ihrer Mutter gegenüber spielte Nadine die Sache mit der Beileidskarte herunter und erzählte stattdessen, dass der Blumenstrauß für eine Studentin bestimmt gewesen war, jedoch aufgrund einer Verwechslung durch die diensthabende Krankenschwester bei ihrer Mutter gelandet war. Da Nadine noch am gleichen Tag wieder nach Konstanz musste, verabschiedete sie sich unter Tränen von ihrer Mutter und versprach, sie sobald wie möglich wieder zu besuchen.

»Daniel, die Sache stinkt zum Himmel. Irgendjemandem sind wir gehörig auf die Füße getreten. Was haben wir übersehen? Handelt es sich bei allen drei Opfern etwa um dasselbe Tatmotiv? Und wieso sind die Frauen sich so ähnlich? Irgendeine Verbindung muss es doch geben«, grübelte Nadine auf der Taxifahrt zum Flughafen permanent nach.

Auch Selzer dachte in diese Richtung. Längst lag für ihn die Vermutung nahe, dass es sich hierbei um ein und denselben Täter handeln musste. Nach seiner ersten Täteranalyse konnte man von einem überaus klugen, aber labilen Mann ausgehen, der genau wusste, was er tat, und dies mit großem Geschick zu tarnen verstand. Vermutlich ein Einzelgänger, der weder mit Frauen noch Männern enge Beziehungen einging und nicht älter als fünfzig war. Sein Faible für Rothaarige konnte Zufall gewesen sein oder gar Schwäche. Vielleicht lag der Wunsch nach einer Rothaarigen in seiner Vergangenheit begründet oder war in einer sexuellen Handlung verwurzelt, etwa wie bei einem sexuellen Übergriff in der Kindheit. Nur eines ließ sich mit Bestimmtheit sagen: Alle drei Unfälle geschahen am 10. November; mutmaßlich einem Stichtag, wie Selzer klar analysierte. Einem Ritual oder einer Huldigung folgend. Vermutlich wollte er töten und hatte sogar Spaß daran. Doch warum setzte der Mörder ein Jahr aus? Plagte ihn das schlechte Gewissen?

»Ich sehe das genauso. Wenn wir zurück sind, sollten wir uns die Akten der drei erneut zu Gemüte führen und nach einer Verbindung suchen. Bislang konnte ich nichts finden. Aber vier Augen sehen bekanntlich mehr als zwei«, meinte er scherzhaft und griff gleichzeitig zum Handy. Er wählte eine Nummer, sprach mit leiser Stimme mit einem Bekannten und bat diesen um die Zusendung zweier Akten.

»Wie viel Zeit bleibt noch bis zum Rückflug?«, wollte er wissen und schaute auf seine Armbanduhr. »Habe ich noch Zeit für einen Besuch bei meiner Schwester?«

Nadine kramte in der Handtasche nach ihrem Kalender, schlug ihn auf und suchte nach dem kleinen Post-it mit der Notiz für den Rückflug. »Sieht schlecht aus, sechzehn zwanzig.«

»Noch eine gute Stunde«, stellte er fest. »Hast du immer alles auf diesen Dingern stehen? Heutzutage nutzt man Outlook.«

Nadine rollte mit den Augen. Sie hörte das nicht zum ersten Mal und war daran gewöhnt. Galt für sie etwas als erledigt, flog der Zettel in den Müll. Somit war er aus dem Kopf. »Ja, sind praktisch«, meldete sie schnoddrig.

Als die beiden am Abend wieder in Konstanz angekommen waren, war eines klar: Jetzt nach Hause gehen ging nicht. Nadine wollte, nein, sie musste wissen, wer ihr nach dem Leben trachtete und vor allem aus welchem Grund. Wem war sie zu nahe getreten? Wer konnte sie derart hassen?

Die beiden machten große Augen, als sie das neue Büro betraten. Es war im Vergleich zum alten hell, hatte größere Fenster und in die Decke eingelassene LED-Leuchten. Das Mobiliar passte dazu. Hufnagel und Hübner hatten sich auf die linke Seite des Büros platziert, wohingegen Andres und Selzer die rechte blieb. Hufnagels Fensterseite war voll Pflanzen.

»Fenster oder Wand?«, wollte Selzer wissen.

»Wenn's dir nichts ausmacht, dann Fenster. Außerdem sitze ich dort gleich an der Heizung. Im Winter friere ich immer so schnell«, antwortete Nadine, ging zu ihrem neuen Schreibtisch und drehte den Bürostuhl zu sich. Mit einem tiefen Seufzer ließ sie sich darauf nieder. »Also, wo fangen wir an?«

»Mit den Akten, aber die kommen erst morgen per Eilkurier. Lass uns vorab online in die Dateien schauen.« Er fuhr seinen Computer hoch, ging auf den Link des BKA, gab sein Passwort ein, wartete und suchte dann im Archiv nach dem gewünschten Material. »Hier sind die Akten.«

Nadine rollte ihren Schreibtischstuhl hinüber zu ihrem Kollegen und setzte sich neben ihn. »Vorschlag: Schick mir doch eine der Akten zu, dann forstet jeder eine durch. Spart Zeit und wer weiß …«

Daniel folgte ihrem Vorschlag und mailte seiner Kollegin die Akte von Estha Sarva.

Für eine Weile herrschte verhaltenes Schweigen, bis Nadine die Stille mit einem Aufschrei unterbrach.

»Daniel, komm doch mal!«, forderte sie aufgeregt und schaute gespannt auf ihren Bildschirm. »Was erkennst du?« Sie wies auf ein Bild der jungen Sarva, das sie hockend neben einem schwarz-braunen Schäferhund zeigte. Ihr rechtes Handgelenk hatte sie dem Hund streichelnd über den Kopf gelegt, wobei sie die Handflächeninnenseite etwas zum Betrachter neigte.

Selzer beugte sich näher zum Bildschirm heran und starrte aufs Foto. »Sie trägt ein Armband oder eine kleine Kette«, bemerkte er nachdenklich.

»Nein, das ist es nicht. Warte mal, ich zoome es größer … Und jetzt? Was erkennst du jetzt?«

»Sieht aus wie eine Tätowierung.«

»Stimmt. Und was stellt sie dar?«

»Ich würde sagen, ein geschwungenes Blütenblatt.« Selzer deutete auf eine etwa drei Zentimeter längliche Zeichnung in Höhe der Pulsader.

»Und? … Fällt dir was auf?«, erkundigte sich Nadine herausfordernd mit fragendem Unterton.

Daniel stellte sich aufrecht und lehnte sich an Nadines Tisch. Mit verschränkten Armen schien er nachzudenken und begab sich wenig später zur Glaswand. Nachdenklich betrachtete er dort das Bild der Toten vom Konstanzer Münster. »Merkwürdig … Mhm, sie trägt eine ähnliche Zeichnung am Handgelenk. Warte!« Selzer besah sich das Foto, schritt dann verhalten zu seinem Arbeitsplatz und vergrub sich in die Polizeiakte von Jasmin Zimmer. Bei ihr konnte er jedoch nichts Auffälliges am Handgelenk entdecken. Das Foto war unscharf. Also galt es, die Originalfotos abzuwarten, um weitere Schlüsse daraus zu ziehen.

Draußen war es dunkel. Die Laternen waren inzwischen angegangen und auf den Straßen fuhren immer mehr Autos, die den endenden Arbeitstag mit lautem Hupen und Stop-

and-go einläuteten. Um diese Zeit ging es entlang der Mainaustraße, die sowohl in Richtung Zentrum als auch stadtauswärts führte, hektisch zu, und der Lärm drang hinüber bis zum Polizeirevier.

Nadine sowie auch Daniel beschlossen, Feierabend zu machen. Der Tag neigte sich seinem Ende zu. Sie war erschöpft, gleichzeitig umgab sie eine tiefe Traurigkeit. *Soll ich Mama besser nach Konstanz holen? Hier könnte ich mich wenigstens um sie kümmern.*

11. Donnerstag, 19. November

Am nächsten Morgen rief Selzer sein Team zusammen, bedankte sich bei Hübner und Hufnagel für deren Engagement während des Umzugs sowie ihren Ergebnissen um das junge Stricherduo, Domenico und Suma. Anschließend berichtete er vom erneuten Übergriff auf Frau Andres in Berlin, bis ein zartes Klopfen seine Ausführungen unterbrach.

Das Klopfen wiederholte sich.

»Ja bitte«, rief Selzer laut und deutlich in Richtung Tür.

Sandra Jäger, die hübsche Praktikantin, trat ein, schaute sich schüchtern um und drückte Nadine ein Paket in die Hand. Danach verließ sie mit einem unmerklichen Popowackeln das Büro. Inzwischen hatte die Anwesenheit des neuen Chefs der Mordkommission die Runde gemacht. Ein Paradiesvogel wie Selzer einer war, mit Rastazöpfen und legerem schwarzem Outfit, gehörte im gutbürgerlichen Polizeirevier nicht gerade zum Alltag. Und obendrein wurde er auch noch von der weiblichen Belegschaft begutachtet. Männer seiner Spezies waren hier eher selten und dementsprechend begehrt.

Daniel schaute ihr interessiert nach, unterdessen Nadine ihn mit stechendem Blick ermahnte. Gut, er durfte ihr zwar nicht gehören, aber einer anderen ebenso wenig und schon gar nicht hier im Revier. Wie eine Raubkatze zeigte sie Daniel ihre wohlgeformten Zähne und wies ihn in die Schranken.

Daniel lächelte und genoss ihre Eifersucht. Anscheinend hegte auch sie für ihn mehr, als sie es sich zugestehen wollte.

Den Kollegen entging dies nicht und ein hämisches Lächeln machte die Runde.

Wortlos drückte Nadine das Paket in Selzers Arme. »Bestimmt die Akten«, quietschte sie wie ein alter rostiger Wasserhahn und würdigte ihn keines Blickes.

»Mach es doch bitte auf«, forderte er streng und reichte es Nadine wieder.

Widerwillig nahm sie das Paket an sich, öffnete es und zog dessen Inhalt heraus. »Ja, das sind sie.«

»Gut! Frau Andres und Herr Hufnagel werden sich damit befassen, Hübner geht ihnen zur Hand. Ich muss noch mal weg, Abteilungsleitersitzung beim Alten, Meeting im Rathaus und, und, und …«

Hach wie gut, heute könnte ich dem keine zehn Minuten gegenübersitzen. Glotzt der doch die Jäger an. Ich glaub's nicht. Ich könnte ihn. Grrr, komm du mir mal in die Quere, ich, ich …, überlegte Nadine.

»Na, Frau Andres, Sie sind doch nicht etwa …«, ertönte die wohlklingende Stimme von Hufnagel, der ihr einen väterlichen Blick schenkte.

Mürrisch verneinte Nadine und zog sich stattdessen an ihren Schreibtisch zurück.

Um sich abzulenken, entnahm sie den Akten sämtliche Fotos und pinnte sie an die Glaswand: Angefangen mit dem Namen der Toten vom 10. November 2012, *Jasmin Zimmer* und dem gleichlautenden Todestag zwei Jahre später von *Estha Sarva*. Im Anschluss übergab sie die Akte *Zimmer* ihrem Kollegen Hufnagel und ging wieder zur Wand mit den Fotos.

Sich die Hände hinter dem Rücken haltend, starrte Nadine gebannt auf die Bilder und suchte diese nach möglichen Ähnlichkeiten ab. Um nichts zu übersehen, holte sie ihre kleine Lupe aus der Schreibtischschublade, die ihr einst ihr

Vater zur bestandenen Polizeiprüfung geschenkt hatte, und stellte sich erneut, gleich einer Detektivin, vor die Fotos.

Zentimeter um Zentimeter suchte sie die Bilder von Jasmins Zimmer ab. Starrte auf sie. Schritt nachdenklich zurück und schaute erneut.

Plötzlich sagte Nadine laut und unüberhörbar: »Ich wusste es.« Sie runzelte die Stirn. »Schauen Sie, Herr Hufnagel! Wenn Sie genau hinsehen, können Sie die Schwingen eines Vogels erkennen. Anscheinend wurde die Tätowierung entfernt. Unter der Lupe erkennt man noch die kleinen Punkte. Fügt man sie zusammen, entsteht eine Wellenlinie. De facto und mit etwas Fantasie lässt sich daraus ein Flügel erkennen.«

Hufnagel schaute gebannt zur Tafel und zeigte sich gleichfalls überrascht von der Theorie seiner Kollegin. »Was Sie alles sehen, Frau Andres. Respekt.«

»Nun, werter Herr Kollege, zumindest wissen wir jetzt, dass es eine Verbindung gegeben haben muss. Lassen Sie uns herausfinden, was es mit dieser Zeichnung auf sich hat«, bat sie ihren ehemaligen Chef. »Ich koche uns einen Kaffee und dann machen wir uns an die Arbeit, einverstanden?«

Hufnagel nickte und genoss das Bemuttern. Auch Hübner zeigte sich angetan und bedankte sich für seine Verhältnisse ausgesprochen nett für den gereichten Kaffee.

Wenig später vergruben sich die drei in die Arbeit.

Nadine holte ein leeres Schmierpapier unter ihrem Schreibtisch hervor, das sie dort sammelte, wenn der Drucker mehr ausgespuckt hatte, als es ihr lieb war. Zum Wegwerfen war es zu schade.

Sie stellte ihren linken Ellenbogen auf den Schreibtisch, legte den Kopf in die Handfläche und kritzelte mit rechts die Schwingen eines Vogels, übermalte sie mürrisch und begann von Neuem. Gleichzeitig zeichnete sie ein Blütenblatt in die untere Ecke. Ihre Zeichenkünste waren miserabel, glichen eher zwei eiförmigen Kreisen, statt eines hübschen wohlgeschwungenen Blattes. Mit sich unzufrieden legte sie ihr Gekritzel beiseite und vergrub sich erneut in die Akte von Jasmin Zimmer. Unentwegt den Kopf schüttelnd las sie den Inhalt, während Hufnagel seine junge Kollegin nachdenklich musterte. »Alles o.k.? Sie wirken so unruhig.«

»Stimmt. Wieso hat das hier keiner gelesen?«, knurrte Nadine wie ein alter Hund, erhob sich und ging hinüber zu Hufnagel. Wütend knallte sie ihm den Aktenordner vor die Nase, suchte darin eine bestimmte Stelle und presste ihren Finger auf den Text. Gleichermaßen nötigte sie ihn zum Lesen: »… am besagten Todestag von Frau Zimmer fand man ihren dreijährigen Sohn in seinem Kinderzimmer schlafend vor.« Direkt daneben stand ein kleiner handschriftlicher Vermerk, dass das Kind in die Obhut seiner Tante Lydia Gerber, der Schwester von Jasmin Zimmer, gegeben worden war.

»Sie hatte einen Sohn?«, hinterfragte Hufnagel irritiert.

»Ganz genau. Kommt Ihnen das nicht merkwürdig vor? Welche Mutter nimmt sich das Leben, während ihr kleiner Sohn nebenan im Kinderzimmer schläft? KEINE! Die Sachte stinkt doch zum Himmel. Ich fahre jetzt zu dieser Schwester nach Heidelberg.«

Hübner hatte ihr Gespräch verfolgt. Kurz entschlossen lehnte er sich rücklings an seine Stuhllehne, schlug die Arme vor seinen schmalen Bauch und spreizte anrüchig die Beine. Eine dunkle Locke war ihm auf die Stirn gerutscht, die er mit einem hörbaren Pusten vom Gesicht blies.

»Lass das bloß nicht deinen Aufpasser hören. Frag den lieber nach seinem Okay!«, sprach er provokant und schielte zu Nadine.

»Das kannst du dir sparen, Hübner! Ich kann schon selbst auf mich aufpassen.« *Blödmann.* »Ich nehme einen Dienstwagen. Bin …«, sie schaute auf ihre anthrazitfarbene Sportarmbanduhr, »… schätzungsweise spätabends zurück.«

Nadine holte hastig ihre Jacke aus dem Kleiderschrank, zog sie an und legte die Träger ihrer Tasche über die rechte Schulter.

Wenig später knallte sie die Tür hinter sich zu.

Die beiden Herren schauten einander an und untermalten dies mit einem heftigen Kopfschütteln.

Ich sag es Selzer nicht … Die Suppe hat sich Frau Andres selbst eingebrockt … Hoffe nur, dass ihr nichts passiert … Manchmal handelt sie schon unüberlegt, dachte Hufnagel und schaute aus dem Fenster hinaus in den sich bildenden Nebel, welcher im Herbst jede noch so gute Stimmung zu nehmen vermochte. Die Zeit der Übellaunigkeit hatte längst Einzug gehalten. Man konnte sich ihr jetzt nur unter großen Mühen entziehen.

Die A81 war an diesem späten Vormittag Richtung Heidelberg nicht sonderlich befahren. Rasch kam Nadine voran und drückte aufs Gaspedal. Mit fast 200 km/h raste sie über die Autobahn und kam nach etwa drei Stunden in Heidelberg an. Aus den Unterlagen und einem kurzen Telefonat, das sie vorab mit der zuständigen Polizei in Heidelberg geführt hatte, wusste sie, dass die Schwester der Verstorbenen im *Europäischen Hof* tätig war.

Ohne Umschweife fuhr sie zum Hotel, suchte einen Parkplatz und begab sich zum Empfangsbereich. Sie erkundigte sich nach Frau Gerber und wurde um ein paar Minuten Geduld gebeten. Die Schwester von Frau Zimmer arbeitete hier als Concierge, deren Aufgabe es war, Karten für die Oper, ein Konzert, Theaterstück oder die SAP-Arena zu bestellen sowie anderen persönlichen Wünschen ihrer Hotelgäste nachzukommen. Unmögliches machte sie möglich.

Etwa nach einer guten Viertelstunde stolzierte eine hübsche schlanke Blondine mit Hochsteckfrisur, nicht älter als dreißig, in hochhackigen Schuhen und dunkelblauem Kostüm mit rotem Einstecktuch auf Nadine zu. Sie reichte ihr lächelnd die Hand und leckte dezent über ihren kirschroten Mund.

»Entschuldigen Sie bitte, dass Sie warten mussten. Ich hatte noch einen anderen Gast. Was kann ich für Sie tun?«, fragte sie freundlich und dachte bei Nadine zunächst an einen weiteren Hotelgast.

Nadine musterte die junge Frau, die durchaus eine gewisse Ähnlichkeit mit ihrer Schwester hatte. Stupsnase sowie hohe Stirn.

»Könnten wir uns ohne dieses Tamtam hier unterhalten?«, bemerkte Nadine unruhig und meinte die Hektik im Foyer.

»Selbstverständlich. Gehen wir in mein Büro. Dort stört uns keiner. Darf ich Ihnen etwas anbieten?«, erkundigte sich Frau Gerber, den Flur langstolzierend in Richtung Büro. Gleichzeitig griff sie zum Handy und bestellte ein Glas Mineralwasser sowie ein Kännchen Earl Grey, während Nadine neugierig die mondäne Einrichtung bestaunte.

Frau Gerber öffnete eine eichene Facettentür, bat Nadine in ein eher spartanisch gehaltenes Büro mit modernem Edelstahlmobiliar und wies mit der Hand auf ein zweisitziges rotstichiges Stoffsofa.

Sie folgte ihrer Geste und bemühte sich um Contenance, um es der Dame ihr gegenüber gleichzutun, welche es vortrefflich verstand, ihre schlanken Beine wie eine Wellenlinie übereinanderzuschlagen. Gekonnt war gekonnt. Die Gerber wusste, wie sie sich zu bewegen hatte, während sich Nadine wie ein ungelenker Ackergaul fühlte.

»Ich bin kein Hotelgast«, entschuldigte sich Nadine kleinlaut. »Ich bin Polizistin und ermittle in einem Mordfall, der sich vor ein paar Tagen in Konstanz ereignet hat.« Langsam gewann ihre Stimme wieder an Volumen. Sie wartete kurz, beäugte Frau Gerber und fragte schließlich: »Wie geht es dem Sohn Ihrer Schwester?«

Frau Gerber schaute Nadine verwundert an und wirkte irritiert. Die Frage nach dem Warum quälte sie.

»… Gut. Es geht ihm gut. Aber …«, stockte sie abrupt und schluckte. »Wieso fragen Sie?«

»Nun«, begann Nadine, »wir vermuten, dass zwischen dem Opfer und ihrer Schwester eine Verbindung bestand. Zumindest gibt es Parallelen … Wissen Sie, was ich mich die ganze Zeit frage? Wieso nahm sich Ihre Schwester das Leben, obwohl sie ein Kind hatte?« Eine rasche Antwort erhoffend schaute Nadine zu ihr.

»*Wieso?* … Ich weiß es nicht. Ich habe es nie wirklich verstanden … Sie war kein Selbstmordkandidat … Im Gegenteil, sie war ein lustiges Wesen, immer zu Scherzen aufgelegt … Verbrachte jede freie Minute mit Lucas, ihrem Sohn … Ich habe mir wieder und wieder dieselbe Frage gestellt und fand keine Antwort.« Sie klang traurig und wirkte nicht mehr so gefasst wie zuvor. Geschickt stellte sie ihre Beine nebeneinander und legte wie ein kleines unbeholfenes Mädchen die Hände auf die Knie.

Nadine schenkte ihren Worten Glauben und zog wortlos die von ihr gezeichnete Skizze aus der Handtasche.

»Können Sie damit etwas anfangen?«

Die junge Frau schaute kurz auf das Bild und zog gleichzeitig ihren linken Jackettärmel ein wenig hoch. Auch sie trug in Höhe der Pulsader eine kleine dezente Tätowierung in Form eines Schmetterlings.

Erschrocken besah sich Nadine das Bild aus einem Meter Entfernung, erhob sich vom Sofa, ging zu Frau Gerber und setzte sich neben sie. Nadine umfasste mit beiden Händen das Handgelenk und wendete es mit einem sachten Hin- und Herdrehen.

»Was bedeutete die Zeichnung?«, wollte Nadine wissen und starrte auf die Tätowierung.

»Das ist eine Kennung. Jeder, der sich als Organspender bei ELA-Transplant bewirbt, erhält sie. Meine Schwester meinte, einen Organspenderausweis könne man verlieren, eine Tätowierung nicht. Soviel ich weiß, können die Spender aus einer Vielzahl von Möglichkeiten wählen. Und nicht jede ist sichtbar. Ich fand's schön, deshalb habe ich diese hier gewählt«, sagte die Gerber und zeigte auf ihren Schmetterling.

ELA-Transplant? Mhm, eigentlich nichts Verwerfliches. Und die Sache mit dem Ausweis klingt plausibel. »ELA-Transplant, sagt mir was. Ist das nicht eine Organspenderstiftung?«, antwortete Nadine, sich unwissend stellend.

»Stimmt. Meine Schwester hat sie mitgegründet, zumindest war sie in den Anfängen der Gründung dort Ärztin.«

»Und dann nicht mehr?«, fragte die Polizistin.

Frau Gerber wirkte nachdenklich, schweifte mit ihrem Blick Richtung Fenster und dann wieder zu Nadine.

»Nein, da muss irgendetwas vorgefallen sein. Plötzlich wurde sie entlassen, von einem Tag auf den anderen. Durfte sogar nicht mehr in die Klinik. Ihre persönlichen Sachen brachte dann ein Kurier.«

»Hatte Sie eine Affäre? Vielleicht mit dem Vater ihres Sohnes?«

Die Gerber winkte lächelnd ab. »I wo, wo denken Sie hin. Nein, Lucas stammt aus der Ehe mit Frank. Die beiden lernten sich in Heidelberg an der Uni kennen, verliebten sich und dann kam Lucas. Zwei Jahre später waren sie auch schon wieder geschieden. Ich glaube, für Jasmin war er zu weich, zu nett, wenn Sie verstehen, was ich meine. Sie bevorzugte ältere Männer, gestandene Persönlichkeiten. Und wohl auch die Sorte Mann der dominanteren Art.«

»Dominant? Wie Sadomasochismus?«

»Keine Ahnung, damit kenne ich mich nicht aus.«

»Sagt Ihnen der Name Quast etwas?«

»Ja, den erwähnte sie manchmal. Wohl einer der Gründer von ELA-Transplant«, bemerkte sie langsam, verharrte einen Moment und fügte an: »Die beiden hatten mal was miteinander. Zumindest schlief Lucas manchmal bei mir. Und wenn sie den Kleinen dann wieder abholte, wirkte sie fahrig und völlig erschöpft. Auf meine Fragen hin sagte sie immer nur, dass ihr Chef ein sehr anspruchsvoller Liebhaber sei. Was auch immer sie damit gemeint hat.«

Einen anspruchsvollen Liebhaber hätte ich auch gerne mal. »Wie geht Lucas heute damit um?«, fragte Nadine weiter.

»Ganz gut, manchmal reden wir über Jasmin«, gab sie nachdenklich zu und wirkte gleichfalls abwesend. »… Moment, da fällt mir noch etwas ein … Meine Schwester gab mir vor ihrem Tod einen Schlüssel. Ein Schließfach, das Lucas erst mit achtzehn öffnen darf.« Gleichzeitig zog sie an ihrer filigranen Halskette und präsentierte einen silbernen Schlüssel, zog ihn ab und reichte ihn der Andres. »Gehen Sie zur Deutschen Bank am Adenauerplatz! Schließfach 888. Ich denke, dort finden Sie Ihre Antworten. Bitte bringen Sie mir den Schlüssel danach zurück und verwahren Sie das Andenken meiner Schwester in Ehren. Machen Sie das Richtige!« Auf einmal klang Frau Gerber merkwürdig unruhig und schien nur noch fortzuwollen. Mit Sicherheit wusste sie mehr, als sie bereit war zu erzählen. Hatte Sie Angst? Aber wovor? Und vor allem vor wem?

Von einem Schließfach stand nichts in der Akte. Nadine nahm den Schlüssel, bedankte sich und verließ das Hotel. *Schon merkwürdig, sie trägt den Schlüssel ständig bei sich. Was ist damals tatsächlich passiert?*

Kaum, dass sie einen Schritt auf die Straße getan hatte, klingelte auch schon ihr Handy und die erregte Stimme ihres Chefs, Daniel Selzer, knallte mit lauten Vorwürfen ihr entgegen. Um seinen wütenden Worten auszuweichen, nahm sie das Handy ein Stück vom Ohr weg.

»Sag mal, Nadine, bist du denn von allen guten Geistern verlassen? Reicht dir die Sache von Berlin nicht? ... Musst du jetzt auch noch nach Heidelberg fahren? ... Hättest doch warten können, bis ich wieder im Büro bin. Mensch, ich könnte dich ...«, tobte er.

»... was könntest du? Daniel, ich bin kein kleines Mädchen mehr! ... Die Zeit läuft uns davon, ich musste nach Heidelberg.« Nadine erzählte in knappen Worten, was sie gerade eben von der Schwester der Toten erfahren hatte. Gleichzeitig versprach sie, sich noch am gleichen Abend zu melden, um bei einem Glas Wein alle Details der weiteren Vorgehensweise zu besprechen. Doch viel lieber würde sie nach Hause gehen und den Abend alleine mit einem guten Schmöker ausklingen lassen, statt sich mit Daniel zu treffen. Leider war der Hitzkopf nicht anders zu beruhigen.

Selzer knallte den Hörer aufs Telefon, schnaufte wie ein Stier und presste den Rücken gegen seinen hochlehnigen Schreibtischstuhl. Gleichzeitig schwieg er sich aus und behielt sein Grollen für sich. Man sah ihm seinen Unmut an. Mit verzerrtem Gesicht starrte er auf seinen dunklen Bildschirm. Die Sache mit Nadine nervte ihn zwar, aber die seltsamen Tätowierungen der Toten ließen ihm keine Ruhe.

»Herr Hübner«, begann er plötzlich und schaute hinüber zu dessen Schreibtisch, »befassen Sie sich mal mit dieser Organspenderstiftung ELA-Transplant! Fakten, Hintergründe, eben alles, was das Internet so hergibt. Irgendetwas stimmt mit diesem Verein nicht.«

Hübner nickte und schaute erwartungsvoll zu Selzer, so, als erwartete er noch eine Erklärung.

Selzer holte tief Luft und setzte seine Ausführungen fort: »Inzwischen wissen wir, dass die Tote aus Heidelberg vermutlich Quasts Geliebte war. Zumindest kannten sich die beiden von früher. Und auch die Tote vom Münster scheint mit ihm in irgendeinem Kontakt gestanden zu haben. Vielleicht ein intimes Verhältnis. Nach außen hin wirkt dieser Kerl aalglatt, zu glatt, wie mir scheint ... Ich schaue unterdessen mal, was ich über diese Tote von Rügen herausfinden kann. Vielleicht besteht auch hier eine Verbindung zu Quast.«

***

Während die Kollegen in Konstanz den Nachmittag im Büro verbrachten, fuhr Nadine zur Deutschen Bank am Adenauerplatz. Dort passierte sie den Eingangsbereich, erkundigte sich freundlich nach den Schließfächern und wurde kurz darauf von einer netten Bankangestellten in einen angrenzenden Raum geführt. Man wies ihr das Schließfach 888 zu und ließ sie dann alleine zurück.

Nervös steckte die Kripobeamtin den kleinen Schlüssel ins Schlüsselloch, drehte ihn vorsichtig nach links und hörte ein dumpfes Klacken. Die Tür ging auf und eine kleine Geldkassette kam zum Vorschein. Nadine nahm diese an sich und öffnete die unverschlossene Kassette in Buchgrößenformat.

In ihr befand sich ein A5 großer dunkelbrauner Briefumschlag mit der Aufschrift *STRENG VERTRAULICH*. Diesen nahm Nadine an sich, setzte sich auf einen eigens für Kunden gedachten Stuhl, öffnete vorsichtig den Umschlag und entnahm ihm ein paar lose zusammengefaltete A4-Blätter mit wichtigen Informationen über die dubiosen Machenschaften der ELA-Transplant. Zudem hielt sie einen handgeschriebenen Brief von Jasmin Zimmer an ihren Sohn Lucas in den Händen.

September, 2012

Mein geliebter Lucas,
wenn Du diese Zeilen liest, bin ich vermutlich tot. Glaube mir, während ich Dir hier schreibe, erfüllt es mich mit tiefer Trauer, Dich nicht mehr aufwachsen zu sehen, Dir eine gute Mutter zu sein und sehen zu können, wie Du groß wirst.

Inzwischen ist viel passiert, das ich nicht mehr mit meinem Gewissen vereinbaren kann. Hinter verschlossenen Türen von ELA-Transplant trachtet man den Ärmsten nach dem Leben, tötet sie, nur damit Gutbetuchten, die dringend ein Organ benötigen, geholfen werden kann. Leider bin auch ich nicht ganz unschuldig daran und hoffe, dass man eines Tages die ganze Wahrheit erfahren wird.

Wir dürfen nicht über Gottes Willen entscheiden. Ist unsere Zeit gekommen, müssen wir gehen. Dennoch ist die Idee der Organspende eine der wunderbarsten überhaupt, doch die Geldgier hat sie zu einem einträglichen Geschäft gemacht. Ich als Ärztin habe immer an das Gute geglaubt.

Fühl Dich umarmt mein geliebter Sohn.
Lebe ehrlich und bleibe Dir stets treu!
In tiefer Liebe, Deine Mama

Gebannt las Nadine den Brief und war zugleich erschüttert über seinen Inhalt. Zum einen waren es die Gefühle, die sie übermannten, zum anderen das Wissen um die dreckigen Geschäfte, der nach außen hin unantastbaren und sozial engagierten Stiftung, die über alles erhaben schien. Die Angst kroch in ihr hoch und war wie eine kleine grüne Viper, deren Farbe wunderbar leuchtete, doch deren Biss tödlich war.

12. Am Nachmittag des gleichen Tages

Im Haus Wolkenlos herrschte an diesem Nachmittag Unruhe. Die älteren Herrschaften hatten sich im großen Salon eingefunden und tuschelten neugierig. Eigentlich war nichts Aufregendes passiert, lediglich der alljährlich zu organisierende Adventsbasar stand bevor. Nur dieses Jahr herrschten unterschiedliche Meinungen über die Verteilung der Einnahmen des Basars. Normalerweise ging das Geld zu gleichen Teilen an das Städtische Hospiz sowie an das Städtische Kinderheim von Konstanz. Ein paar der Senioren waren aber der Meinung, dass man auch die neu hinzugekommenen Flüchtlinge bedenken sollte. Das Thema hatte nun eine heftige Diskussion entfacht.

»Was interessieren uns diese Leute?«, war die Meinung einiger, während andere sagten: »Die Armen, uns geht es gut und die Flüchtlinge sollten davon profitieren.«

Maria Schulz mischte sich mal wieder lautstark ins Gespräch und verteidigte die Neuankömmlinge bis aufs Messer.

»Mensch Leute, wenn ick damals nicht im Lotto gewonnen hätte, säße ick heute in meiner kleenen Einzimmerwohnung und würde vor mich hin vegetieren … Ick habe mein janzes Leben geschuftet und für wat? Für ein paar läppische Kröten Taschengeld, genannt Rente … Ick hatte echtet Glück im Leben und will och, dit andere wat davon haben … Jetzt kriegt euch mal wieder ein! Teilen wir eben dit Geld in drei Teile, ist doch gerecht, oder?«

Sie hatte mit ihrer Einstellung genau den Nerv der unterschiedlichen Meinungen getroffen. Ein paar applaudierten der alten Dame in ihrer pinkfarbenen Bluse und gaben ihr recht. Der andere Teil warf ihr böse Blicke zu. Maria ließ das kalt. Im Gegenteil, sie genoss das dezente Herumgestichele unter den Alten, brachte es doch ein wenig Leben in den langweiligen Nachmittag.

Man stimmte ab.

Die meisten waren für den Vorschlag der Schulz und überstimmten somit den Rest.

Nach der hitzigen Diskussion beschlossen die Damen Schulz und Kaufmann, ihren Nachmittagskaffee einzunehmen und über den neuen Mordfall zu plaudern. Immerhin bot auch dieser eine gehörige Portion Sprengstoff.

»Und, Sie wollten mir doch noch wat erzählen«, drängte Frau Schulz ihre Bekannte.

Charlotte schaute sich mit einem konspirativen Rundumblick um, so als wollte sie gleich mit einem großen Geheimnis herausrücken.

»Also«, begann sie leise, »ich habe vorhin mit meinem Sohn telefoniert. Die sind wohl gerade an einer heißen Spur. Wie es aussieht, sind alle drei Frauen – über die auch Ihr Freund Egon erzählte – ermordet worden. Alle stehen in mittelbarer oder unmittelbarer Verbindung mit einer Firma E-LA-Transplant. Wenn Sie mich fragen, sollten wir jetzt mal etwas über diese Organfirma herausfinden.«

»*Mittelbar – unmittelbar?* Geht's och etwas einfacher?«, murrte Maria. »Reden wir etwa von Organhandel?«

»Ja, ich glaube schon«, meinte Charlotte verschwörerisch.

»Davon hört man ja in letzter Zeit so viel. Erst kürzlich las ick einen Artikel über so wat. Da haben wohl Ärzte Krankenakten ausgewechselt, nur um ein paar ausgewählte Patienten mit Organen zu versorgen. Aber die Staatsanwaltschaft kam denen auf die Schliche. Is noch jar nicht so lange her, sag ick Ihnen.«

»Fürchterlich. Aber ich glaube, da laufen ein paar dreckige Geschäfte, zumindest sagt das mein Sohn«, erklärte Charlotte Kaufmann, sich erneut umblickend. Ihr war unwohl mit dem Insiderwissen, das sie hatte. Aber wer sollte hier im Heim ein Interesse an ihrem Wissen haben? Wohl niemand. Ihre Furcht hatte sich im Laufe der Jahre eingeschlichen und verschwand erst wieder, wenn ein Mordfall erfolgreich zu den Akten gelegt werden konnte. Wie damals, als ihr verstorbener Mann Klaus ermittelt hatte, und sie diskret in seine Arbeit gefunkt hatte. Die Kaufmanns waren ein erfolgreiches Gespann, und ohne Charlotte wären weit weniger Fälle gelöst worden. Das wusste auch ihr Sohn und versorgte sie daher fleißig mit Informationen.

»Soll ick noch mal mit dem Egon reden? Vielleicht findet der wat über diese Organdingsbums raus. Die Zeitungsfritzen kommen doch an janz andere Fakten als wir alte Weibsen«, sagte Frau Schulz und rutschte unruhig auf ihrem Stuhl umher.

»Machen Sie das, Verehrteste. In meinem Laptop habe ich nicht viel gefunden, außer das Übliche: Hochglanzbilder mit glücklichen Menschen, die froh sind zu spenden. Das allgemeine Bla, bla, bla.«

Um keine Zeit zu verlieren, beschlossen die Damen, sofort in Marias Appartement zu gehen, um von dort aus zu telefonieren. Mit einem unguten Gefühl begleitete Charlotte Kaufmann ihre Bekannte, denn ihre Wohnung war aufgeräumter und wirkte behaglicher, während bei Maria Schulz die Kleidung im ganzen Wohnzimmer verteilt herumlag.

Als die Seniorinnen das Zimmer betraten, erschrak Charlotte zunächst, fasste sich ein Herz und ließ sich ihren Ärger nicht anmerken. *Wie kann man nur so leben? Wenigstens ihre ollen BHs hätte sie versorgen können.* Dezent schüttelte sie den Kopf.

»Nicht umschauen! Ick hatte nicht mit Besuch gerechnet«, entschuldigte sich Frau Schulz kleinlaut und rief sofort ihren Freund Egon in Berlin an.

»Wat willste? … Ne E-Mail-Adresse? … Hab ick nicht. Ick frag mal Charly … Keen Verehrer. Charlotte, ne jute Bekannte aus'm Heim … Warte kurz!« Sie schaute hinüber zu Frau Kaufmann und fragte diese leise nach ihrer E-Mail-Adresse, dann wandte sie sich wieder ihrem Gesprächspartner zu. »Jeht los: *Charlotte_Kaufmann@web.de* … Hast du's? Okay, also mach's jut, bis später.« Sie legte auf und erklärte Charlotte, dass Egon ihr ein paar Links zuschicken würde, falls er etwas Interessantes fände.

***

In Heidelberg herrschte Berufsverkehr. Nadine kam mit ihrem Auto nur schleppend voran. Bis Konstanz änderte sich das nicht. Also ergab sie sich ihrem Schicksal, stellte das Radio lauter und sang ein paar der Songs mit. Als *Auf anderen Wegen* von Andreas Burani erklang, kippte ihre Stimmung. Leise sang sie den Songtext mit: *»Du willst gehen, ich lieber springen – wenn du redest, will ich singen – du schlägst Wurzeln, ich muss fliegen – wir haben die Stille um uns totgeschwiegen – wo ist die Liebe geblieben.«* Traurigkeit machte sich in ihr breit, und sie dachte an Marcel, ihren letzten Freund, sowie an Daniel, den sie zwar mochte, aber mehr als Freundschaft nicht zulassen wollte.

Die Straßenverhältnisse wurden zusehends schlechter, ein leichter Nieselregen hatte eingesetzt und erschwerte das Autofahren. Inzwischen war es 18.00 Uhr geworden, und vor Nadine lagen noch circa zwei Stunden Autofahrt.

***

Im Appartement von Frau Kaufmann

Der dezente Ton einer ankommenden Mail auf Frau Kaufmanns Laptop erklang. Neugierig öffnete sie die Nachricht und freute sich. Viel zu selten erhielt sie Post. Der Berliner Freund von Frau Schulz hatte Wort gehalten und den alten Damen ein paar hilfreiche Links über ELA-Transplant gesendet. Zunächst verstanden die Frauen nichts von dem, was dort stand. Erst langsam, nach mehrmaligem Lesen wurde ihnen die Materie vertraut.

Charlotte klickte durch die Meldungen und las einige laut vor: »**Illegaler Organhandel: das blutige Geschäft mit Nieren, Herzen und Lebern.** Von Bangladesch bis Brasilien, vom Kosovo nach Deutschland: Überall mangelt es an Spenderorganen und der Handel damit ist ein weltweites kriminelles Geschäft. Flüchtlinge werden verstümmelt. Organe im Internet angeboten.«

Erschrocken blickte Frau Kaufmann Frau Schulz an, die sich ihr an die Seite gestellt hatte, und fuhr fort: »**Berlin – der Organspende-Skandal in Deutschland zieht immer weitere Kreise. Offenbar gibt es einen illegalen Handel mit Herzen, Lebern und Nieren.** Jedes Jahr sollen laut Weltgesundheitsorganisation weltweit zehntausend Organe gehandelt werden. Im Internet bietet ein US-Händler per Vorkasse ein neues Herz für einhundertundachtzigtausend Euro an. Eine illegale Transplantations-Klinik im Kosovo verpflanzt russische Nieren für zweiundachtzigtausend Euro.«

Sie stockte erneut, schluckte und begann von Neuem: »**Berlin – Krankenhäuser wählen die Empfänger von Spender-Organen immer häufiger selbst aus. In sogenannten *beschleunigten Vermittlungsverfahren* verteilen sie die Organe dann direkt an die Patienten – vorbei an der offiziellen Warteliste.** Die Bundesärztekammer hat Berichte bestätigt, wonach inzwischen jedes vierte Herz und fast jede zweite Bauchspeicheldrüse direkt von Kliniken an selbst ausgesuchte Patienten vergeben werden.«

Weiterhin konnte sie dem Artikel entnehmen, dass man das beschleunigte Vermittlungsverfahren bewusst eingeführt hatte, um die Nutzung von zur Verfügung gestellten Organen zu verbessern. Das Verfahren sollte greifen, sobald Eile geboten war, um ein Organ noch nutzen zu können – oder weil mehrere Kliniken das Organ bereits abgelehnt hatten. Jedoch diese Schnellvergabe wurde häufiger angewandt, statt des Folgens der offiziellen Warteliste für ein Spenderorgan, und führte zu einer bevorzugten Vergabe von Organen durch Kliniken. Somit galt das Verfahren als anfällig für Manipulationen. Organe wurden *kränker* gemacht, als sie tatsächlich waren, um das übliche System der Organverteilung zu unterlaufen.

Jetzt wurde Frau Kaufmann stutzig und rief laut: »Hier steht etwas zu diesem Doktor Quast ... Er steht unter Verdacht, Krankenakten in seiner Klinik *ELA-Transplant* gefälscht zu haben. Doch bislang konnte ihm nichts nachgewiesen werden ... Oh Gott ... Mary, wissen Sie, wie DIE an die Organe kommen? ... Oh Gott ... Hier steht, dass Mittelsmänner gezielt in Armutsviertel in der Dritten Welt gehen und dort nach geeigneten Spendern Ausschau halten. Da diese meist nicht lesen und schreiben können, wissen die Menschen nicht, worauf sie sich einlassen. Danach werden sie ins Ausland gebracht, quasi als *lebender Organtransport* und in entsprechenden Kliniken auf ihre Organentnahme vorbereitet. Also illegaler Menschenhandel, in dem sogar Ärzte und Krankenschwestern involviert sind. Meistens handelt man mit Nieren, die bis zu dreihunderttausend Dollar kosten können. Die Spender erhalten davon nur einen Bruchteil.«

»Furchtbar. Mensch, und ick dachte, dit jeht immer janz anständig zu bei den Weißkitteln. Die sollten sich wat schämen. Bekommen den Hals nicht voll jenug«, schimpfte Maria Schulz wie ein aufgeblasener Truthahn und lief sogar wie ein solcher rot an.

Frau Kaufmann überflog einen Teil des Artikels, schloss ihn und öffnete den nächsten Link. Doch ein kleiner, fast unscheinbarer Zeitungsfetzen, dem der Anfang zu fehlen schien, erschütterte sie zutiefst. »... beliebte Opfer sind schutzlose Flüchtlinge. Sie haben kaum Geld zum Überleben und stellen eine leichte Beute für skrupellose Organhändler dar. Viele von ihnen werden auf dem Weg in ein vermeintlich neues Leben Opfer von Menschenhandel und der damit verbundenen Organentnahme ... in diesem Zusammenhang tauchen immer wieder die Buchstaben *PD* auf, die vermutlich für *Per Deadline* stehen und eine Art *Frist* darstellen sollen – Flüchtlinge als billiges Ersatzteillager mit Terminsetzung. Immer wieder verdichtet sich die Tatsache, dass man ihre Organe in einer deutschen Klinik, vermutlich im süddeutschen Raum, entnimmt und von hier aus meistbietend verteilt. Man spricht sogar von einem eigens dafür eingerichteten Krankenhaustrakt, abgeschirmt von der Außenwelt mit speziell geschultem Personal, von dem jeder eine gehörige Portion des Geldes – nach erfolgreicher Vermittlung – erhält ...«

Maria las für sich die Zeilen mit. »Mensch, Egon, wenn dit in falsche Hände gerät, bekommen wir mächtig Ärger. Quast ... süddeutscher Raum ... na dann zähle ick mal eins und eins zusammen und komme ... ick wag es ja nicht auszusprechen.« Gleichzeitig griff sie zum Telefon und wählte die Nummer ihres Freundes, der aufgeregt zu sein schien.

»Mary, altes Haus, was machst du bloß immer für Dinger? Erst die Geschichte mit dem ollen Billstedt letztes Jahr und dem überfahrenen Alten und jetzt das. Genieß doch mal deine Rente!« Seine Stimme klang ausgesprochen zornig.

Frau Schulz fühlte sich gemaßregelt und wollte, wie es ihre Art war, widersprechen. Doch er hatte recht. Zögerlich antwortete sie: »Ja, ja. Aber ick kann nicht anders. Ist wie bei einem Fußballer, der ein Leben lang trainiert hat. Der kann och nicht damit uffhören. Erst wenn er uff alle viere daherkommt und nicht mehr krabbeln kann, jibt er uff.«

»Mann, du und deine Sprüche.«

»Egon, sag mal, woher hast du dit allet?«

Egon presste hörbar Luft durch seine Nase.

»Von einem internen Informanten, den wir oft mit brisanten Themen beauftragen. Keiner kennt ihn. Der Kontakt erfolgt ausschließlich in der Staatsbibliothek. Dort gibt es ein Buch mit doppeltem Boden. Wird es von einem unserer Redakteure ausgeliehen, befinden sich darin wichtige Infos auf einem Mini-USB-Stick. Bislang lag unser Informant nie falsch. Vermutlich handelt es sich hierbei um ein Mitglied des BND … Nun liegt es an euch, daraus etwas zu machen. Ich denke, die Faktenlage ist klar. Musst die ganze Scheiße nur noch beweisen. Und das dürfte schwierig sein.«

»*Scheiße*, so ein hartes Wort für so ’ne weiche Masse«, frotzelte Maria, bedankte sich und legte mit einem tiefen Seufzer auf. Doch kaum dass der Hörer mit einem leisen Geräusch seinen Platz auf dem Telefon gefunden hatte, schrie Frau Kaufmann auf.

»Nein, das gibt es doch nicht. Sehen Sie mal! Die Schweine haben doch tatsächlich alle Aus- und Einnahmen notiert. Und wieder erscheint dieses *PD* mit Namen, Vermerk und was gespendet wurde. Schauen Sie sich mal die Zahlen an! Das geht ja in die Millionenhöhe.«

»Charlotte, dit ist 'ne Nummer zu groß für uns. Jeben Sie die Daten sofort an ihren Sohn weiter! Wir haben jenug für die Bullen jetan. Ist jetzt denen ihre Sache.«

Frau Kaufmann schaute pikiert und war mit der Wortwahl ihrer Bekannten ganz und gar nicht einverstanden, traf es doch auch sie. *Bulle?! Wäre genauso, als würde ich Berliner Schnauze zu ihr sagen. Ein bisschen Contenance kann man schon erwarten. Immerhin sind wir Damen ... na ja ... die eine mehr und die andere weniger.* Sie rollte mit den Augen.

»Schon jut, tschuldigung. War nicht so gemeint«, kam es drucksend von Maria. »Polizei klingt wohl och besser.«

***

Inzwischen hatte Nadine ihr Ziel erreicht und kam wohlbehalten, aber übermüdet in Konstanz an. Sie stellte den Dienstwagen auf dem Revierparkplatz ab und beschloss, noch einmal ins Büro zu gehen. Wenigstens einen Teil der angehäuften Mails wollte sie abarbeiten. Sie ging davon aus, dass morgen weit weniger Zeit dafür bleiben würde, zumal die Kollegen als Erstes eine Besprechung einberufen dürften, um alle Details des heutigen Nachmittags zu erfahren. Und das konnte dauern. Meist schweifte einer von ihnen ab und kam ins Plaudern, während sie, wie auf Kohlen sitzend vor ihrem geistigen Auge die noch zu erledigende Arbeit durchgehen würde. *Dann doch lieber heute. Der Tag ist eh gelaufen.*

Aus der Ferne vernahm sie die Geräusche der Putzkolonne, welche sich von Etage zu Etage arbeitete und immerzu irgendein Putzutensil zu Boden fallen ließ. Wahrlich, leise waren die nicht. Andererseits war niemand mehr im Haus, und so gehörte es ihnen.

Gedankenversunken arbeitete Nadine die Informationen aus dem Bankschließfach, welche sie freundlicherweise von der Schwester der Verstorbenen Jasmin Zimmer zur Verfügung gestellt bekommen hatte, durch. Unentwegt schüttelte sie den Kopf. Vor ihr lagen tatsächlich die gleichen Informationen, welche auch die alten Damen, nur ein paar Kilometer entfernt, gelesen hatten. Inhaltlich stimmte alles überein.

Nadine mochte die abendliche Stimmung, wenn niemand mehr anwesend war, und sie blickte aus dem Fenster. Draußen warfen die Lichter der Straßenlaternen ihr bizarres Licht auf den Asphalt. Schatten schlichen unter ihnen vorbei. Vermutlich ein eng umschlungenes Pärchen mit einem davor laufenden Hund. *Jetzt konzentrier dich mal wieder auf deine Arbeit*, ermahnte sie sich und schaute zurück auf den Schreibtisch.

Im Hausgang fiel irgendjemand vor irgendetwas und schimpfte: »Verdammt, räumt die Sachen mal weg! Ist ja lebensgefährlich«, schrie eine ihr bekannte Stimme und kam fluchend näher.

Nadine zuckte zusammen. *Nee oder, was will der denn noch hier?* Und schon stand ihr neuer Chef, Selzer, im Türrahmen, drückte seinen Arm gegen das Holz und lächelte sie kess an.

»Hab noch Licht im Büro gesehen und dachte, ich schau mal hoch.«

»Muss noch was erledigen. Paar Sachen lesen«, antwortete Nadine wortkarg.

»Und, wie war's in Heidelberg? Interessant?«

»Ja, sehr aufschlussreich. Schau mal!«, sie zeigte auf die Unterlagen vor ihrer Nase.

Selzer beugte sich über ihre Schulter, schaute gebannt auf die Papiere und nahm einen Teil. Dann setzte er sich an seinen Schreibtisch und legte die Füße oben auf.

Ich glaub's nicht. Der eine zieht seine Schuhe aus, der andere legt sie auf den Tisch. Fehlt nur noch, dass sich einer auf den Schreibtisch legt. Doch Nadine gehörte nicht zu der Sorte Mensch, die all das ernst nahm, und beließ es dabei. Immerhin waren sie alleine, und tagsüber hätte Daniel Derartiges nie getan. Stattdessen konzentrierte sie sich wieder auf ihren Fall und kam ins Grübeln. *Für mich riecht das förmlich nach der Organklinik von Quast. Wie aber sollen wir das beweisen? Einfach vorbeigehen und sagen: »Hallo, wir glauben, Sie entnehmen hier illegal Organe und verscherbeln sie an Ihre reiche Kundschaft. Ach, und die drei Morde an den Frauen gestehen Sie uns bitte auch noch.« Lach ich mich ja tot. Aber irgendwie müssen wir dem Typen das Handwerk legen. Allerdings ... Moment, Nadine ... vielleicht sollten wir uns mal die anderen zwei Firmeninhaber ansehen. Zwar hatten sie am besagten Todestag von Yvonne Laufenburg ein Alibi, aber von Stuttgart nach Konstanz ist es nicht weit. Womöglich haben wir ein Zeitfenster übersehen, in dem der Mord hätte stattfinden können. Denken wir doch mal in diese Richtung.*

Selzer schielte zu seiner jungen Kollegen.

»Alles okay? Du wirkst so abwesend.«

Nadine drehte ihren Kopf zu ihm und entkräftete seine Vermutung mit einem: »Alles bestens. Ich bin nur ein wenig am Kombinieren.«

»Geht das auch etwas lauter? Ich verstehe nämlich kein einziges Wort«, meinte er ketzerisch. »Oder mein Gehör lässt langsam zu wünschen übrig.«

»Nerv nicht, Daniel! Schon vergessen, Gedanken sind frei«, höhnte sie und empfing ein breites Grinsen.

»Reicht doch wohl, dass du nichts von mir wissen willst, aber dienstlich sind wir ein Paar, ob du willst oder nicht«, konterte er zurück.

»Also ich statte dem Quast noch mal einen Besuch ab und schau mir bei dieser Gelegenheit die anderen Herren an …« Sie zog die Akte vom Mordfall Yvonne Laufenburg aus dem Stapel der zu bearbeitenden Fälle und blätterte darin herum. »… Sören und Heiko Bundschuh. Der Senior gründete die Firma 2002 und wandelte sie dann in eine Stiftung um. Sein Sohn Sören trat erst vor ein paar Jahren in die Firma des Vaters ein … steht hier.«

»Mhm, soviel mir bekannt ist, lässt sich eine Stiftung ganz unkompliziert gründen. Man braucht etwas Startkapital, eine gute Idee und macht sich damit unsterblich. Also finden wir heraus, warum er diese Stiftung gegründet hat. Das wäre mal ein Ansatz, um seine Beweggründe zu erfahren.«

»Gut, erledige ich gleich morgen früh«, erklärte Nadine.

»Okay, aber wenn du das Haus verlässt, lass es mich wissen! Denk an die Geschichte in Berlin. Ich will dich nicht kontrollieren, Nadine, aber eine gewisse Verantwortung dir gegenüber als Chef obliegt mir schon.«

Ganz abwegig war seine Einstellung nicht, das wusste Nadine und gab ihm mit einem lauten: »Okay, mach ich«, recht.

»Wie geht's deiner Mutter?«, fügte Selzer an.

»Sie bleibt vorerst im Krankenhaus. Irgendwann folgt dann die Reha. Mal sehen, ob ich sie dahin begleiten kann. Blöd, sie ist in Berlin ganz alleine. Wenn sie wenigstens eine gute Freundin oder eine Verwandte dort hätte. Aber niemanden ...«

»Ich könnte mal mit meiner Schwester reden«, entgegnete Daniel.

»*Deine Schwester?* Ich weiß nicht, die hat doch gar keine Zeit. Nee, lass nur. Vielleicht werde ich ihre Bekannte, Frau Witte, mal anrufen.«

13. Freitag, 20. November

Noch am gleichen Abend nahm Charlotte Kaufmann Kontakt zu ihrem Sohn auf und unterbreitete ihm ihren Kenntnisstand bezüglich der Organspenderfirma ELA-Transplant. Rudi war schockiert über die Ausführungen seiner Mutter, maßregelte sie, sich nicht ständig in die Polizeiarbeit einzumischen, und bedankte sich gleichzeitig für die außerordentlich prekären Informationen. Andererseits genoss er den jetzigen Wissensvorsprung seinen Kollegen gegenüber und wollte dies am nächsten Tag kundtun.

***

Am nächsten Morgen ging Nadine so früh wie möglich ins Büro. Sie wollte noch ein paar Fakten zu Papier bringen, ehe ihre Kollegen eintrafen. Handschriftlich vermerkte sie die wichtigsten Punkte auf einer To-do-Liste:

1. Hat Quast ein Alibi für den 10.11.2012? (Todestag von Jasmin Zimmer)?

2. Heiko & Sören Bundschuh für den 10.11.15 erneut nach Alibi befragen, inklusive der Jahre zuvor.

3. Bedeutung der Tätowierung am Handgelenk.

Das Wort VORLADEN! schrieb sie in großen Lettern unter die Notizen.

Entschlossen griff Nadine zum Telefon und ordnete eine Zeugenvernehmung der Herren Quast und Bundschuh an. Sie hatten sich unverzüglich im Polizeirevier Konstanz einzufinden. Eigens dafür schickte sie eine Polizeistreife nach Friedrichshafen, doch ganz wohl war ihr dabei nicht. Nadine kannte weder den Dienstplan von Professor Quast noch hatte sie mit jemandem die Sache abgesprochen. Selzer würde toben, das wusste sie, denn Alleingänge wie diese waren ihm ein Graus. *Ich sollte ihn wenigstens davon in Kenntnis setzen.*

Wie erwartet bestellte Selzer sein Team zu sich, um den Stand der bisherigen Ermittlungen zu besprechen und bat als Erstes Nadine um eine kurze Ausführung ihres Besuchs in Heidelberg.

»Vermutlich«, schlussfolgerte sie, »besteht ein Zusammenhang zwischen den drei Morden und dieser Spenderfirma. Jasmin Zimmer war während der Gründerzeit dort Ärztin, hatte quasi die Firma mit aus der Taufe gehoben. In einem Brief an ihren Sohn schreibt sie über kriminelle Machenschaften, geht aber nicht näher darauf ein ... Die anderen Papiere waren da schon aufschlussreicher ... Anscheinend hat man Flüchtlingen illegal Organe entnommen, um sie dann an Gutbetuchte zu verkaufen.«

»Ja, davon habe ich schon des Öfteren gelesen«, erwähnte Hübner und Hufnagel meinte: »Für ihre Leistung bekommen die Armen kaum Geld. Ihre Situation der Flucht, das Nachholen der Familien wird maßlos ausgenutzt. Außerdem besitzen sie keine Lobby. Auch ich habe in diese Richtung recherchiert und bin auf ein paar pikante Details gestoßen. Die Organe werden ihnen hier in Süddeutschland entnommen. Mit großer Wahrscheinlichkeit in einer Privatklinik.«

Nadine schaute ihren älteren Kollegen ahnend an und wusste sofort, woher seine Informationen stammten. Aber sie gönnte ihm den Erfolg und war auf eine Klärung seiner Quelle nicht erpicht.

Selzer lobte ihn sowie Nadine.

»Vielleicht sollten wir uns die Firmengründer dieser Spenderfirma hierher zur Vernehmung einladen«, meinte Hufnagel und schielte hinüber zu Nadine. Ahnte er etwas von ihrer voreiligen Entscheidung?

Selzer stellte sich leicht breitbeinig, verschränkte die Arme vor der Brust und schien über Hufnagels Vorschlag nachzudenken. »Aber die Protokolle von Vater und Sohn sind eindeutig. Auch Quast hat ein Alibi. Andererseits, warum nicht?«

»Schon geschehen, Chef«, antwortete Nadine und schien erleichtert. Gleichzeitig schaute sie zu Hufnagel und formte mit den Lippen ein *Danke*, der dies wiederum mit einem Lächeln krönte.

»Wie? Hast du's schon veranlasst?«, hinterfragte Selzer, wobei er das *Wie* lang und gedehnt aussprach.

»Ja, vorhin. Ich schätze, die sind bald da.«

»Okay, dann würde ich vorschlagen, du, Nadine, übernimmst die Vernehmung von Sören Bundschuh. Herr Hübner die vom Vater. Herrn Hufnagel würde ich dann bitten, mit Quast zu sprechen, während ich das Ganze von außen betrachte. Einverstanden?«

Alle nickten geflissentlich mit den Köpfen.

Mitten in ihrer Unterhaltung klopfte es an die Tür. Ein junger uniformierter Polizeibeamter trat ein und erklärte, dass die Vorgeladenen jetzt angekommen seien und im Nebenzimmer warten würden.

Man ging zu ihnen, stellte sich vor.

Quast war inzwischen kein Unbekannter mehr, lediglich die Herren Bundschuh kannte man noch nicht. Ihre Aussagen hatten sie längst zu Protokoll gegeben und galten als nichttatverdächtig, waren sie doch zum fraglichen Todeszeitpunkt von Yvonne Laufenburg in Stuttgart zu einer Tagung gewesen.

Professor Quast hatte seinen dunklen Mantel ausgezogen und über den Arm gelegt. Um seinen Hals trug er einen braun-beige-karierten Schal, den er modebewusst herumgeschlungen hatte. Zudem roch er stark parfümiert und schaute sich neugierig um. Sein Blick war der eines Fuchses, schlau und planend.

Der andere, Heiko Bundschuh, wirkte gefasst und in sich ruhend. Ihm schien die Vorladung nichts auszumachen. Gelassen ordnete er sein blond zerzaustes Haar.

Der Sohn hingegen, in Jeans und hellblauem Hemd, gegeltem Haar, das er streng nach hinten gekämmt hatte, wirkte wie ein Zuhälter. Sein winziger Ohrstecker sowie die kantigen Gesichtszüge unterstrichen diese Einschätzung. Anscheinend kam er mehr nach der Mutter statt dem Vater. Dennoch wirkte der junge Mann scheu, spielte unentwegt mit der rechten Hand, ballte sie zur Faust, streckte sie aus und formte sie erneut, geradeso als müsse er sie bewegen.

Mit Argwohn betrachtete Nadine sein Fingerspiel und ließ dennoch die beiden anderen nicht aus den Augen. *Mhm, dem Bundschuh scheint nichts aus der Ruhe zu bringen ... ganz anders der Sohn ... Der hat mit Sicherheit nicht Hurra geschrien, hier anzutanzen. Den schaue ich mir mal näher an ... Na ja und Quast, unsympathisch wie eh und je ... Aber Gefühle zählen nicht!*

Plötzlich kam ein weiterer dickbäuchiger Mann im schicken schwarzen Anzug hinzu und war ausgerechnet der gewiefteste Anwalt von Konstanz sowie Inhaber der größten Kanzlei am Bodensee *Rubens, Scharschmied und Kollegen.* Walter Rubens, so sein Name, erklärte, dass er die Herren Quast und Bundschuh vertrete und ohne sein Zutun keiner eine Aussage zu Protokoll geben würde. Daher einigte man sich, die Vernehmungen nacheinander ablaufen zu lassen, anstatt parallel, was wiederum den Vorteil hatte, sie mit zwei Beamten durchführen zu können.

Die Bundschuhs führte man in einen der Nebenräume.

Der Anwalt besprach sich kurz mit seinem Klienten, Professor Quast, gab noch ein paar Ratschläge und ging dann mit ihm zur Vernehmung, welche von Frau Andres und

Herrn Selzer geleitet werden sollte.

Die vier Anwesenden nahmen an dem im Raum stehenden länglichen Tisch Platz.

Rubens und Quast auf einer Seite und die anderen ihnen gegenüber.

Nur ein kleines schmales Mikrofon stand auf dem Tisch. Ein paar Akten lagen daneben.

Ein uniformierter Beamter stand in der hinteren Ecke und beobachtete das Geschehen.

Man begann mit der Vernehmung, fragte Quast nach seinem Namen, klärte ihn über seine Rechte auf und kam dann zur Sache.

Nadine Andres übernahm die Befragung.

»Wie war Ihr Verhältnis zu Jasmin Zimmer? … Sie arbeitete doch bei Ihnen, oder?«, begann Nadine forsch und konnte es kaum abwarten, Quast vor ihren Augen herumdrucksen zu sehen.

Quast hatte mit dieser Frage wahrlich nicht gerechnet, überlegte und schaute währenddessen Nadine herausfordernd an. Er fixierte sie mit seinem Blick, starrte sie an und ließ sie nicht mehr los. Der Weißkittel machte ihr bewusst Angst. Nicht Furcht spürte sie, sondern Dominanz, der sie sich nur schwer entziehen konnte. Jetzt wusste Nadine, was diesen Mann ausmachte. Es waren sein Charisma, die wässrig durchdringenden Augen und die männliche Präsenz. Dennoch konnte sie ihn nicht ausstehen.

Ohne dass einer der Anwesenden etwas bemerkte, spielte Nadine nervös unter dem Tisch an ihren Fingernägeln herum.

»Das ist lange her, Frau Andres«, antwortete Quast bestimmend und fixierte sie erneut. »Wir hatten seinerzeit ein Verhältnis. Daraus mache ich keinen Hehl. Wir mochten uns und gingen von Zeit zu Zeit miteinander ins Bett. Mehr aber nicht. Als Ärztin war sie herausragend, dazu eine sehr gute

Chirurgin.«

Selzer mischte sich ein. »Was war der Grund der Trennung?«, fragte er, weil er spürte, wie Quast seine Kollegin in die Enge zu drängen versuchte.

»Dazu muss sich mein Mandant nicht äußern, das geht in den Bereich seiner Privatsphäre«, echauffierte sich sein Anwalt und gestikulierte übertrieben mit den Armen.

Aber Nadine ließ nicht locker und stellte Professor Quast erneut die gleiche Frage.

Der Weißkittel schien genervt und antwortete: »Sie hat aufgehört, mich zu lieben, so wie ich es brauche.«

»Könnten Sie das bitte präzisieren, Professor?«, fragte die Polizistin erregt nach und atmete tief durch, da sie ein beklemmendes Gefühl in der Magengegend verspürte. *Ruhig Blut! Lass dich von dem nicht provozieren.*

Wieder starrte Quast die junge Frau an.

»Nun«, sagte der Arzt, stützte sich mit den Armen auf den Schreibtisch und beugte sich zur Andres vor. Seine Stimme wurde gefährlich leise. »Ich liebe Frauen, die mir … sagen wir mal, zu Füßen liegen … Mich verehren.« Der Professor starrte sie mit wachen Augen an.

»Meinen Sie damit devote Partnerinnen …?«, resümierte Nadine, nicht den Blick von ihm lassend.

»Wenn Sie es so nennen wollen«, beendete Quast ihre Überlegung und faltete die Hände ineinander. Er versuchte, sich zu beherrschen.

»Wo waren Sie am zehnten November 2012, dem Todestag von Jasmin Zimmer?«, stocherte Nadine nach.

»Junge Frau, das liegt drei Jahre zurück. Ich wurde schon damals befragt. Hätten Sie Ihre Hausaufgaben gemacht, wüssten Sie das … Ich war in Florida mit meiner Frau, wie jedes Jahr um diese Zeit … Und bevor Sie mich gleich weiter löchern werden, in diesem Jahr konnten wir nicht reisen, wegen zu vieler OPs, die nicht verschoben werden konnten.«

Nadine gab sich zufrieden und ging zur nächsten Frage über.

»Estha Sarva, Steuerfachangestellte und ebenfalls eine ehemalige Angestellte von Ihnen. Sie fiel am zehnten November 2014 vom Rügener Kreidefelsen, Herr Doktor«, erklärte Nadine überspitzt deutlich und wurde gleichfalls lauter. »Drei Frauen sterben am zehnten November, angeblich handelt es sich bei allen um Selbstmord«, schrie sie, erhob sich vom Stuhl und stützte ihre flachen Hände auf den Tisch.

Selzer umfasste ihr linkes Handgelenk und ermahnte sie, sich wieder zu setzen.

Nadine war wütend und fühlte den Hass in sich hochsteigen. Ihr wurde heiß und sie roch die penetrante Note ihres Angstschweißes. Sie wollte diesem Mann habhaft werden, nein, sie musste es. Es war ihre Pflicht herauszufinden, was sich damals ereignet hatte und warum gerade diese Frauen sterben mussten. Quast war nicht Gott, er war Arzt, der sich im Laufe seines Lebens über die Dinge gestellt hatte und sie nach seiner Fasson formen wollte, genau wie die Frauen an seiner Seite.

»Ich sagte Ihnen doch schon, wir waren in Florida. Fragen Sie meine Frau, die hebt alle Tickets auf und klebt sie dann schön kitschig in ein Fotoalbum. Sie müssen sich wohl einen anderen Verdächtigen suchen … Und nun entschuldigen Sie mich bitte, Ihretwegen habe ich eine Nierentransplantation verschieben müssen. Ich hoffe nur, dass der Patient Ihre Aktion überlebt hat, sonst …« Wieder strafte er Nadine mit seinem Blick und wieder hatte er Erfolg.

»*… sonst???* Drohen Sie mir gerade?«, hinterfragte Nadine ketzerisch, doch Quast blieb ihr eine Antwort schuldig. *Ich muss an die frische Luft. Langsam wird mir klar, was Frauen an dem finden.*

Unruhe machte sich breit.

Quast und sein Anwalt standen auf und verließen kurz darauf den Vernehmungsraum, während sich Nadine Andres mit dem Gehen Zeit ließ. Sie schüttelte sich, als werfe sie Ballast ab, und war froh, das Zimmer nach den beiden verlassen zu können.

Mit einem schnellen Händedruck verabschiedete sie Quast vor der Tür und ging dann mit Selzer in Richtung Kaffeeautomaten. Nervös suchte sie in der Hose nach einem Euro und ließ einen Kaffee heraus.

»Na, der hat dich aber ganz schön in die Ecke getrieben«, bemerkte Selzer neben ihr stehend und ein Bein gegen die Wand gelehnt.

»Lass mich mal kurz in Ruhe, okay!« Sie nahm einen Schluck aus dem Plastikbecher und genoss das Heißgetränk. Darüber hinaus atmete sie lang und tief durch.

»Ist gut, aber sag mal, woher wusstest du, dass die Tote aus Rügen bei ihm angestellt war? Aus den Akten ging das nicht hervor.«

»Stimmt, ich habe mit ihrer besten Freundin geskypt, nachdem mir ihre Eltern nicht verraten konnten, wer ihr Freund zu dieser Zeit war. Schon traurig, wenn nicht einmal die Eltern etwas über das Leben ihrer Tochter wissen. Andererseits verstehe ich, wenn sie sich nicht ihren Eltern anvertrauen konnte. Auch sie war die Gespielin von Quast. Er pflegt spezielle sexuelle Vorlieben, liebt es, die Frauen zu demütigen und zu unterwerfen.«

»Okay??? … Dann bin ich mal gespannt, was die anderen zu sagen haben. Wer kommt als Nächstes?«, erkundigte sich Selzer und schien von ihrer Antwort nicht sonderlich überrascht.

»Bundschuh, der Ältere, würde ich vorschlagen.« Nadine leerte ihren Kaffee, warf den kleinen weißen Becher in den Mülleimer und schritt mit Daniel los. »Mist, ich habe

Quast nicht nach den Tätowierungen befragt … Wenn dort tatsächlich illegal Organe entnommen werden, wird keiner der Herren uns das erzählen. Dafür haben die viel zu viel zu verlieren.«

Selzer vergrub seine Hände in den Hosentaschen, verlangsamte sein Gehen und blieb abrupt stehen. »Daran habe ich auch schon gedacht und mit dem Staatsanwalt gesprochen. Ein Durchsuchungsbeschluss wäre unter diesen Umständen für ihn kein Problem. Aber warten wir noch den Stand der Befragungen ab!« Sie liefen weiter.

Energisch betrat Nadine ihr Büro und besprach sich kurz mit Rubens, der dort auf sie gewartet hatte. Durch die nächste Vernehmung wollten Andres und Hufnagel führen. Selzer hatte sich zwischenzeitlich ausgeklinkt und wollte dem Geschehen durch eine versteckte Glaswand im Nebenzimmer beiwohnen.

Ein uniformierter Beamter brachte Heiko Bundschuh ins Vernehmungszimmer.

Kurz darauf stieß auch sein Anwalt mit Frau Andres und Herrn Hufnagel in Begleitung eines weiteren Polizisten hinzu.

Herr Bundschuh wartete, bis alle Beteiligten Platz genommen hatten, und setzte sich erst dann. Er wirkte noch immer gefasst und legte seine Arme auf den Tisch.

Man stellte ihm die gleichen Fragen wie zuvor Quast, die er Frage um Frage ausführlich beantwortete und seine Alibis somit glaubhaft erscheinen ließen. Für alle Tage hatte er eine tadellose Erklärung. Wie jedes Jahr im November weilte er bei einem Kongress, der jährlich zwar den Ort, aber nicht den Zeitpunkt wechselte. Nun galt es, die Alibis zu überprüfen, was aufgrund der großen Anzahl von Zeugen und der Gästelisten, sowohl im Hotel als auch bei den Veranstaltern kein Problem darstellen sollte.

Lediglich der Todeszeitpunkt machte Bundschuh stutzig.

»Warum starben alle am zehnten November? Dass sich Frau Zimmer umgebracht hatte, wusste ich. Aber das mit der Sarva war mir nicht bekannt. Ich glaube, sie ist schon zehn Jahre weg … Na ja, es kommt schon mal vor, das jüngere Mitarbeiter wieder gehen. Viele von ihnen haben Probleme mit dem, was wir tun. Leben und Tod sind doch eng miteinander verknüpft, das verträgt nicht jeder … Aus welchem Grund hat sie sich denn das Leben genommen?«

»Vermutlich aus Liebeskummer«, erklärte Nadine schonungslos.

»Aber sich deshalb gleich umbringen?«, hinterfragte Bundschuh. »Dann hätte ich mich nach dem Tod meiner Frau auch umbringen müssen. War keine leichte Zeit, glauben Sie mir … Erst ihr Tod und dann noch meine Tochter Jana. Sie hat den Kontakt gänzlich abgebrochen, weil sie mich für den Tod ihrer Mutter verantwortlich gemacht hat«, meinte er nachdenklich. »Später gründete ich dann die ELA-Transplant.«

»Was bedeutet das ELA eigentlich?«, wollte Hufnagel wissen.

»Ela ist die Abkürzung für Gabriele, der Name meiner verstorbenen Frau.«

Hufnagel summte ein kurzes *Mhm.*

»Wieso erwähnten Sie den zehnten November?«, hakte Nadine noch einmal nach.

»Am gleichen Tag, 2001, starb auch meine Frau. Sehen Sie darin einen Zusammenhang?«

»Seltsam ist das schon, dass die drei Frauen zum selben Zeitpunkt starben und sich derart ähneln. Inzwischen lässt sich zumindest für Frau Jasmin Zimmer eindeutig belegen, dass sie ein Verhältnis mit Professor Quast hatte. Bei den anderen Damen ermitteln wir noch«, erzählte sie.

Bundschuh schien überrascht und wirkte nachdenklich.

»Dass er wohl nicht der Treueste war …«, begann er, »… wusste man. Nur mit wem war mir nicht bekannt.«

»Und Sie? Wie steht es mit Ihnen? Gab es eine neue Frau in Ihrem Leben?«, fragte Nadine ein wenig uncharmant.

Rubens starrte sie mit bösem Blick an.

»Das tut hier nichts zur Sache, Frau Andres!«, maßregelte er sie zum wiederholten Male.

Bundschuh schaute nach links und stupste seinem Anwalt in die Seite. »Ist schon gut. Wenn es der Wahrheitsfindung dient, beantworte ich Ihnen die Frage gerne. Nein, es gab für mich keine Frau mehr. Mein Leben ist die Arbeit, das reicht mir.«

Nadine blickte ihn versöhnlich an und dankte es ihm mit einem wohlwollenden Kopfnicken.

»Sagen Sie mal, wie funktioniert das mit der kleinen Tätowierung am Handgelenk überhaupt. Ist sie nicht eher lästig? Man sieht sie doch immer«, wollte sie wissen.

»Nun, da stimme ich Ihnen zu. Aber stellen Sie sich mal folgendes Szenario vor: Ein Organspender stirbt und trägt seinen Ausweis nicht bei sich. Woher sollte die Klinik wissen, dass er ein möglicher Spender ist? Ein lebenswichtiges Organ hält nicht ewig und die Tätowierung einer liegenden Acht, das Zeichen für *Unendlich*, das man übrigens auch unsichtbar am Handgelenk tragen kann, weist einen sofort als Spender aus. Viele lassen sich die liegende Acht zum Beispiel auch als Schmetterling oder Rose tätowieren. In der Tätowierung sind alle wichtigen Daten gespeichert, die mittels Scanner abgerufen werden können. Außerdem wollen wir gerade möglichst junge Spender erreichen und das geht nur mit einem moderneren Auftritt. Gewissermaßen einem Relaunch der Organspende. Unsere Erfolge beweisen dies. Ich weiß, wovon ich spreche. Meine verstorbene Frau war

Organspenderin, aber die Ärzte interessierten sich damals nicht für ihre Organe. Und wenn derartiges des Öfteren passiert, dann stelle ich die herkömmliche Organspende tatsächlich infrage. Wussten Sie, dass gerade mal vierzehn Prozent unserer Bürger einen Organspenderausweis besitzen?«

Nicht gerade viel. »Na ja, so ganz freiwillig, und nur weil sie modern daherkommen, wird wohl keiner zum Spender«, knurrte Hufnagel und fühlte sich zum alten Eisen berufen. *Junge Leute, als ob wir Alten keine verwertbaren Organe mehr hätten.*

»Ja, leider«, druckste er. »Na ja, und ohne einen Anreiz spendet keiner. Wir greifen unseren Spendern – sagen wir mal – etwas unter die Arme. Übernehmen zum Beispiel Stipendien oder gar Mieten. Eine Win-win-Beziehung, die von Spender zu Spender unterschiedlich und verhandelbar ist. Übrigens können alle möglichen Organspender zu jeder Zeit ihre Einwilligung widerrufen. Die Tätowierung lässt sich gut entfernen. Sie sehen, alles geht korrekt zu«, erzählte Bundschuh stolz.

»*Korrekt?*«, hinterfragte Nadine. »Sie wissen aber schon, dass jede Art von Kommerzialisierung der Organspende und Transplantation verboten ist und unter Strafe steht.«

Rubens mischte sich lautstark ein: »Mein Mandant wird Ihnen hierzu keine Antwort geben«, und schaute missbilligend in die Runde.

Heiko Bundschuh schwieg sich aus und machte von seinem Recht der Aussageverweigerung Gebrauch.

»Wo entnehmen Sie Ihre Organe?«, fragte Nadine schließlich und versuchte, ihm wenigstens so habhaft zu werden.

»In einem eigens dafür eingerichteten Krankenhaustrakt.«

»Gut, den Trakt werden wir uns ansehen. Genau wie die dazugehörigen Akten über Spender, Organe und Weitervergabe«, meinte Hufnagel geradeheraus.

»Jederzeit, ich lasse Ihnen alle Informationen durch meine Sekretärin zusammenstellen. Der Besuch geht allerdings nur unter strengen Vorlagen. Geben Sie bitte rechtzeitig Bescheid!« Bundschuh war tatsächlich der Meinung, nichts Ungesetzliches zu tun.

Frau Andres und Herr Hufnagel gaben sich vorerst mit den Ausführungen von Herrn Bundschuh zufrieden, bedankten sich höflich und erwähnten, dass er sich auch weiterhin zur Verfügung zu halten habe. Andererseits sei noch das Protokoll zu unterschreiben.

Die Anwesenden erhoben sich und wollten gerade den Raum verlassen, als Nadine Herrn Bundschuh nachrief: »Herr Bundschuh, wenn Ihnen jemand viel Geld für ein Organ bezahlen würde, würden Sie ihn dann bevorzugen?«

Bundschuh drehte sich überrascht um, fasste sich auf seine verschwitzte Stirn und schaute pikiert. Nach allem, was er gerade zu Protokoll gegeben hatte, entglitt diese Frage seinem Verständnis für Fairness. *Was soll diese Frage?,* dachte er, überlegte kurz und antwortete schließlich: »Junge Frau, es gibt eine Warteliste für Empfänger von Organspenden, und an die halten wir uns. Unser Hauptanliegen sehen wir im schnelleren Finden von möglichen Spendern. Mehr nicht! Mit Organhandel haben wir nichts zu tun. Dagegen verwehre ich mich entschieden.« Seine Stimme überschlug sich ein wenig, während er sprach.

Autsch, dem habe ich dann wohl gehörig auf die Füße getreten. Für mein Dafürhalten ist er ahnungslos und ich schätze, dass er über die Machenschaften seines Geschäftspartners gar nichts weiß.

Obwohl Nadine Hunger verspürte und den ganzen Tag nichts gegessen hatte, wollte sie der nachfolgenden Vernehmung ebenfalls beiwohnen. Hufnagel hingegen verabschiedete sich für eine halbe Stunde in seine wohlverdiente Pause und musste dringend etwas essen. Sein Magen hinge schon sonst wo, erklärte er und ging.

Hübner hatte in der Zwischenzeit seiner Kollegin eine Butterbrezel besorgt, die sie während eines Telefonats herunterschlang.

Das letzte Gespräch mit Sören Bundschuh stand Nadine noch bevor, und sie wollte es sich unter keinen Umständen entgehen lassen. Die junge Polizistin verspürte ein gewisses Unwohlsein in der Magengegend. *Irgendetwas stimmt hier nicht.* Noch konnte sie ihr Gefühl nicht in Worte fassen, doch allmählich nahm es Gestalt an.

Ein Polizeibeamter brachte den jungen Bundschuh in Nadines Büro.

Schüchtern schaute sich dieser um, blieb abwartend stehen und nestelte nervös an seinen Fingernägeln herum. Gleichzeitig ballte er, wie bereits zuvor, die rechte Hand zur Faust, streckte sie und formte sie erneut. Genau wie seine Vorgänger bekam er wichtige Tipps vom Anwalt.

Zum wiederholten Male ging man ins Besprechungszimmer.

Diesmal war Selzer wieder mit von der Partie.

Routiniert befragte Nadine den jungen Bundschuh nach seinen Alibis für den besagten 10. November der Jahre 2012, 2014 und 2015.

Bundschuh schien vorbereitet und antwortete routiniert, dass er, wie jedes Jahr um diese Zeit, bei einem Kongress mit seinem Vater gewesen war. Gleichzeitig erwähnte er den Todestag seiner Mutter, und dass sein Vater wie auch er in den Veranstaltungen einen willkommenen Anlass gesehen hätten, der Erinnerung zu entfliehen.

»Wo genau fanden die Tagungen statt?«, wollte Nadine wissen und schaute auf den jungen Mann. Inzwischen ließ seine Anspannung sichtlich nach.

Sören überlegte.

»Die letzte war in Stuttgart. Die davor irgendwo im Norden, und die anderen weiß ich jetzt so auf die Schnelle nicht … Vielleicht fragen Sie besser meine Sekretärin, Frau Albert! Sie erledigt alle Reservierungen für mich und wird Ihnen gerne behilflich sein.«

»Gut, das werden wir«, bemerkte Nadine beiläufig und kritzelte etwas auf ihren Notizblock, den sie vor sich liegen hatte. *Komisch, ich könnte wetten, dass der andere Kongress nicht weit von Rügen stattgefunden hat. Von Stuttgart nach Konstanz sind es gut zwei Autostunden. Blödsinn, was hätten die beiden denn für ein Motiv gehabt? ... Der Vater macht sich nichts mehr aus Frauen, und der Sohn, dem scheinen sie egal zu sein ... Deine Vermutung ist vage, denk lieber in die andere Richtung! Für mein Dafürhalten steckt Quast hinter den Morden, zumal er ein Motiv hatte ... Mit allen Frauen war er liiert. Wir müssen es ihm nur noch beweisen. Außerdem mischt er im Organhandel mit, vielleicht als einer der Drahtzieher oder sogar als führender Kopf ... Wussten die Frauen davon und mussten deshalb sterben? Oder schlossen seine perversen sexuellen Vorlieben einen möglichen Tod der Frauen mit ein? Als Arzt wusste er, wie man einen Mord als Selbstmord hätte aussehen lassen können.*

Nach einer guten Stunde war die Vernehmung beendet.

Vater und Sohn unterschrieben ihre Aussagen und verabschiedeten sich, wohingegen Quast längst gegangen war, um noch rechtzeitig eine geplante Nierentransplantation durchführen zu können. Gleichermaßen ahnte Nadine, dass ihr Wochenende wohl kurz ausfallen würde, da es noch ein paar Recherchen anzustellen galt.

14. Samstag, 21. November

In dieser Nacht fand Nadine nicht in den Schlaf. Immerzu wälzte sie sich umher, hatte Eingebungen und verwarf diese sofort wieder. Irgendetwas passte ihr am ganzen Konstrukt aus Alibis nicht. Was war ihr entgangen? Ebenso die DNA-Spuren, die die Polizei bei Yvonne Laufenburg als einziger der drei Toten sichergestellt hatte, führten ins Nichts. Auf ihrer Kleidung hatte die KTU kleinste bordeauxfarbene Faserpartikel feststellen können. Vermutlich gehörten sie zu einem Teppich oder einem Gegenstand aus Wolle oder wollähnlichem Material. Eine Faser, welche dutzendfach in fast jedem Haushalt an Wollpullovern, Kinderpuppen oder Teppichen zu finden war. Man suchte die Nadel im Heuhaufen.

Nadines Traum war in dieser Nacht erschreckend unwirklich und bizarr. Sie träumte von schwarzen Händen, die nach ihr griffen, sie würgten und wieder losließen. Mitten im übergroßen, fangartigen Gebilde von Händen tauchte ein riesiger zweiteiliger Hut auf, der mit messerscharfen Zähnen nach ihr schnappte und sie fressen wollte.

Nadine begann zu schreien. Laut und grell. »Ah … nein … nicht … weg … weg mit euch.« Angst durchströmte ihren Körper. Sie schwitzte, zitterte und bebte. Der Traum ließ sie nicht los. Niemand entließ sie aus dieser Finsternis. Niemand rüttelte an ihr und wollte sie daraus befreien.

Sie begann zu schreien und erwachte schließlich aus ihrem Albtraum.

Ihr Körper zitterte noch immer. Erst langsam beruhigte Nadine sich wieder und sie schlug müde die Bettdecke beiseite. Die junge Frau setzte sich auf ihr zerwühltes Laken, winkelte die Beine an und grübelte noch ein bisschen, bis sie schlussendlich schweißgebadet aufstand. *Ich mache mir mal einen Pfefferminztee.*

Mit zerzaustem Blondschopf, übergroßem rot kariertem Schlafanzug und kitschigen Pantoffeln schlurfte sie in die Küche, setzte Teewasser auf und lehnte sich gegen das Spülbecken. Immerzu quälte sie der Traum, an den sie sich erinnern konnte und der sie nicht loslassen wollte. *Wem gehörten die Hände? Und zu wem der Hut? Verdammter Mist, was ist bloß los? Sagt es mir!* Damit meinte sie die drei toten Frauen. *Was habe ich übersehen?* Plötzlich hatte Nadine eine Eingebung. Sie beschloss, Samstag ins Büro zu gehen und Fotos der drei Verdächtigen herauszusuchen, um sie dann den Nachbarn von Frau Laufenburg zu zeigen. Vielleicht erkannte einer die Männer wieder.

Grübelnd saß Nadine vor ihrer Tasse, tauchte ein Stück Würfelzucker in den Tee bis es sich vollgesogen hatte, und ließ den Zucker absinken. Nachdem sie das Heißgetränk Schluck um Schluck genossen hatte, besserte sich ihre Stimmung, und sie ging wieder zu Bett.

Etwa gegen sieben öffnete Nadine ihre Augen und fühlte sich wie gerädert, dennoch war sie glücklich, dass sie wenigstens die restliche Nacht ohne Albträume zubringen konnte.

Nach einer raschen Morgentoilette und einem ungewöhnlich kurzen Frühstück schnappte sie ihre braune Tasche und verließ das Haus. Mit dem typischen Brummen ihres Motorrollers fuhr sie ins Präsidium.

Niemand war zu dieser frühen Stunde im Revier. Lediglich ein paar wachhabende Polizisten begegneten ihr. Nadine war froh, Daniel zumindest am Samstag nicht begegnen zu müssen. Fünf Tage in der Woche waren einfach genug.

Sie fuhr ihren Computer hoch, durchforstete einschlägige Internetseiten nach den Herren Heiko und Sören Bundschuh sowie Professor Dr. med. Dominique Quast und wurde fündig. Sie druckte die Bilder aus, fuhr den Computer wieder herunter, nahm ihre Tasche und verließ mit den Bildern in der Hand das Büro.

Aus der Ferne vernahm sie Daniels männliche Stimme.

Er kam näher.

Kurzerhand ging Nadine auf die benachbarte Damentoilette, wartete, bis seine Schritte außer Hörweite waren und huschte erst dann wieder aus dem WC. *Der hat mir noch gefehlt.* Sie verstaute die Bilder in der Tasche.

Schnellen Schrittes verließ sie das backsteinfarbene Gebäude und hastete zu ihrem Roller, während Daniel seine Kollegin aus dem Fenster lächelnd beobachtete. »Ganz schön eifrig, Verehrteste«, nuschelte er vor sich hin und wandte sich vom Fenster ab. Auch er hatte anscheinend noch etwas zu erledigen.

Nadine begab sich auf direktem Weg zur Wohnung von Frau Laufenburg und klingelte bei Renz, dem Nachbarn. Nach einer kurzen Begrüßung und der Bitte, ihm noch ein paar Fragen stellen zu dürfen, ging die Eingangstür mit einem unmerklichen Surren auf.

Renz wartete bereits, bekleidet mit kurzen Shorts sowie T-Shirt, vor seiner geöffneten Wohnungstür.

Als Nadine ihn erblickte, konnte sie ein hämisches Lächeln nicht unterdrücken.

Der Gymnasiallehrer fühlte sich verunsichert, erkannte aber schnell, wieso sie ihn derart taxierte.

»Oh, das ist ein Geschenk meiner Exfreundin«, sagte er und zeigte auf sein Shirt mit der Aufschrift *Devil.* »Sie meinte, ich sei ein Mistkerl ... Wird wohl was dran sein ... Und, was führt Sie dieses Mal zu mir?«

Nadine zückte die Fotos der drei Verdächtigen und fragte Renz, ob er irgendeinen der Männer wiedererkennen würde. Insgeheim hoffte sie auf Quast.

Der junge Mann nahm ein Foto nach dem anderen in die Hand, dachte nach, bis er schließlich mit dem Zeigefinger auf Quast wies: »Ich glaube, das war der Typ der immer nachts kam«, er gab das Foto zurück und nahm das von Sören Bundschuh in Augenschein. »Und der war auch manchmal hier … Er war wohl so eine Art Freund … Jedenfalls hörte ich die beiden oft lachen.« Den Vater von Sören kannte er nicht.

»Sören Bundschuh? Sind Sie sicher?«

»Ganz sicher. Yvonne war genau mein Typ, und als Mann schaut man sich die Konkurrenz näher an, um zu wissen, was hat er, das ich nicht habe.«

Würde ich als Frau genauso machen. »Danke, Herr Renz, Sie haben mir sehr geholfen«, antwortete Nadine und verabschiedete sich.

***

Unterdessen saß Selzer an seinem Schreibtisch und wälzte noch einmal die Akten der drei toten Frauen. *Wenn die Staatsanwaltschaft die Durchsuchung der Klinik gestattet, sind die gewarnt. Mhm, vielleicht sollte ich mir den Laden mal aus der Nähe betrachten, ohne Polizeieinsatz und dem ganzen Tamtam, inkognito quasi.*

Im gleichen Moment ging die Bürotür auf und Nadine stand vor ihm.

Mist, ich dachte, der wäre schon weg. »Was machst du denn hier? Arbeiten am Samstag? Hast du nichts Besseres vor?«, knurrte sie und ging genervt zu ihrem Schreibtisch. Sie zog ihre Jacke aus und legte sie über die Stuhllehne.

»Tja, als Single ist's daheim langweilig, also stürze ich mich in die Arbeit … Meinen Anruf hast du anscheinend überhört?«

Nadine stutzte. Sie nahm ihr Smartphone aus der Tasche und schaute aufs Display. Tatsächlich – ein Anrufer – Daniel.

»Sorry, muss ich wirklich überhört haben.«

»Und du, was tust du hier?«, wollte er wissen und bemühte sich um ein Lächeln.

»Ich war noch mal im Haus von Yvonne Laufenburg. Stell dir vor, sie kannte nicht nur Quast, sondern auch Sören Bundschuh. Die waren wohl Freunde, erzählte mir ihr Nachbar.«

»Interessant. Bedeutet, wir sollten uns die Alibis von Bundschuh genauer ansehen … Sag mal, hättest du Lust auf einen kleinen Ausflug, sagen wir nach Friedrichshafen?«

»Wie – und wohin da genau?«

»In die Klinik. Ich will mir die mal aus der Nähe ansehen, ohne Durchsuchungsbeschluss.«

»DU? Illegal? Meinst du, *DIE* lassen uns einfach so rein und zeigen uns alles, was wir wissen wollen? Da lach ich mich ja tot.« Nadine schaute Daniel herausfordernd an.

»Natürlich nicht. Kommst du jetzt mit oder nicht?«

»Blöde Frage … Na klar! … Warte kurz! … Ich gehe noch mal für kleine Löwinnen, dann können wir los.«

Nach einer guten Stunde standen die beiden vor dem futuristisch anmutenden weißen Gebäudekomplex der Stiftung ELA-Transplant. Die Kripobeamten hatten genau zwei Möglichkeiten. Entweder sie gingen ohne Umschweife ins Haus oder suchten einen abgelegenen Zugang. Selzer und Andres entschieden sich für Letzteres. Am Samstag, so hofften sie, würden weit weniger Leute anzutreffen sein. Zumindest waren Operationen eher unüblich.

Ohne ein Wimpernzucken nahm Daniel Nadine an die Hand und zog sie mit sich.

»He, was soll das?«, schimpfte sie erschrocken und versuchte, sich loszureißen, sein Handgriff war allerdings zu fest.

»Vertrau mir.« Er zeigte auf die Videokameras entlang des Hauses.

Nadine starrte hoch. *Scheiße. Bloß weg hier.* Kleinlaut ging sie mit Daniel mit.

Nach ein paar Metern erreichten die beiden eine Tür mit rot leuchtender Aufschrift *Notausgang*. Die Tür war verschlossen.

Rasch kramte Daniel die Mitgliedskarte von seinem Berliner Fitnessstudio aus der Geldbörse hervor und schob sie langsam in den vertikalen Schlitz zwischen Tür und Rahmen. In Höhe des Schlosses neigte er die Karte, beugte sie in die andere Richtung und drückte mit ihr den Riegel zurück. Entschlossen öffnete der junge Mann die schwere Metalltür.

Vor ihren Augen erstreckte sich nunmehr ein dunkles, Furcht einflößendes Labyrinth aus Kabeln, Röhren und Gitterstäben. Warme muffige Luft, geschwängert von leichtem Nebel strömte ihnen entgegen, begleitet von flackerndem Rotlicht.

»Respekt. Die Panzerknacker lassen grüßen«, frotzelte Nadine und schaute überrascht. »Daniel, was ist das?«, flüsterte sie und wies mit dem Kopf ins Innere.

»Ich nehme an, der Heizungskeller. Zumindest riecht es so … Komm rein und mach die Tür zu!«

Daniel schritt über eine Metalltreppe voran, während ihm Nadine folgte.

Es war heiß, und der junge Mann kam ins Schwitzen. Nadine hingegen störte die Hitze nicht.

Ihr Weg führte sie weiter über einen Metallsteg, an dem eine Treppe anschloss und die sie in die nächst höhere Ebene gelangen ließ. Beim Blick nach unten wurde Nadine schlecht. Sie hasste enge Räume und Höhe dazu. *Mist. Ich schaff das nicht. Daniel, lass uns bitte umkehren.*

Daniel bemerkte Nadines Unsicherheit, wartete kurz und sprach ihr Mut zu: »Schau, dort hinten scheint's rauszugehen.« Sie gingen weiter, während Nadine wenigstens die Wärme genoss und Daniel schweißgebadet keuchte. Immerzu wischte er sich die Schweißperlen vom Gesicht.

Nach ein paar Metern kamen sie schließlich zu einer weiteren Tür.

Mit hastigem Rechts-links-Blick öffneten die zwei diese und huschten in den dahinterliegenden Raum. Das Labyrinth aus Dunkelheit setzte sich hier fort und ein langer, düster wirkender Flur erstreckte sich vor ihren Augen. Die Wände darin waren von Rohren gesäumt und kaum mehr sichtbar. Entlang des Gangs flackerte ein grünliches Licht, so als wolle es Signale senden. AN-AUS – AN-AUS.

Sich unentwegt umschauend liefen sie voran, bis Daniel weiter hinten einen an der Wand hängenden Klinikplan mit ihrem jetzigen Standort bemerkte. Laut Plan ging es geradeaus in die Pathologie, ein Stock höher zu den Krankenzimmern und noch eine Etage höher zu den Operationssälen. Insgesamt zählte er zehn. Über den Operationssälen befanden sich zudem Büros.

»Zehn?«, fragte Nadine leise und dehnte das Wort in die Länge. »Wieso brauchen die zehn OPs, wenn nur Quast operiert?«

»Keine Ahnung, aber alleine schafft der's bestimmt nicht. Komm, sehen wir uns erst mal hier unten um!«, gab Selzer streng vor.

»Bei den Toten?«, maulte Nadine mürrisch und schaute angewidert umher.

Sie schritten durch den Flur, bis sie linker Hand auf eine große Tür mit Fenster trafen. Ein beißender Geruch nach Fäulnis und Metall kroch durch den Gang.

Nadine erstarrte vor Furcht als sie einen Blick durchs Fenster wagte. Mit weitgeöffneten Augen schaute sie auf etwa ein Dutzend Metallliegen mit aufgebahrten Toten. Arme und Beine hingen teilweise unter den Laken heraus. Gespenstisch, wie die Szene aus einem Horrorfilm.

»Oh Gott, Daniel, sieh nur!«

Plötzlich drangen aus der Ferne die Stimmen zweier Männer zu ihnen. Sie wurden lauter und kamen unaufhörlich näher.

Daniel legte den Zeigefinger auf seinen Mund und wies Nadine per Handwinken an, ihm zu folgen.

»Los, unter die Liegen!«, forderte er leise und spitzte gleichzeitig die Ohren. Wer waren die Männer und was wollten sie hier?

Nadine hatte keine Lust, seiner Anweisung Folge zu leisten, zeigte ihm stattdessen einen Vogel und schüttelte vehement den Kopf. Mit ihren Lippen formte sie: »Du spinnst!«

Aber Daniel zog Nadine mit sich zum Raum der Toten, öffnete die Tür und ging mit ihr in die hinterste Ecke. Dort zwang er sie in die Knie und drückte sie unter die Liege einer Leiche. Der Geruch von Fäulnis war hier besonders stark und signalisierte eindeutig den des Todes.

In diesem Teil des Kellers war es bitterkalt. Dem Geruch nach zu urteilen, befanden sie sich im Leichenkühlraum.

Nadine zuckte zusammen, als unvermittelt ein Mann mit weißen Hosen vor ihr stand und dessen Schuhe bedrohlich unter die Liege rückten, unter der sie mit Daniel kauerte. Mit furchterfüllten Augen starrte sie auf die hellen Schuhe, entdeckte darauf einen kleinen gelben Kratzer und fixierte diesen. Gleichermaßen geriet sie in Todesangst.

Der Unbekannte bewegte sich, und ein weiterer Mann trat hinzu.

»Heute sind's viele Tote«, sagte der Mann, von Nadine aus rechts stehend, zum anderen mit heiserer Stimme und trat kurz auf der Stelle. Die beiden hantierten mit irgendetwas herum, dem Geräusch nach mit einer Schere.

»Ja, je mehr Flüchtlinge ins Land kommen, desto größere Geschäfte ... Für uns ist's gut, rechne dir mal deine Provision aus! ... Mir macht diese Drecksarbeit auch keinen Spaß, aber die Kasse stimmt ... Wenn ich meinen Facharzt in der Tasche habe, bekomme ich hier wenigstens einen guten Job ... Werde operieren können und nicht wie meine Kommilitonen als billige Nachtwache enden.«

Unvermittelt ertönte ein weiterer Laut und hörte sich an wie das Geräusch einer Säge.

Nadine fühlte einen kalten Tropfen auf ihrem Kopf landen, strich mit der Hand darüber hinweg und hätte fast geschrien, wenn Daniel nicht rechtzeitig seine Hand auf ihren Mund gepresst hätte.

Wie gebannt starrte sie auf ihre rot gefärbte Hand, sie war voller Blut.

Wieder tropfte es. TROPF – TROPF – TROPF.

Inzwischen hatte sich eine kleine Blutlache auf dem dunkelmarmorierten Steinfußboden gebildet. Der metallische Geruch von Blut kroch in Nadines Nase und biss sich gleich einem Blutegel, den man nicht mehr loswerden konnte, darin fest. Das Gemetzel schritt voran und es tropfte weiterhin vor ihren Augen zu Boden. Anscheinend handelte es sich bei den Toten um erst kürzlich Verstorbene, sie bluteten noch.

Inzwischen war die junge Frau an Daniel herangerückt und hielt vor Angst seine Hand. Nadine drückte sie so fest sie konnte und hoffte, sich in einem ihrer bizarren Träume zu befinden, aus dem sie gleich erwachen würde und sich in Sicherheit wähnte. Die Realität war jedoch eine andere. Eine, wie sie grausamer nicht in ihrer kühnsten Fantasie hätte sein können. Denn kaum vierzig Zentimeter über ihrem Kopf wurde ein Mensch, so schien es zumindest, in seine Einzelteile zerlegt. Ausgerechnet von Medizinern, welche sie bislang für unfehlbar gehalten hatte.

Ein unmerkliches Würgen erfasste Nadine und sie war kurz davor, sich zu übergeben.

Daniel schaute seine Kollegin an, gab das Zeichen, langsam und ruhig durchzuatmen.

»Hast du keinen Schiss, dass das mal auffliegt?«, fragte einer der Männer den anderen. Ihre Stimmen klangen ein wenig dumpf.

»Quatsch, wie denn?«, entgegnete dieser. In seinem Ton lag kalter Triumph. »Läuft doch alles ganz offiziell. Die armen Schweine sind nirgends registriert. Existieren quasi überhaupt nicht. Die Fluchthelfer geben ihnen etwas Geld und dazu falsche Pässe, versprechen außerdem, ihre Familien nach Deutschland nachzuholen. Einfacher geht's nicht. Wenn dann einer bei der Organentnahme verstirbt, verschwinden seine Papiere und niemand weiß, wer er war. Überlebt er, umso besser.«

»Aber hier werden doch nicht nur Organe entnommen, das ist ein menschliches Ersatzteillager«, entgegnete der andere.

»Mensch, lass das bloß niemanden hören. Die können hier alles verwerten, Augen, Haut, Nieren, Herzen, Hände, Füße, einfach alles. Los beeil dich mal, langsam wird mir vom Gestank übel.«

Nadine und Daniel erging es ähnlich.

Nachdem die beiden jungen Männer ihr grausames Werk vollendet hatten, versorgten sie ihr Handwerkszeug und verschoben ungeschickterweise die Liege, unter welcher Nadine und Daniel kauerten. Eine Schraube hatte sich gelöst und stieß gegen ihren Kopf.

»Autsch«, schrie sie kurz auf und hielt sich vor Schreck die Hand vor den Mund.

Die beiden Leichenschänder schauten einander an und taten das grelle Geräusch als Schrei aus der oberen Etage ab. Gleichfalls löschten sie das Licht, zogen die Tür hinter sich zu und verließen den Kühlraum.

Nadine hielt es nicht mehr aus, preschte wie ein mit Helium gefüllter Ballon hoch und musste sich sofort übergeben. Ihr war hundeelend und sie wollte nur noch nach Hause.

Daniel folgte ihr und stellte sich neben sie.

»Geht's wieder?«, fragte er, streichelte über ihren Rücken und versuchte, sie so zu beruhigen. »Hier, nimm mein Taschentuch!«

Nadine ergriff es und wischte sich den mit Erbrochenem verschmierten Mund ab. Danach suchte sie in der Tasche nach einem Tic Tac und lutschte es, denn der Geschmack, den sie verspürte, war unerträglich.

»Daniel, das ist nichts für mich. Lass uns verschwinden. Sonst muss ich mich noch einmal übergeben.«

»Noch nicht. Ich glaube nicht, dass das alles war. Ich würde mich gerne noch in der oberen Etage umsehen«, meinte er und schien gedanklich schon woanders.

Die junge Frau musterte ihren Kollegen misstrauisch und schaute ihn zornig an. *Musst du immer bis aufs Äußerste gehen? Machen wir einfach an dieser Stelle Schluss.* »Bist du wahnsinnig? Wenn *DIE* uns hier finden, machen die Hackfleisch aus uns. Und das kannst du dann wortwörtlich nehmen.«

»Mensch, Nadine, wir müssen diese Schweinerei aufdecken und an die Öffentlichkeit bringen! Wenn wir denen nicht das Handwerk legen, werden weiterhin Unschuldige geopfert. Es gibt eine Warteliste für Organe und ja – es ist eine schwierige Entscheidung, wer ein Organ zu bekommen hat –, aber mit dieser Liste ist es zumindest ansatzweise fair … Lass uns noch mal hochgehen! Glaube nicht, wenn wir mit einem Durchsuchungsbeschluss wieder hier aufkreuzen, dass wir alles sehen werden. Die wissen sich zu tarnen. Immerhin geht's um viel Geld.«

Nadine schnaufte hörbar durch ihre Nase und gab sich mit seinem Vorschlag widerwillig zufrieden.

Die beiden schlichen treppaufwärts.

Der Gebäudetrakt wirkte verwaist. Niemand begegnete ihnen. Der Teil, in dem sie nun standen, war weiß getüncht, wies weder einen Stuhl zum Verweilen noch irgendein Bild an der Wand auf. Auch eine übliche Anmeldung gab es hier nicht. Die Türen trugen übergroße Zimmernummern und lagen sich gegenüber.

Nach wenigen Metern erreichten sie eine weiße Tür mit dem Symbol einer liegenden Acht, dem Firmenlogo von ELA-Transplant.

Nadine schickte ein tonloses Stoßgebet zum Himmel und hoffte, dass sie niemand bemerken würde. Weit gefehlt. Genau in diesem Augenblick schossen zwei Ärzte um die Ecke herum und unterhielten sich lautstark über die nächste Operation, und dass man sich beeilen müsse, weil die Patientin, welche auf diese Niere warte, nicht mehr lange zu leben habe. Weiterhin sprachen sie von einer riesigen Geldsumme, die ihnen dieser Deal bringen würde. Angeblich handelte es sich bei der Kranken um eine einflussreiche Persönlichkeit des öffentlichen Lebens. Einen Namen nannten sie nicht.

Um nicht gesehen zu werden, drückten sich die Kripobeamten in den Türrahmen.

Die Männer gingen weiter und verschwanden hinter einer leicht surrenden Fahrstuhltür.

Selzer und Andres schauten einander an.

Daniel runzelte die Stirn, offenbar behagte ihm die Situation nicht. Gleichzeitig versuchte er, die Tür zu öffnen, in dessen Rahmen sie sich verborgen hielten.

»Die Tür ist zu«, bemerkte er leise, unterdessen er rücklings die Türklinke nach unten drückte.

»Lass mich mal!« Nadine schob ihn beiseite und versuchte ihr Glück. Sie bewegte sich nicht, irgendetwas schien sie zu blockieren.

Schließlich lehnte sich Daniel mit seinem ganzen Körpergewicht dagegen und schob sie unter großen Mühen auf. Anscheinend hatte die Tür nur geklemmt. Im Zimmer dahinter war keine Menschenseele zu sehen.

Vorsichtig traten sie ein.

»Und jetzt?«, fragte Nadine.

»Sehen wir uns um!«, meinte er entschlossen.

»Wonach suchen wir?«

Daniel schlich durchs Zimmer, das voller Gerätschaften war, und wie die Zentrale einer Polizeidienststelle wirkte. Auf großen Tischen standen dort Computer, deren Monitore grün-schwarz flackerten. Darüber hingen Tafeln mit ständig wechselnden Informationen.

»Daniel, was ist das?«, fragte Nadine leise. »Und wieso ist hier niemand?«

»Sieht aus wie bei einer Börse oder Bank.« Selzer schaute hinauf zu den Monitoren auf denen lauter Zahlen rhythmisch ihre Positionen wechselten.

Nadine verstummte, während sie mit offenem Mund zusah, wie eine Zeile nach der anderen auf den Bildschirmen erschien.

»Vielleicht eine Art Bedarfsliste. Wirkt sehr professionell. Ich habe so etwas noch nie gesehen«, bemerkte Nadine überrascht und schien verwundert zugleich.

»Ich für meinen Teil kann damit nichts anfangen«, knurrte Daniel, »für mich sind das nur böhmische Dörfer.«

»Warte mal«, sagte Nadine leise und zog seitlich aus ihrer Armbanduhr einen kleinen USB-Stick heraus. »Nimm das!«

Daniel musterte sie mit großen Augen und die Verwunderung stand ihm ins Gesicht geschrieben. Sofort ergriff er den Stick, steckte ihn in einen der Computer, kopierte ein paar der Daten und zog ihn wieder heraus.

»Und jetzt raus hier!«, befahl er hektisch.

Ungesehen konnten die beiden die Anlage wieder verlassen und fuhren mit dem Auto zurück nach Konstanz.

Daniel war froh, zumal ihre Aktion, wäre sie aufgeflogen, weitreichende Folgen für die beiden Polizisten gehabt hätte. *Hausfriedensbruch, widerrechtliche Aneignung von Beweismitteln ohne jedweden gerichtlichen Durchsuchungsbeschluss und, und, und ...* Andererseits wunderte er sich, wie selbstverständlich man in die Firma hinein- und hinausgelangen konnte. Hatte sie tatsächlich niemand bemerkt?

15. Sonntag, 22. November

Während man sich auf der anderen Bodenseeseite noch einmal im Bett wälzte und den frühen sonntäglichen Morgen genoss, waren im Friedrichshafener Organzentrum die Handwerker zugange.

Wichtige Spuren wurden beseitigt.

Zwischenwände eingezogen.

Hinweise auf den Computern gelöscht.

Nichts wollte man dort dem Zufall überlassen. Sämtliche Spuren, die Rückschlüsse auf illegalen Organhandel auch nur annähernd hätten aufkommen lassen, sollten beseitigt werden. Denn an Aufhören wollte man nicht denken. Zu groß waren die zu erwartenden Profite, weil die Flüchtlingsströme auch im nächsten Jahr nicht abebben würden. Denn das war sicher.

Professor Quast war nicht nur ein ausgezeichneter Chirurg, er besaß auch die Fähigkeit, Vorahnungen zu deuten. Die vorangegangene Befragung im Konstanzer Polizeirevier hatte ihn hellhörig werden lassen. Die anschließende Unterhaltung mit seinen Geschäftspartnern ebenso. Von Quasts heimlicher Aktion am Sonntag jedoch bekamen die Bundschuhs nichts mit. Im Vertuschen war Quast ein Meister und er verstand es ausgezeichnet, die einträglichen Geschäfte an Bundschuh vorbeizumanövrieren. Fingierte Krankenakten, gefälschte Pässe für Flüchtlinge aus Eritrea, Äthiopien oder dem Sudan kommend, bezahlte Menschenhändler und Schmuggler, Schweigegeldforderungen, ja sogar Akten der abgetriebenen Föten, die für die Behandlung von Parkinson-Patienten verwendet wurden, galt es, nun an einen sicheren Ort zu bringen.

In einer Nacht- und Nebelaktion wurden einige Bereiche der Stiftung ELA-Transplant in ein Vorzeigekrankenhaus umfunktioniert. Ein Großteil der Mitarbeiter wurde von Quast geschmiert oder unter Druck gesetzt. Gleichermaßen kam es immer wieder zu merkwürdigen Unfällen, wenn jemand der Firma den Rücken kehren wollte, um sich aus Quasts Fängen zu befreien. Ein Meer des Schweigens umhüllte seit Längerem die Firma, die Heiko Bundschuh einst mit Herzblut aufgebaut hatte.

***

Zur gleichen Zeit im Seniorenstift Wolkenlos

Frau Kaufmann war gerade im Begriff, sich im Badezimmer ihres Appartements auf den allwöchentlichen Sonntagsbesuch bei ihrem Sohn Rudolf vorzubereiten. Dezent schminkte sie ihre Augen, zog die Lippen mit einem türkisfarbenen Lippenstift nach und kämmte das feuerrote Haar. Rock und Bluse hatte sie bereits angezogen. Endlich konnte sie dem Seniorenheim wieder einmal entfliehen.

Unerwartet pochte es an ihrer Wohnungstür.

Jetzt nicht, dachte sie und wollte das Klopfen schon ignorieren.

Erneut donnerte es gegen die Tür.

Hektisch öffnete die Seniorin und sah sich ihrer Bekannten Frau Schulz gegenüberstehen, welche lächelnd im ausgeleierten Pullover sowie bequemer Freizeithose im Türrahmen lehnte.

»Na, ick wollt bloß mal fragen, ob unser Kaffeekränzchen heute klar jeht.«

»Ja, natürlich. Wie jeden Sonntag«, antwortete Charlotte Kaufmann gereizt. »Und deshalb poltern Sie derart laut an meine Tür?«

»Ach na ja, eigentlich wollte ick Sie nur noch mal an Ihren Sohn erinnern. Sie gehen doch heute zu ihm zum Mittagessen, oder?«

Charlotte bejahte ihre Frage mit einem Kopfnicken.

»Ah, dit is jut. Fragen Sie mal, ob's wat Neuet jibt.«

»Meine Liebe, inzwischen sollten Sie mich kennen. Auch mich interessiert der Fall. Immerhin hat Rudolf durch uns wichtige Informationen erhalten. Da ist es geradezu seine Pflicht, uns Frauen nicht im Ungewissen zu lassen … Meinen Sie nicht?«, grinste die ältere Dame ihrer Bekannten zu und zeigte die vom Alter leicht gelblich verfärbten Zähne.

»Ja ja, Madame Trüffel, hätte ick eigentlich wissen müssen«, scherzte Frau Schulz.

Frau Kaufmann schaute sie mit wachen Augen an. »*Madame Trüffel* hat mich seit dem Tod vom alten Billstedt hier niemand mehr genannt.«

»Echt nicht? … Der Name passt zu Ihnen wie die Faust aufs Auge … Tja, die alten Zausel im Heim haben sich anscheinend an uns zwei jewöhnt … Also nüscht für unjut … Dann bis später mal.« Die Rentnerin wackelte geduldig von dannen.

Im gleichen Moment klingelte auch schon das Seniorenhandy von Frau Kaufmann und Herr Rumer vom gleichnamigen Taxiunternehmen meldete sich, um die Rentnerin abzuholen. Bei schlechtem Wetter kam sie auf seinen Service gerne zurück. Und heute hatte es den ganzen Vormittag unentwegt geregnet. Würde man dem Wetterbericht Glauben schenken, sollte sich das in den nächsten Tagen auch nicht ändern.

Rudolf erwartete seine Mutter bereits mit einem Lächeln an der Eingangstür. Er bat sie herein, nahm ihr den Mantel ab und begleitete sie leicht schlurfend ins Wohnzimmer, in dem der gedeckte Mittagstisch für drei Personen auf sie wartete.

»Sag mal, isst Daniela nicht mit uns?«, rief Charlotte Kaufmann ihrem Sohn zu, der gerade im Begriff war, das Wohnzimmer zu verlassen. Die ältere Dame schaute neugierig umher und blieb mit ihren Augen am Fensterbrett kleben. *Christine hat eine neue Orchidee. Lila. Wie hübsch.*

Christine, Hufnagels Frau, kam mit einer großen Suppenterrine herein und begrüßte ihre Schwiegermutter mit einem lauten Seufzer: »Hallo Mutter … Nein, unsere Tochter ist mal wieder auf einem Seminar. Diesmal in Österreich … Leider.«

Rudi kam mit zwei Mineralwasserflaschen in der Hand zurück und füllte die Gläser.

»Kommt, setzt euch! Es schmeckt auch zu dritt.«

Während Rudis Frau die Teller mit ihrer leckeren Maultaschensuppe befüllte, rückte der Hausherr seiner Mutter den Stuhl zurecht und reichte ihr ein Glas Wasser.

Nachdem man sich einen guten Appetit gewünscht hatte, begann man mit dem Essen der Suppe und untermalte dies mit einem leichten Pusten.

»Und Junge, konntest du was mit meinen Hinweisen anfangen?«, fragte seine Mutter nach zwei Löffeln Suppe sogleich.

Aber Rudi schwieg sich aus. Stattdessen erhob er sich vom Stuhl und schaltete das Radio an. Eine CD setzte sich in Gang. *Die vier Jahreszeiten* von *Antonio Vivaldi.* Für ihn gab es kein schöneres Violinkonzert, das den Zeitenwechsel des Jahres hätte besser zur Geltung bringen können. Genießerisch begab er sich zurück an den Tisch und nahm erneut Platz.

»Nun sag schon!«, bohrte seine Mutter weiter.

»Ja, Mutter, du warst uns eine große Hilfe«, antwortete er genervt und musste ihr einen Wissenshappen zuwerfen, da sie sonst für den Rest des Tages keine Ruhe geben würde. »Das, was ich dir erzähle, bleibt aber unter uns. Hast du verstanden?«

»*Verstanden*, Junge«, wiederholte sie erfreut und konnte es kaum abwarten, ihm zuzuhören.

»Vermutlich werden in dieser Stiftung illegal Organe entnommen … Eine Hausdurchsuchung steht in Kürze an … Das Okay vom Staatsanwalt haben wir bereits.«

»Sooo?«, fragte die alte Dame seltsam. »Habt Ihr Beweise? … Ohne Beweise bewegt ihr euch nämlich auf ganz dünnem Eis.«

Mann, wie ich ihre altkluge Art hasse. Belehrungen dieser Art haben mir am Sonntag noch gefehlt. Sie soll doch einfach nur das Mittagessen genießen. Den Rest erledigt die Polizei schon. »Anscheinend bezahlt man sogar die Spender.«

»Bezahlen für eine Organspende? Das ist mir neu. Meines Wissens ist die Organspende freiwillig. Sie beruht auf einer humanitären Entscheidung und ist nicht an Geldmittel gekoppelt.«

»Das stimmt. Die Geldmittel, wie du sie nennst, sind meines Erachtens auch fingiert. Man bezahlt den potenziellen Spendern anscheinend Mieten oder lässt ihnen andere finanzielle Geschenke zugutekommen.«

»Und das kannst du beweisen?«

Da hat Muttern recht, nur weil Bundschuh stolz darüber berichtet hat, liegt uns bis dato keinerlei Beweismaterial vor. »Warten wir die Durchsuchung ab.«

»Und die Sache mit den Flüchtlingen? Seid ihr da auch schon weitergekommen?«, fragte die alte Dame ihren Sohn aus.

»Mutter, wir sind dran! Frau Andres konnte hierzu wichtiges Beweismittel sicherstellen. Mehr kann ich dir nicht sagen … Nur so viel, ihre Informationen decken sich im Wesentlichen mit deinen. Der Strafbestand des Menschenhandels verdichtet sich.«

Hufnagel hatte seiner Mutter einen Happen zugeworfen und hoffte, sie auf diese Weise vom Fall fernzuhalten. Sollte sie sich doch in ihrem stillen Kämmerlein das Hirn zermartern. Für heute ließ sie ihn jedenfalls in Ruhe. Hoffte er.

Nach dem Dessert bedankte sich Charlotte Kaufmann fürs Mittagessen, gab ihrem Sohn vor der Flurgarderobe noch ein paar kluge Ratschläge, derweil er der alten Dame in den Mantel half.

Mit einem leicht hauchenden Wangenkuss verabschiedete sie sich und konnte es dennoch nicht lassen, ihm eine letzte Frage zu stellen: »Sag mal, Junge … die Tote vom Münster … bekam sie etwa auch Geld?«

»Mutter, wieso diese Frage?«

»Ach, war nur so ein Gedanke«, tat sie beiläufig ab. »Und, hat sie?«

Hufnagel schien nachzudenken.

»Also«, druckste er, »ich glaube, nein. Die Spurensicherung konnte keine Kontoauszüge bei ihr finden.«

»Merkwürdig, findest du nicht?«, sinnierte sie. »So junge Dinger haben doch nie viel Geld und wenn, haben sie zumindest irgendwo ein Sparschwein rumstehen.«

»Kann schon sein, Mutter. Aber da war nichts.« Hufnagel war das Frage-Antwort-Spiel leid. Jetzt wollte er nur noch mit seiner Frau gemütlich auf dem Sofa liegen und fernsehschauen. Insgeheim freute er sich auf den sonntäglichen Tatort-Krimi im Ersten Programm.

Frau Kaufmann fuhr mit dem gleichen Taxiunternehmen nach Hause, das sie vor ein paar Stunden gebracht hatte, und genoss die kurze Fahrt zum Seniorenheim.

Inzwischen hatte der Regen, entgegen der Wettermeldung, nachgelassen.

Wie erwartet wurde die rüstige Rentnerin bereits im Foyer des altehrwürdigen Hauses, des ehemaligen Schlosses des Grafen von Golzow, willkommen geheißen. Frau Schulz nahm sie sogleich in Empfang.

»Und? Wat jibt's Neuet? Haben wir wat zu tun?«

Frau Kaufmann nickte. Schmunzelnd blickte sie in ihre faltigen Augen und bat Frau Schulz auf einen Kaffee, um ihr alles zu erzählen.

Langsam schritten die beiden durchs Foyer in Richtung Caféhaus.

Unterwegs vernahm Charlotte das leise Surren ihres Handys, das sie zunächst ignorierte. Erst als sich die beiden Herrschaften gesetzt hatten, entdeckte sie die Nachricht ihres Sohnes. Rudi hatte ihr eine SMS geschickt.

Ich glaube, auf dem Schreibtisch stand ein rötliches Schwein. LG Rudi

Danke, tippte seine Mutter und drückte auf Senden.

»Menno, nu reden Sie schon! Wat sagt er?«, knurrte Maria Schulz und schaute erwartungsvoll auf ihre Bekannte, die ihrerseits alle Neuigkeiten des heutigen Tages kundtat. Leider erntete sie dafür nur ein lautes Gähnen. »Und dit ist allet? Ein Sparschwein, mehr jibt's nicht?«

Doch die kleinen grauen Zellen der alten Kaufmann arbeiteten bereits auf Hochtouren. *Rotes Sparschwein ... Moment mal ... Hatte die Sparkasse nicht immer solche Schweine? ... Und wenn die Tote dort Kundin war? ... Ewald muss mir helfen ... Ob der wohl noch arbeitet?*

»Charly, ein Euro für Ihre Gedanken«, unterbrach sie Maria.

»Mary, ich bin müde. Vertagen wir das Gespräch bitte auf morgen«, würgte Charlotte die Unterhaltung mürrisch ab. Jetzt wollte sie nur noch in ihr Appartement. Auf weitere Erklärungen hatte sie keine Lust.

»Wat??? So jeht dit nicht. Immer davonrennen ist nicht gerade die feine englische Art.«

»Ich weiß, ich weiß. Ich halte Sie auf dem Laufenden, versprochen. Aber heute nicht mehr!«

Erleichtert schloss Charlotte ihre Wohnungstür auf und begab sich sogleich zu ihrem Schreibtisch. In der oberen Schublade suchte sie nach dem Telefonbuch und blätterte darin herum. Schließlich fand sie, wonach sie suchte, und wählte eine Konstanzer Nummer.

Ein paar Male klingelte es am anderen Ende der Leitung, bis endlich jemand abnahm und sich eine männliche Stimme laut gähnend und mit einem genervten »Jaaa« meldete.

»Spreche ich mit Ewald Feingut?«, fragte die Rentnerin und plauderte nach einer kurzen Einleitung sogleich los, bis man sich nach einer Weile auf einen baldigen Rückruf einigte.

***

Am anderen Ende der Stadt erledigte Nadine ihre liegen gebliebene Bügelwäsche. Sie hasste diese Tätigkeit, weil sie ihr die knapp bemessene Freizeit auch noch nahm.

Wat mutt dat mutt, würde wohl ihr Vater, der Kapitän, jetzt sagen. Die junge Frau schwelgte in Erinnerungen und stellte sich die Zeit als Teenager vor, als sie den Vater auf seinen Reisen noch begleiten durfte. Gleichzeitig verachtete sie ihn, weil seine Arbeit maßgeblich zur Trennung der Eltern beigetragen hatte.

***

Montagmorgen, 7:30 Uhr, Polizeipräsidium Konstanz

Herr Hufnagel kam an diesem Morgen seit Langem einmal wieder als Erster und kommentierte dies zu sich selbst: »Im Alter braucht der Mensch nicht mehr so viel Schlaf.« Er öffnete das Fenster und nahm einen tiefen Luftzug, danach setzte er sich, zog seine Schuhe aus und wackelte mit den Zehen. Solange niemand im Büro war, genoss er seine Beinfreiheit.

Etwa eine viertel Stunde später kam seine Kollegin mit einer großen Papiertüte herein.

»Morgen«, rief Nadine etwas aus der Puste. Wie immer bevorzugte sie die Treppe statt des Fahrstuhls. »Butterbrezeln fürs Kick-off«, und legte die Tüte auf den Besprechungstisch.

»Heute?«

Nadine bejahte und hängte ihre dunkelgraue taillierte Steppjacke mit Pelzkragen in den Kleiderschrank.

»Kann ich das Fenster wieder schließen?«, fragte sie fröstelnd.

»Wenn's sein muss«, murrte Hufnagel, weil er schwitzte.

Hufnagel telefonierte, als Hübner und kurz nach ihm Selzer das Büro betrat. Er nickte ihnen zu und formte mit den Lippen: »Wolf«, um die anderen ins Bild zu setzen.

»Die richterliche Durchsuchung?«, schlussfolgerte Selzer, nachdem Hufnagel aufgelegt hatte und es mit Ja beantwortete. »Sie ist heute.«

»Heute, na besser kann so ein Tag nicht beginnen«, maulte Nadine schlecht gelaunt und spielte mit einer blonden Haarsträhne herum. »Wie gehen wir vor?«

»Ich besorge gleich den richterlichen Beschluss. Ihr die zuständigen Beamten und dann treffen wir uns in einer halben Stunde wieder hier«, erklärte Selzer geschäftig.

Es dauerte fast anderthalb Stunden, bis die Polizeibeamten alle Formalitäten sowie die Fahrt nach Friedrichshafen hinter sich gebracht hatten. Die Truppe von etwa zehn Personen, teilweise ausgestattet mit Kartons, ging ins Foyer der ELA-Transplant, meldete sich ordnungsgemäß bei der Empfangsdame an und bat diese, ihnen sämtliche Räumlichkeiten zu zeigen.

Daniel Selzer, benannter Einsatzleiter der Hausdurchsuchung, unterbreitete ihr den Durchsuchungsbeschluss und zeigte seinen Dienstausweis.

Hektisch und völlig aufgelöst, ob sie das Richtige tat, setzte die Frau die Geschäftsleitung telefonisch in Kenntnis und wünschte einen der Herren umgehend zu sich. Ihr war mulmig zumute, und sie fühlte sich mit der Situation völlig überfordert.

Kurz darauf erteilte ihr jemand grünes Licht.

Mit zittrigen Händen gab sie der Polizei das Okay ihres Chefs weiter. Eine Begegnung dieser Art hatte sie in den vergangenen fünf Jahren, die sie hier schon arbeitete, noch nie erlebt.

»Moment bitte! Herr Bundschuh kommt gleich«, fügte die Empfangsdame ängstlich an und war gleichzeitig erleichtert, die Verantwortung abgeben zu können.

Bundschuh kam Selzer bereits mit ausgestreckter Hand entgegen.

»So schnell hatte ich nicht mit Ihnen gerechnet. Ich nehme an, ich werde mich dem wohl fügen müssen?«, fragte er, sich nach allen Seiten umschauend. Auch ihm war in Anbetracht der Situation unwohl, trat er doch seinen Mitarbeitern gegenüber stets loyal und fair auf. Was würde man wohl jetzt von ihm denken? Andererseits blieb ihm keine Wahl. Er griff zum Handy und bat seine Abteilungsleiter und -leiterinnen zur Kooperation mit der Polizei.

Als Erstes ging man in die Etage mit den steril wirkenden weißen Büros.

Man hatte sich Handschuhe übergezogen und packte die wichtigsten Akten in Kartons. Beschlagnahmte die Computer von Bundschuh und dessen Sohn. Auch den von Quast nahmen die Beamten mit.

Heiko Bundschuh begleitete die Beamten und war überrascht von deren teilweise ruppigem Auftreten. Einer der Beamten schrieb sich alle Gegenstände auf, die man entnahm, und lief mit einer Mappe in der Hand weiter.

Ein anderer zog Schreibtischschubladen auf, durchwühlte die Ablagen und öffnete die Büroschränke. Alles, was ihm verdächtig vorkam, nahm er mit.

Die Angestellten der ELA-Transplant schauten überrascht zu.

Einige tuschelten, andere ignorierten all das um sie herum oder telefonierten.

»Keiner geht ans Telefon!«, forderte ein älterer, dicklicher Polizist in Lederjacke.

Außer Nadine Andres gab es keine weitere Polizistin. Sie stellte ihre Umhängetasche auf Quasts Schreibtisch, in dessen Büro sie sich gerade umschaute, und wusste, wonach zu suchen war – einer Liste von Organspendern, wenn möglich mit Verteilung der entnommenen Organe sowie den daraus erzielten Einnahmen. Jedoch eine solche Aufstellung fiel ihr, zumindest auf die Schnelle, nicht in die Hand.

Selzer rief nach einer Weile alle zusammen und bat Heiko Bundschuh um Einsicht in den Krankenhausbereich, der wiederum die Führung an seinen Kollegen und Geschäftsführer, Professor Quast, als leitenden Chirurg, abgab.

»Zeigen Sie uns bitte erst den Keller«, wies Selzer diesen an.

Nach etlichen Stufen treppabwärts betrat die Gruppe den gleichen Gang, den Selzer bereits tags zuvor mit seiner Kollegin betreten hatte.

Ihr Erstaunen war immens.

Heute gab es hier weder Türen noch einen Raum mit Toten, denen erst kürzlich Organe entnommen worden waren, um sie dann katalogisiert in entsprechenden Kühlräumen zu verwahren. Außer einer riesigen glänzenden Stahlwand, welche sich über mehrere Meter durch den dunklen Gang hinweg erstreckte, ein paar lieblos abgestellten Krankenbetten sowie altem Krankenhausmobiliar gab es nichts, das vermuten ließ, wie es gestern hier noch ausgesehen hatte.

Nadine zog Daniel am Arm und nahm ihn beiseite. »Die haben alles weggeschafft. Wir hätten gestern Fotos machen sollen«, schimpfte sie leise und schien wütend dazu.

Daniel schmunzelte hinterlistig, zog sein Handy aus der Hosentasche und zeigte die Fotos, die er vor einem Tag geschossen hatte.

»Wieso hast du nichts gesagt?«

»Vergessen«, gab er kurz zurück und rang sich ein Lächeln ab.

»Scheiße, Daniel, wenn das mit der Durchsuchung so weitergeht, kriegen wir *DIE* nie«, schimpfte Nadine wie ein alter Droschkenkutscher und schluckte schwer.

Daniel schaute seine Kollegin gefasst an.

»Geduld. Warten wir's ab! Immerhin haben wir noch den USB-Stick. Ich schätze, unsere Spezialisten werden darauf einiges finden.«

Quast kam den beiden mit den Händen in den Hostentaschen entgegen. Er wirkte arrogant und kontrolliert. Missmutig schaute er sich unentwegt um, gab den geschäftigen Polizisten kluge Ratschläge, vorsichtig mit den Sachen umzugehen.

»Nächste Etage?«, warf Quast von Weitem in Selzers Gespräch und schenkte Nadine einen verachtenden Blick. Er ging der jungen Frau durch Mark und Bein.

Gott, mit dem jetzt hier alleine, ich würde mich übergeben, dachte Nadine bei sich.

»*Nächste Etage*«, wiederholte Selzer und folgte mit Nadine.

Quast ging stolz voran.

Der Weißkittel betätigte den quadratischen Fahrstuhlknopf und wartete, den Blick zur Anzeigetafel gewandt, bis sich dieser mit einer leisen Klingel ankündigte. Er ging hinein, drehte sich um und starrte auf die Polizisten. Kurz entschlossen entschied sich Nadine jedoch für die Treppe, derweil Selzer einstieg.

Die Stahltür schloss sich und mit ihr der eisige Blick Quasts, den die junge Frau gleich einem kalten Schauer wahrnahm. Danach lief sie eilig, jede zweite Stufe nehmend, zur vereinbarten Etage.

16. Montagmittag, 23. November

Wenig später erreichte Nadine, zeitgleich mit dem Öffnen der Lifttür, den zweiten Stock.

Der Fahrstuhl gab Selzer und Quast wieder frei.

Nadine stand gebeugt, mit Händen auf den Knien liegend davor und starrte den Männern entgegen.

»Wie viele Operationssäle gibt es in diesem Bereich?«, erkundigte sie sich lautstark schnaufend und wechselte in die aufrechte Position.

»Fünf«, eröffnete Quast, wie aus der Pistole geschossen.

Nadine starrte einen Moment nachdenklich vor sich hin. *Fünf, wieso fünf? Auf dem Lageplan im Keller waren es doch zehn*, überlegte sie und sah in Selzers nachdenkliches Gesicht, der wohl Ähnliches dachte.

Quast schritt voran und würdigte die beiden keines Blickes.

Auch das restliche Team aus Kripobeamten folgte Quast, Selzer und Andres.

Weiter hinten erwartete das Firmenpersonal bereits die Polizei und begrüßte allesamt freundlich, unterdessen Nadine sich so vorkam, als stünde sie vor in Schafspelzen eingenähten Wölfen. *Also dann, schauen wir uns die Schlachtbänke aus der Nähe an.*

Die Operationssäle lagen gleich einem Schachbrettmuster inmitten der Etage. Einer nach dem anderen mit Großbuchstaben beschriftet. Drumherum führte ein breiter Gang, von dem aus sämtliche Räumlichkeiten gut zu erreichen waren.

Eine Schiebetür nach der anderen wurde aufgezogen, das Inventar gezeigt und wieder verschlossen. Vor den Augen der Polizei erschlossen sich modernste Hightech-OPs mit Monitoren an den Wänden als auch über den Operationstischen sowie komplett durchleuchtungsfähige Carbon-Tischplatten für Röntgenaufnahmen aller Körperregionen. Kabel auf den Böden suchte man vergebens.

»Nicht schlecht«, äußerte Selzer beeindruckt. In seinem Leben hatte er schon einige dieser Räumlichkeiten, nicht ganz freiwillig, besuchen müssen, aber das, was er hier zu sehen bekam, stellte doch alles in den Schatten.

»Sind heute keine OPs?«, fragte Nadine einsilbig.

Quast presste seine Lippen zusammen, verneinte wortlos und versuchte, dem Gespräch eine andere Färbung zu verleihen. »Können wir Ihnen vielleicht etwas anbieten? Kaffee, Tee, Mineralwasser?«

»Nein, nein, aber sagen Sie mal …«, erkundigte sich die junge Frau nachdenklich. »Was liegt eigentlich zwischen den OPs?«

Quast durchbohrte sie mit listigen Augen. »Ich verstehe Ihre Frage nicht ganz …? Dazwischen, wie dazwischen?«

»Mhm«, überlegte Nadine und schritt jede OP-Tür noch einmal langsam ab. »Die Räume sind doch alle rechtwinklig angeordnet und liegen sich immer schräg gegenüber, nicht wahr? Da stellt sich einem doch die Frage, was befindet sich dazwischen?«

Quast hatte sie maßlos unterschätzt. Die Naivität, die er ihr anfänglich zugesprochen hatte, entpuppte sich als haltlos und scheinbar nur gespielt.

»Lassen Sie mich mal überlegen … Kabelstränge würde ich meinen … aber ich bin kein Techniker«, versuchte er, ihre Frage zu bagatellisieren, und strafte Nadine mit bösem Blick.

»Lässt sich doch sicher öffnen, oder?«, wollte Selzer wissen und beorderte Hufnagel und Hübner sowie ein paar Polizisten zu sich. Danach wandte er sich einem Mitarbeiter der Stiftung zu, der sich neben ihn gestellt hatte und das Geschehen mit Argwohn beobachtete. »Öffnen Sie bitte die Räume!«, befahl Selzer streng und zog mit seinem Kopf einen imaginären Kreis quer durchs Haus.

Doch der junge Mann ließ sich mit der Schlüsselsuche auffallend viel Zeit.

»Jetzt machen Sie schon!«, schimpfte Hübner genervt und verzog das Gesicht. »Wir können auch anders.«

Nadine schaute abwärts. *Mensch, die Schuhe kenne ich doch, der kleine gelbe Kratzer. Mich laust der Affe. Der Typ von gestern.*

Langsam betätigte der junge Kerl den silbrigen Knauf eines zu öffnenden Raumes, unterdessen seine Augen Professor Quast fixierten, als suchte er dessen Beistand.

Quast nickte ihm verhalten und mit gekünsteltem Lächeln zu.

Endlich ging die Tür auf und das leise Surren einer Beatmungsmaschine, untermalt von Stimmen, drang aus dem Inneren hervor. Grün gekleidete Personen, einander zurufend, ließen vermuten: *Hier wurde operiert.*

»Das reicht! … Machen Sie die Tür wieder zu! … Wieso ist dieser OP als solcher nicht gekennzeichnet?«, empörte sich Hufnagel und sah Quast demonstrativ an.

»Zeigen Sie auch die anderen!«, forderte Nadine erbarmungslos. *Ganz schön raffiniert, man hört gar nichts. Sicherlich gibt es überall Schallschutztüren.*

Weitere Operationssäle wurden geöffnet, auch dort bot sich das gleiche Bild wie zuvor.

Quast hatte keine andere Wahl. Er musste die Wahrheit sagen. Noch konnte er seine Haut retten, würde jedoch nur das zugeben, was man ihm aufgrund der Beweislage hätte zur Last legen können. Der Rest war Sache seines Anwalts.

»Hier entnehmen wir den Toten alles noch Verwertbare, wohingegen die übrigen Operationssäle ausschließlich der Organspende dienen«, erzählte er kaltschnäuzig und fühlte, wie sich seine Kehle zuzog. Seine Augen brannten wie die eines Teufels. Leibhaftig und böse.

»Verstehe ich Sie richtig«, echauffierte sich Nadine, »Sie schlachten die Toten aus? Liegen deren Einverständnisse vor?«, fragte sie angewidert nach.

»Selbstverständlich!«

»Das finden wir heraus. Unter diesen Umständen verhafte ich Sie wegen illegaler Organentnahme«, erklärte Selzer und wies einen Polizisten zur Ausführung an. Gleichzeitig vernahm man das Geräusch von Handschellen hinter Quasts Rücken.

»Das kommt Sie teuer zu stehen«, schimpfte dieser und versuchte, sich der Verhaftung zu entziehen. »Morgen bin ich wieder frei.«

Ein weiterer Polizeibeamter trat an Quast heran, packte ihn zusammen mit dem anderen am Arm und führte ihn ab.

»Bitte veranlassen Sie das Ende aller Operationen!«, befahl Selzer dem Stiftungspersonal. »Die Räume werden geschlossen und von der Polizei versiegelt.« Dann wandte er sich seinen Kollegen zu. »Machen Sie alles dingfest und dann raus aus dieser Hölle.« Er verschränkte die Arme, als wollte er sich selbst Halt geben. Die Finger pressten sich tief ins Fleisch seines Bizeps.

»Mist, ich glaube, ich habe meine Tasche irgendwo vergessen. Vermutlich in einem der Büros«, maulte Nadine dazwischen.

Daniel schaute sie entgeistert an.

»Ich gebe dir genau zehn Minuten! Für heute ist mein Bedarf an Unmenschlichkeit gedeckt«, entgegnete er missmutig.

»Hallo??? Ist ja schon gut ... Bin gleich wieder da«, rief sie zurück und drehte sich auf der Stelle um.

Nadine lief so schnell sie konnte zur Büroetage. Auf ihrem Weg dorthin sah sie auf den begrünten Innenhof der Firma, den braune Parkbänke und kleinere, in Form geschnittene Bäume schmückten. Der Himmel war getrübt und dicke Wolken hingen herunter. Es sah nach Regen aus.

Die Büroräume der drei Geschäftsführer lagen vis-à-vis voneinander am Ende der Etage. In deren Mitte eine kleine Rezeption, die von einer älteren gepflegten Blondine unterhalten wurde, welche geschäftig auf der Tastatur ihres Computers tippte. Als sie Nadine kommen sah, stand sie sofort auf und kam ihr lächelnd entgegen. Sie nahm die Brille von der Nase und ließ sie an der Halskette aufs Dekolleté herab.

»Wie kann ich Ihnen noch behilflich sein?«, fragte die Blondine kokett.

»Ich habe wohl in einem der Büros meine Tasche vergessen«, entgegnete Nadine und schritt hastig über den Flur.

Die leicht mollige Dame begleitete die junge Frau und wartete zunächst an Sören Bundschuhs Tür, bis Nadine ihren Bürorundgang beendet hatte. Ihre Tasche fand sie darin allerdings nicht. Die Polizistin ging eine Zimmertür weiter, zum Büro des Firmengründers. Auch hier entdeckte sie die Tasche nicht, bemerkte aber auf dem Schreibtisch einen Fotorahmen, den sie dort zuvor nicht gesehen hatte. *Merkwürdig, als hätte ihn jemand vorher absichtlich vom Tisch geräumt.*

Nadine blickte auf ein Familienfoto vergangener Tage mit Frau, Kindern und Bundschuh selbst. Alle strahlten dem Fotografen glücklich entgegen. Sie nahm das Foto in die Hand und betrachtete es genauer. *Moment mal? ... Seine Ehefrau sieht den toten Frauen ziemlich ähnlich*, überlegte Nadine und steckte das Foto in ihre Jackentasche.

Grübelnd verließ sie das Büro und bedankte sich höflich bei der Empfangsdame für die Führung.

»Und, haben Sie gefunden, was Sie suchten?«, rief die Dame ihr nach.

Darauf können Sie Gift nehmen, dachte Nadine und entdeckte schließlich in Quasts Büro auch ihre Umhängetasche.

Auf der Autofahrt nach Konstanz erreichte Selzer ein Telefonat der KTU. Man teilte ihm darin mit, dass es sich bei den Informationen vom USB-Stick nach bisherigem Kenntnisstand um illegale Transaktionen von Organen handle, welche im großen Stil auf dem Schwarzmarkt feilgeboten wurden.

Jetzt hatte Selzer Quast an der Angel und er hoffte, dass die Beweise ausreichen würden, um ihm den Prozess zu machen. Nur hatte die Sache einen Haken: Quast hatte für die drei toten Frauen mit vermutlichem Selbstmordausgang ein hieb- und stichfestes Alibi, dem nichts entgegenzusetzen war. Blieb die Frage: Wer war der Unbekannte mit Hut, den der kleine Korbinian gezeichnet hatte und dessen Skizze Selzer unter Verschluss hielt. Ein Phantom? Oder war man dem Täter dicht auf der Spur und wusste es nur nicht?

***

Sören Bundschuh stand überrascht im legeren Mantel in der Bürotür, zog ihn langsam aus und reichte das Kleidungsstück seiner freundlichen Sekretärin, Frau Albert. Während er das tat, schossen ihm unzählige Gedanken durch den Kopf. *Warum wurde Quast verhaftet? Stimmt es etwa doch, dass er mit Organen handelt und sie meistbietend verkauft?*

»Und, ist die Kripo fündig geworden?«, fragte er Frau Albert nachdenklich.

Sie verzog das Gesicht. »Die haben anscheinend ’ne Menge Akten mitgenommen.«

»… und Chaos hinterlassen?«

Frau Albert verneinte. »In diesen Büros nicht.«

Sören bedankte sich höflich und verschwand in seinem Zimmer. Er setzte sich an den Schreibtisch und war gleichzeitig verwundert über den fehlenden PC sowie über das Fehlen einiger Akten. *Endlich wird ihm der Prozess gemacht, nach all den Jahren der Lügerei ... Und Vater, der arme Tor, hat ihm alles geglaubt und nichts gemerkt ... Hoffe nur, dass er sein Lebenswerk fortführen kann und Mama damit unsterblich macht ... Wenn sie nur sehen könnte, wie vielen Menschen wir schon geholfen haben und ... na ja und an das andere will ich erst gar nicht denken. Alles hat eben seinen Preis!*

***

16.00 Uhr im Haus Wolkenlos, dem Seniorenstift von Frau Kaufmann

Die Seniorenrunde um Frau Kaufmann hatte soeben das Nachmittagskränzchen beendet. Ein Teil ging zurück auf die Zimmer, ein anderer blieb im Foyer.

Charlotte Kaufmann jedoch spürte bei dem ständigen Regen mal wieder ihr Hüftgelenk, das höllische Schmerzen bereitete und die alte Damen zur Ruhe rief. Von daher begab sie sich geradewegs zu ihrem Appartement. Jedoch kurz vor ihrer Zimmertür vernahm sie das Klingeln ihres Telefons und bemühte sich um einen schnelleren Schritt. Ihre alten Beine wollten nur nicht so wie sie.

Mit zittrigen Händen steckte sie den Schlüssel ins Schloss und betrat wenig später ihr Wohnzimmer. Vergebens. Der andere Teilnehmer hatte bereits aufgelegt.

Neugierig rief sie zurück.

»Ach du bist es, Ewald. Und, konntest du was rausfinden?«, fragte sie und griff mit der flachen Hand über ihr rechtes Hüftgelenk. In ihrem Gesichtsausdruck zeichnete sich der Schmerz ab.

Am anderen Ende herrschte qualvolle Stille.

»Ewald? Bist du's? Melde dich!«

»Ja, ich bin's. Du hattest recht. Frau Laufenburg war tatsächlich Kundin unserer Filiale. Soweit konnte ich nichts Auffälliges an ihren Kontoauszügen feststellen. Viel hatte sie ja nicht. Aber …«, stockte er, »… sie bekam regelmäßig ein Stipendium von einer Agentur namens GUTE TAT, immer in gleicher Höhe und immer zur gleichen Zeit.«

»Ewald, du bist ein Schatz. Danke dir.«

»Gerne geschehen. Aber das bleibt unter uns. Wenn die rausbekommen, dass ich das Bankgeheimnis gebrochen habe, schmeißen die mich noch kurz vor meiner Pensionierung raus«, röhrte er mit hörbarer Angst in den Hörer.

»Du kannst dich auf mich verlassen. Meine Freunde sind mir heilig. Ach, und grüße bitte Agnes von mir. Ich habe sie letzte Woche beim Rentnerstammtisch vermisst.«

Nachdem Charlotte ungeduldig aufgelegt hatte, griff sie erneut zum Hörer, wählte die Nummer ihres Sohnes und berichtete ihm brühwarm vom neuesten Kenntnisstand. Auf die Frage hin, woher sie das alles wisse, stellte sie sich dumm. Dennoch bohrte Rudi nicht weiter nach, denn er wusste um den großen Bekanntheitsgrad seiner Mutter. Immerhin war sie ein Konstanzer Kind und hatte die Stadt Zeit ihres Lebens nicht verlassen. Die einzige Ausnahme bildete ihr Chemiestudium in Freiburg, das sie abgebrochen hatte, weil sie mit Rudi schwanger gewesen war.

***

Hufnagel unterbreitete seine Nachricht den Kollegen, die ihrerseits sofort Erkundigungen nach dieser Agentur GUTE TAT anstellten. Dabei fand man heraus, dass es sich um eine gemeinnützige Stiftung handelte, die sich aus Spenden finanzierte. Mit dem Stiftungszweck *sozialer Aufgaben* wie zum Beispiel der Förderung Jugendlicher aus sozial schwachen Familien.

Nadine googelte im Internet alles, was sie über das Thema herausfinden konnte, und offenbarte ihr Wissen mit einem grellen: »Als hätt ich's geahnt. Eine gemeinnützige Stiftung ist steuerbegünstigt. Mich würde nicht wundern, wenn es da eine Verbindung zu dieser ELA-Transplant gibt …«, überlegte sie laut und scrollte weiter durchs Internet.

»Ja, es gibt eine …«, unterbrach sie Hübner, rechtshändig mit einem Bleistift jonglierend. »Laut Firmeneintrag läuft die Stiftung auf Heiko und Gabriele Bundschuh.«

»Sieh mal einer an. Auf diese Weise scheffelt man fleißig Gelder, um potenzielle Organspender, getarnt als gemeinnütziger Akt der Nächstenliebe, zu finanzieren. Diese Menschen bleiben den Halunken dann Zeit ihres Lebens treu ergeben und werden sogar irgendwann selbst zum Spender«, gab auch Selzer sein Statement ab.

»Nicht ganz abwegig, Chef«, zischte Hufnagel sich den Bart kratzend.

»Wahnsinn, hört euch das mal an: *Von den weltweit mehr als hunderttausend menschlichen Organen, die jährlich transplantiert werden, stammen die meisten von verstorbenen Spendern oder Verwandten der Patienten. Doch die Nachfrage nach Organen übersteigt bei Weitem das Angebot. So hat sich besonders in vielen Schwellenländern ein boomender Schwarzmarkthandel, vor allem mit menschlichen Nieren, entwickelt. Experten schätzen, dass mit diesen Geschäftsmethoden mehr als fünfhundert Millionen Dollar jährlich umgesetzt werden«,* las Nadine und schnalzte hörbar mit der Zunge.

Mitten in ihrer Unterhaltung kam ein Beamter mit einer grauen Mappe ins Büro geeilt und übergab sie Selzer. »Die Auswertung der Daten.«

Selzer bedankte sich und öffnete neugierig den Pappdeckel, betitelt mit *Organmafia*, was ihn wütend machte. *Also doch Mafia.* Er legte die Mappe vor sich auf den Tisch. Sie enthielt einige Farbkopien der Dateien, die das Polizeiduo Selzer und Andres während ihres Alleingangs auf den USB-Stick gezogen hatten.

Nadine erhob sich vom Stuhl, ging um ihren Schreibtisch herum und beugte sich über Selzers Schulter.

»Daniel, was sind das für komische Tabellen?«, fragte sie und legte ihre Stirn in tiefe Falten.

Er schüttelte den Kopf, presste die Ellenbogen auf den Tisch und faltete die Hände ineinander. »Der Fall scheint komplizierter zu sein, als ich anfangs dachte«, meinte er.

Hübner und Hufnagel kamen hinzu.

Gemeinsam starrten sie auf das Schwarz-Weiß-Bild einer stark ansteigenden weißen Kurve. Die senkrechte Achse war gekennzeichnet mit Jahreszahlen und die waagerechte trug die Großbuchstaben: HE – LU – LB – N – B – D – HA – A – K. Über der Kurve waren die Worte: DATUM – UHRZEIT sowie die Buchstaben ELA vermerkt und darunter: ERSTER – HÖCHST – TIEFST – LETZTER – ZUSCHLAG – VERTRAG

»Für mich sieht das nach einer Organbörse aus. Vielleicht eine Art elektronische Handelsplattform. Ein Computerprogramm übernimmt quasi die Berechnung und Kommunikation von Anbietern und Nachfragern, die durch den elektronischen Handel von Kauf- und Verkaufsaufträgen ins Computersystem eingegeben werden. Auf diese Weise wird der Handel automatisch abgewickelt und die Kurse errechnet«, erklärte Hübner, sich über sein lockiges Haar streichend.

»Du meinst, die Organe werden an den Meistbietenden verkauft?«, hinterfragte Nadine schockiert und schaute ihn mit großen Augen an.

»Ja, so in etwa könnte ich mir das vorstellen«, sagte Hübner.

»Und die Abkürzungen stehen für Herz, Lunge, Leber, Niere, Bauchspeicheldrüse, Darm, Haut, Augen und vermutlich Knochengewebe …«, las Hufnagel, welcher sich zwischenzeitlich wieder gesetzt hatte, aus einer kleinen Broschüre vor. »… das sind alles Organe und Gewebe, die man nach dem Tod spenden oder übertragen kann.«

Aha, Hufnagel hat seine Hausaufgaben gemacht, schmunzelte Nadine ihm entgegen. *Na ja, ich suche mir die Infos dann doch lieber aus dem Internet statt aus einem Prospekt. Jedem das seine.* »Wenn das so ist, wie wir vermuten, geht der ganze Laden hoch. Na ja, wenn wir die drei Geschäftsführer verhaften lassen, wissen wir immer noch nicht, wer die Frauen ermordet hat … Um den ganzen Moloch auszuheben, bedarf es doch Jahre«, sagte Nadine resigniert.

»Nicht ganz. Unser Zuständigkeitsbereich beläuft sich sowieso nur auf die drei Morde, den Rest überlassen wir den Kollegen der SO *(Schwere und organisierte Kriminalität)* in Berlin«, entgegnete Selzer, der erst kürzlich die Seiten von der SO zur Kripo nach Konstanz gewechselt hatte und sich bestens mit der organisierten Kriminalität auskannte. »Laut den Berliner Kollegen ist man der Organmafia bereits dicht auf der Spur. Unsere Erkenntnisse haben sie einen riesigen Schritt nach vorne gebracht. Nadine, du siehst, die machen ihre Arbeit.«

»Gut, konzentrieren wir uns wieder auf die drei Frauen«, knurrte Nadine und ging an die Glastafel mit den gesammelten Beweisen. Inzwischen hingen dort unzählige Bilder vom Tatort sowie Fotos der Leichen und Hinweise auf das Privatleben der Rothaarigen.

Immer wieder kreuzten sich ihre Lebensläufe mit der ELA-Transplant. Sei es, wie bei Estha Sarva, die im Finanzbereich der Firma tätig gewesen war, oder der jungen Ärztin Jasmin Zimmer, die die Firma mit aus der Taufe gehoben hatte. Darüber hinaus hatten alle Frauen ein Verhältnis mit Professor Quast. Allerdings besaß der Weißkittel für alle Morde ein Alibi. Was hatte man übersehen?

Nadine lief die Glaswand von rechts nach links ab, stoppte und wiederholte ihr Tun.

Beherzt ging sie an ihren Schreibtisch und zog die unterste Schublade auf, in der ihre Handtasche stand. Sie nahm das Familienfoto der Bundschuhs heraus und schaute mit fragendem Blick darauf. Gedankenversunken schritt sie zur Glaswand zurück und besah sich auch hier die Fotos. *Tatsächlich!* »Die Ähnlichkeit ist verblüffend«, stieß Nadine hervor und verschränkte die Arme.

Selzer trat hinzu und blickte mit ihr auf die Glaswand.

»Wer ist das?«, wollte er wissen.

»Die verstorbene Ehefrau von Bundschuh.«

Hübner und Hufnagel kamen neugierig herbei.

»Wieso sind wir da nicht gleich drauf gekommen? … Ihr Todestag war ebenfalls der zehnte November«, sprach Nadine überlegt und schien bereits mit ihren Gedanken ganz woanders.

»Du meinst …« Selzer hatte eine Ahnung.

Auch die anderen Männer hegten einen Verdacht, den es jetzt zu beweisen galt.

17. Ein paar Stunden später

Inzwischen war es 18.00 Uhr geworden und Nadines Kollegen, Hübner und Hufnagel, verspürten das dringende Bedürfnis, wenigstens zu Beginn der Woche einmal pünktlich nach Hause zu kommen, wohingegen sie und Selzer es schweigend zur Kenntnis nahmen.

Nachdenklich blickten sie ihnen nach, denn in ihren Köpfen arbeitete es noch gewaltig.

Ein jeder dachte an eine Erklärung, warum ihr inzwischen mutmaßlicher Mörder, Heiko Bundschuh, die drei Frauen hätte umbringen wollen. Aus Hass Frauen gegenüber? Oder um ihnen Leid zuzufügen, wie es einst seine Frau erleben musste? Oder aber einer krankhaften Ausprägung wegen?

»Denkst du, was ich denke …?«, fragte Nadine nach ein paar Minuten des Schweigens und konnte ihr Gähnen nicht zurückhalten. »Oh Mann, der Montag ist nichts für mich.«

»… dass Bundschuh unser Mörder ist? Nadine, das passt nicht. Er hat für alle drei Morde, wie auch sein Sohn, ein Alibi. Beide waren zum fraglichen Tatzeitpunkt auf einem Kongress.«

»Das ist richtig, Daniel. Aber jedes Mal waren die Veranstaltungen in der Nähe. Findest du das nicht merkwürdig?«, knurrte Nadine.

»Schon, aber wir haben ihre Alibis überprüft. Es gibt genügend Leute, die bezeugen können, dass sie am jeweiligen Symposium teilgenommen haben. Uns liegen für beide Herren eidesstattliche Erklärungen vor sowie die Teilnehmerlisten der Tage.«

»Ja, ich weiß, Daniel. Aber irgendetwas stört mich. Wir wissen immer noch nicht, woher die DNA stammt, die wir an Frau Laufenburgs Kleidung gefunden haben.« Nadine konnte nicht mehr sitzen und verspürte das dringende Bedürfnis, sich zu bewegen. »Auch einen Kaffee? Sonst schlafe ich ein.«

Daniel nickte ihr verdrossen zu und spähte ihr aus dem Augenwinkel nach, als sie das Büro verließ. *Süße Frau, tja leider nur nicht für mich.*

Wenig später kam Nadine mit zwei Plastikbechern in der Hand zurück.

»Schwarz, wenn ich mich recht entsinne?«, fragte sie.

»Das weißt du noch? Ja, schwarz. Manchmal auch mit Zucker.«

»Sag mal, können wir ihn nicht vorläufig festnehmen? Immerhin steckt er bis zum Hals bei dieser Organmafia mit drin.«

»Das werden wir ... Eins nach dem anderen ... Ihm wird mit großer Wahrscheinlichkeit der Prozess gemacht. Aber so wie die Sache im Moment steht, leugnet er jedwede Mitwisserschaft im Organhandel ab ... Die Beweislage, seine Person betreffend, ist dürftig. Wohingegen Quast laut KTU eindeutig einer der führenden Köpfe ist, das beweist die Auswertung des Sticks.«

»Das reicht mir nicht. Ich statte den Herren Bundschuh noch mal einen Besuch ab und werde sie mit den Fotos der toten Frauen konfrontieren.«

»Mann, Nadine, du verrennst dich da in was. Vielleicht haben wir auch in die falsche Richtung ermittelt und unser Mörder ist ganz woanders zu suchen. Was ist, wenn wir in dieser Transplant-Firma unseren Mörder finden wollten, es den dort aber nicht gibt?«

»NEIN, NEIN und nochmals nein«, widersprach Nadine wütend. »Ich spüre förmlich den Mörder, er ist ganz in der Nähe. Ich glaube, er ist eine Art Trittbrettfahrer und wusste genau um die Liebesbeziehungen der Frauen mit Quast. Und wenn …?«, erstarrte sie plötzlich.

»Und wenn was …?«, rätselte Daniel mit.

Nadine schnappte ihre Jacke, warf sie lieblos über die Schultern und war gerade im Begriff das Büro zu verlassen, als Selzer sie irritiert zurückrief: »Wo willst du hin?«

»Auf die andere Seeseite.«

»Warte, ich komme mit!«

Die beiden verließen das Büro und begaben sich in den Konstanzer Berufsverkehr, der von Stop-and-go geprägt war. Inzwischen hatte es zu schneien begonnen.

Nadine ließ ihre Scheibe hinunterfahren und steckte den Kopf heraus. Ein paar Schneeflocken benetzten ihre Nase und bildeten darauf Tropfen.

»Dieser ständige Regen ist mir ganz schön auf die Ketten gegangen«, rief sie erfreut mit Blick auf die Straße und genoss den beginnenden Winterzauber. »Es riecht nach Schnee, herrlich.«

»Mach bitte zu, es zieht!«, ermahnte sie Daniel, der ihren Gefühlsausbruch ganz und gar nicht teilen konnte, weil er vom fortwährenden Anhalten und Weiterfahren genervt war.

Friedrichshafen etwa eineinhalb Stunden später

Vater und Sohn Bundschuh bewohnten ein Doppelhaus etwas abseits der Stadt, das äußerlich haargenau ihrer Firma glich. Futuristisch weiß ohne Schnörkel. Man dachte mehr an einen Schuhkarton samt Fenstern, anstatt an ein gemütliches Haus. Das Anwesen umgab eine gepflegte Grünanlage mit großflächig angelegten, weiß gesprenkelten Steinen, die geradewegs zum Hauseingang führten.

»Würdest du so wohnen wollen?«, unkte Nadine, während sie im Begriff war, aus dem Dienstwagen zu steigen.

»Mir gefällt's«, antwortete Daniel kurz und legte einen seiner Rastazöpfe hinters Ohr.

Männer! Na ja, das Loft seiner Schwester in Berlin war dem hier sehr ähnlich. Ich bevorzuge dann doch lieber ältere Häuser. Sie haben wenigstens Ausstrahlung und können einem etwas über ihre Geschichte erzählen. Was könnte mir dieses Haus wohl schon sagen?

Die beiden Kripobeamten haderten, als sie vor den Eingangstüren standen. Wo sollten sie als Erstes klingeln? Beim Sohn? Oder beim Vater? Sie entschieden sich für Letzteres.

»Ja bitte«, ertönte es freundlich aus der Sprechanlage.

»Herr Bundschuh? Wir würden Sie gerne noch einmal zu Frau Laufenburg befragen«, sprach Nadine mit dem Kopf dicht an der Klingel und fügte ihren Namen an.

Die anthrazitfarbene Tür mit langem Edelstahlgriff öffnete sich.

Sogleich erschien Heiko Bundschuh, leicht bekleidet mit Küchenschürze sowie großem Filetiermesser im Türrahmen und bat die beiden Polizisten herein.

»Sind Sie gekommen, um mich zu verhaften?«, erkundigte er sich und führte beide in den offenen Wohn- und Essbereich, der mit der klaren architektonischen Struktur seines Hauses wenig gemein hatte. Eine riesige dunkelbraune Regalwand mit passender Sitzlandschaft schmückte den Raum und lud förmlich zum Verweilen ein. Auch die moderne holzvertäfelte Küche im Schwedenstil wirkte behaglich.

Gemütlich hier. Mann, und Hunger hätte ich auch.
»Nein, vorläufig nicht. Wir haben noch ein paar Fragen an Sie«, antwortete Nadine und beobachtete sein geschicktes Filetieren einer Dorade. »Haben Sie eigentlich noch Kontakt zu Ihrer Tochter?«

»Nein, schon lange nicht mehr. Nach dem Tod meiner Frau hat Jana sich völlig zurückgezogen. Soviel mir bekannt ist, lebt sie heute in den Staaten.«

»Ja, das ist richtig. Wir mussten ihre Alibis überprüfen«, meinte Nadine, sich immerzu umschauend.

»Geht's ihr gut?«

»Ja, ich gehe davon aus.«

Bundschuh verstummte zunächst und schwenkte dann um. Wie es schien, mochte er diesen Bereich seines Lebens nicht. »Wissen Sie, das mit Quast tut mir unendlich leid. Wie hätte ich denn ahnen können, dass er mit *unseren* Organen handelt? Als wir uns damals kennenlernten, verspürte ich ein starkes Interesse sowohl an der Art der Entnahme von Organen als auch an deren Verteilung. Er brannte förmlich für dieses Thema und wollte – sagen wir es mal so – eine Revolutionierung auf diesem Gebiet anstreben«, erklärte Bundschuh auffallend ruhig, dennoch entnahm man seinen Worten die Entrüstung.

»Nun, das werden wir herausfinden. Jedoch eine Mitschuld trifft auch Sie! Vorläufig würde ich Sie bitten, die Stadt nicht zu verlassen … Sagen Sie, Herr Bundschuh, finden Sie es nicht seltsam, dass alle toten Frauen ihrer verstorbenen Gattin ähnelten?«, fragte Nadine herausfordernd und hoffte insgeheim auf eine schlüssige Antwort.

Bundschuh schaute auf die Fotos, die Nadine ihm nacheinander vor die Nase hielt, während er weiter mit dem Messer hantierte. Schließlich unterbrach er sein Tun, säuberte seine Hände an der Schürze und nahm ihr die Fotos ab. Geradeso, als wolle er sie genauer betrachten. *Das kann nicht sein! Nein! Das darf es nicht!*

»Wollen Sie uns etwas sagen, Herr Bundschuh?«, fragte ihn Selzer und spürte wohl, dass ihm etwas auf der Seele lag. »Sie wissen doch, wer die Frauen ermordet hat! Habe ich recht?«

Bundschuh schüttelte verhalten, fast abgehackt den Kopf. »Nein, ich kann Ihnen da nicht weiterhelfen … War's das jetzt? Ich bekomme heute Abend Gäste und habe noch eine Menge zu erledigen.« Er wirkte zunehmend nervös.

Für Selzers Gespür war seine Bewegung zu langsam und kam einer Lüge gleich. Er legte die Stirn in tiefe Falten, schaute seine Kollegin mit dem typischen Blick von *der lügt* an und beendete die Unterhaltung.

Nachdem die beiden das Haus verlassen hatten, ging Bundschuh hinüber zum Regal, entnahm der Bar eine Flasche seines besten Single-Malt-Whiskys, füllte ein Glas bis zum Rand und leerte es in einem Zug. Danach setzte er sich aufs Sofa und sackte müde ins Polster. *Sag, dass es nicht wahr ist*, grübelte er und schlief kurz darauf ein.

Sein Sohn hingegen öffnete ohne Fragen die Eingangstür und ließ die Polizeibeamten eintreten.

»Sagen Sie, werden wir die Firma jetzt schließen müssen?«, platzte Sören Bundschuh bereits im Eingangsbereich scheinbar naiv heraus.

Nadine trat einen Schritt auf ihn zu. »Es kommt auf die Schwere der Schuld an. Andererseits dürfte Ihr Image durch die Alleingänge Ihres Professors großen Schaden genommen haben … Schade eigentlich, zumal ich die Idee gar nicht mal schlecht fand«, äußerte sie und fügte leise hinzu: »Aber meine Meinung tut hier nichts zur Sache.« Während sie sprach, schaute sie sich um.

Bundschuh führte die beiden weiter ins Innere des Hauses.

Doch kurz vor der offenen Küche blieb er abrupt stehen und warf einen hastigen Blick auf das dort herrschende Chaos. Im Abwaschbecken türmte sich Geschirr, über den Küchenstühlen hingen verschwitzte Hemden und in den Töpfen und Pfannen klebten Essensreste, vermischt mit Schimmelgeruch.

Für einen winzigen Augenblick trafen die angewiderten Blicke der Beamten aufeinander.

»Gehen wir lieber in mein Arbeitszimmer«, bat Bundschuh seine unangekündigten Gäste mit einer unmissverständlichen Handbewegung.

»Wohnen Sie hier alleine?«, erkundigte sich Selzer auf dem Weg dorthin und schien ebenfalls überrascht von der Unordnung.

Bundschuh wandte sich Selzer zu.

»Ja, die Frauen halten es nicht lange mit mir aus und die Putzfrau kommt nur einmal die Woche … Da liegt eben mal was rum. Aufräumen ist nicht so mein Ding … Und abends habe ich keine Lust mehr auf ein Hausfrauendasein.«

Hausfrauendasein? Ganz schön abfällig, Junge! He, du lebst alleine und hast genug Geld für eine Putzfrau. Kann sich unsereiner nicht leisten und maulst trotzdem, sinnierte Nadine und betrat nach Bundschuh mit ihrem Kollegen dessen Arbeitszimmer.

»Aber deshalb sind Sie doch nicht gekommen. Hat Ihnen meine Sekretärin weiterhelfen können?« Bundschuh stellte sich hinter seinen Schreibtisch, stützte sich mit den Händen auf die Arbeitsplatte und beugte sich leicht nach vorne. Erwartungsvoll blickte er hinüber zur Andres, die ihrerseits mit wachen Augen durchs Zimmer schritt.

»Ja, das hat sie«, gab Nadine ganz beiläufig von sich und blieb plötzlich wie angewurzelt vor einem riesigen Farbporträt oberhalb einer kleinen Anrichte stehen. Es war das Bild einer jungen Rothaarigen, die auf einer Bank vor einer fremdartigen Landschaft saß. Ihr porzellangleiches Gesicht war dem Betrachter zugewandt und ihre linksgerichteten Augen blickten ihn scheinbar an. Wahrlich, sie war hübsch mit ihren vollen Wangen, der breiten Stirn und den dunkel in Form geschnittenen Augenbrauen sowie ihrem leicht angedeuteten Lächeln.

»Gefällt es Ihnen?«, fragte Bundschuh, der unmerklich hinter Nadine gerückt war und mit ihr aufs Gemälde starrte.

Die Polizistin erschrak zunächst, zuckte zusammen und schaute Bundschuh von der Seite an.

In ihr bewegte sich etwas, ein Gefühl, nein vielmehr eine Ahnung. Irgendetwas ging von diesem Mann aus, und sie erinnerte sich an ihren letzten Traum, in dem sie sich in völliger Dunkelheit einem Löwen gegenüber gesehen hatte, und aus dem sie schreiend und schweißgebadet erwacht war. Verkörperte er etwa den Löwen und auch den Mann mit Hut, welche sich ein paar Tage zuvor in ihren Traum geschlichen hatten?

»Ihre Mutter?«, überlegte Nadine.

»Ja, ist sie nicht wunderschön? Ich ließ sie vor ein paar Jahren wie da Vincis *Mona Lisa* malen.«

Die Ähnlichkeit ist verblüffend, dachte Nadine und ließ langsam ihren Blick auf die Anrichte gleiten. *Die Mona Lisa, schon etwas merkwürdig.* Nachdenklich schaute sie über das mahagonifarbene Holz hinweg und registrierte den Nippes, der auf der Anrichte lag. Ein kleiner gläserner Elefant, ein paar Postkarten sowie ein unter den Karten hervorschimmernden Bogen Papier, der mit *Konstanz* betitelt war und vom 20. November stammte.

»Weswegen wollten Sie mich nun sprechen?«, holte Bundschuh sie aus ihren Gedanken und ließ keine Zeit für Grübeleien. Sein eiskalter Blick streifte kurz die Anrichte.

Nadine Andres besann sich, überlegte kurz und suchte nach einer Antwort. Glücklicherweise ergriff Selzer das Wort, zeigte resolut die Fotos der toten Frauen und fragte Bundschuh, wie er sich die starke Ähnlichkeit mit seiner Mutter erklären könne. Doch außer einer abschätzigen Bemerkung und einem müden Darüberhinwegsehen blieb seine

Frage nahezu unbeantwortet.

»Mehr haben Sie dazu nicht zu sagen? Sie waren doch schließlich mit Frau Laufenburg befreundet«, knurrte Selzer herrisch.

»Wer behauptet denn so etwas?«

»Ihr Nachbar.«

»Kenn ich nicht. Ich war mit der Laufenburg nie befreundet. Ich kannte die nur flüchtig.«

Inzwischen war es 20.30 Uhr geworden. Der anfängliche Schnee hatte sich nun zu einem heftigen Schneegestöber entwickelt, sodass der Dienstwagen der beiden Kripobeamten nur schleppend vorankam.

»Ich werde aus dem nicht schlau«, sagte Nadine, tief ins Polster lehnend, während ihr Kollege nach einem Radiosender mit aktueller Musik suchte und zudem antwortete: »Bundschuh hat einen ausgeprägten Mutterkomplex, sogar über den Tod hinausgehend. Ganz sicher auch ein Grund, warum er nur schwer Beziehungen zu Frauen eingehen kann. Er verehrt seine Mutter, als wäre sie eine Heilige. In meinen Augen spricht das für eine gestörte Persönlichkeit.«

»Das ist krank«, meinte Nadine und blickte erschrocken auf die kleine silberne Uhr neben dem Tachometer. »Mist, ich wollte eigentlich gegen neun wieder in Konstanz sein. Kannst du nicht schneller fahren?«, forderte sie genervt.

»Bist du wahnsinnig, bei dem Wetter! Hab keine Lust auf einen Strafzettel!«

Strafzettel – STRAFZETTEL?, überlegte Nadine. *Und wenn das auf der Anrichte ein …?* Nachdenklich holte sie ihr Handy aus der Tasche und wählte die Nummer von Hufnagel. Wenn einer sich damit auskannte, war er das.

»Hufnagel«, ertönte es kurz.

»Guten Abend Herr Hufnagel. Angenommen, ich fahre … sagen wir mal … zu schnell und werde in Konstanz geblitzt. Wann käme in etwa der Strafzettel?«, hinterfragte Nadine und starrte auf die Winterlandschaft kurz vor der Wallfahrtskirche Birnau, welche am Nordufer des Bodensees zwischen Nußdorf und Uhldingen-Mühlhofen an der B31 stand.

Hufnagel schwieg sich für einen Moment aus.

»... circa in zwei Wochen ... Sind Sie geblitzt worden?«

»Nein, das nicht. Aber ...«, kam es stockend, »... könnten Sie was für mich rausfinden?«

Ein zustimmendes Brummen drang an ihr Ohr.

»Ich möchte wissen, ob Sören Bundschuh kürzlich eine Verwarnung erhalten hat.«

»Wie, hier in Konstanz?«

»Ja, vermutlich.«

»Gut, erledige ich gleich morgen früh.«

»Das ist zu spät. Ich brauche die Info noch heute.«

»HEUTE? Frau Andres, ich habe Feierabend.«

»Bitte, es ist dringend ... bitte«, setzte sie süßlich nach und wusste, wie sie ihren ehemaligen Chef um den Finger wickeln musste, um bei ihm etwas zu bewirken.

»Gut, ich fahre noch mal ins Präsidium und melde mich wieder ... Ach, Sie schulden mir jetzt einen Gefallen, Frau Andres«, antwortete Hufnagel hörbar schlecht gelaunt.

»Danke, Sie sind ein Schatz«, erwiderte Nadine, den Blick Selzer zugewandt. »Frag nicht! Ich erklär's dir später.« Daniel kannte inzwischen Nadines Alleingänge und respektierte ihren Wunsch nach Zurückhaltung.

Eine gute Stunde später, kurz nach dem Verlassen der Autofähre von Meersburg nach Konstanz, klingelte Nadines Handy.

»Frau Andres, wo sind Sie?«

»In Konstanz.«

»Gut, bitte kommen Sie ins Revier!«

»Haben Sie was herausgefunden?«

»Ja, halten Sie sich fest … Sören Bundschuh wurde am zehnten November um elf Uhr dreißig, stadtauswärts, wegen zu schnelles Fahren geblitzt.«

»WAS, am zehnten?«, rief sie überrascht. »Das würde bedeuten, dass er zum fraglichen Todeszeitpunkt von Yvonne Laufenburg in Konstanz war … Wir haben den Mistkerl … BINGO … Den bringe ich hinter Schloss und Riegel.«

»Sieht so aus, dann bis gleich.«

Selzer drängte sich ins Gespräch.

»Nicht so voreilig, Kollegin. Das beweist nur, dass er in Konstanz war, nicht dass er der Mörder ist.«

»Richtig, aber vergiss nicht, wir haben noch die DNA und die unbekannte Faser. Kannst du eine Hausdurchsuchung veranlassen?«

»Warten wir den Bericht von Hufnagel ab, dann leite ich den Rest in die Wege … Deinen Termin kannst du dann aber vergessen«, bemerkte er scherzhaft.

»Nicht so schlimm. Rennt ja nicht weg«, flunkerte Nadine, weil sie gar keinen Termin hatte. Mit ihrer Notlüge wollte sie einer möglichen Einladung Selzers nur vorweggreifen.

18. Dienstag, 24. November, 6.00 Uhr

Etwa gegen 21.45 Uhr betraten die beiden noch einmal das Büro, in dem Hufnagel mit seinem Kopf auf dem Schreibtisch liegend schnarchte.

Nadine stupste ihn sanft an.

Hufnagel schreckte auf und sah sie aus müden Augen an.

»Endlich. Hab schon gedacht, ich verbringe hier die ganze Nacht«, brummte er und richtete sich, mit der Hand durch seine Geheimratsecken fahrend, wieder auf. Noch müde steckte er sein klein kariertes Hemd in die Hose zurück, schloss den aufgegangenen Knopf und streichelte über seinen rundlichen Bauch.

Hufnagels Computer hatte inzwischen auf Stand-by geschaltet, sodass er nur auf die An-/Austaste drücken musste, um ihn wieder zu aktivieren. Wenig später blickte er auf die letzte Maske, die er zuvor aufgerufen hatte. Es zeigte die Verwarnung Sören Bundschuhs, die ihn eindeutig als Fahrer identifizierte.

»Boah, Herr Hufnagel, Klasse! Sagen Sie mal, gibt es das auch in Farbe?«, bemerkte Nadine, während sie mit dem Zeigefinger aufs Schwarz-Weiß-Foto tippte.

»Moment. Geht auch!«, erklärte Hufnagel und klickte auf die farbige Auflösung.

Nadine rückte mit dem Kopf näher ans Foto heran und bat ihren Kollegen um einen Farbausdruck. Das dezente Rattern vom Drucker setzte ein und warf Sekunden später die gewünschte Seite aus.

Die junge Frau lief zum Drucker hinüber und nahm die Seite an sich. Gleichfalls starrte sie überrascht auf die Kopie.

»Und was fällt euch auf?«, fragte sie Selzer und Hufnagel provokant, die dicht beieinander standen und denen sie den Ausdruck sprichwörtlich unter die Nase rieb.

Hufnagel konnte nichts Auffälliges erkennen. Jedoch Selzer brachte es schließlich auf den Punkt: »Wenn mich meine Augen nicht verlassen haben, hat der Kerl einen weinroten Pullover an, vermutlich aus Wolle. Und das würde bedeuten …«

»Ganz genau. Das würde bedeuten, dass die Faserspuren von ihm stammen könnten«, erriet Nadine.

»Gut, ich werde gleich einen richterlichen Durchsuchungsbeschluss veranlassen, sonst lässt er womöglich die Beweise noch verschwinden.« Daniel griff zum Handy, rief den zuständigen Staatsanwalt Doktor Wolf an, der von seiner Idee nicht begeistert war, weil er inmitten hochkarätiger Politiker bei einem Geschäftsessen im Steigenberger Inselhotel weilte. Leicht gereizt entschuldigte er sich bei seinen Gästen und lief mit dem Telefon, das Gespräch haltend, aus dem Lokal.

Im Kreuzgang des ehemaligen Dominikanerklosters blieb er schließlich stehen und starrte, während er mit Selzer weitertelefonierte, auf die Fresken an der Wand.

»Selzer, ich warne Sie! Wenn Sie mich hier umsonst rausgeholt haben, hat das für Sie weitreichende Konsequenzen. In einer dreiviertel Stunde können Sie sich den Wisch im Büro abholen«, knurrte Wolf und legte wutentbrannt auf.

6.00 Uhr morgens in Friedrichshafen vor Bundschuhs Haus

Selzer musste mehrmals die Klingel betätigen, bis Bundschuh seine Tür öffnete. Sören Bundschuh schloss die Augen und atmete tief durch, da er spürte, wie sich seine Lungenflügel zusammenzogen. *Ruhig Blut. Nicht aufregen.* »Was wollen Sie zu dieser frühen Stunde denn schon hier?«, gab er abfällig von sich und schien in seiner kurzen Shorts und T-Shirt zu frieren. Barfüßig trat er genervt auf der Stelle.

Selzer hielt Bundschuh den gerichtlichen Beschluss sowie seinen Dienstausweis vors Gesicht und meinte schroff: »Ich habe einen Hausdurchsuchungsbeschluss für Ihr Anwesen. Bitte lassen Sie uns eintreten!«

Irritiert blickte Bundschuh aufs Papier, nahm es an sich und las quer über dessen Inhalt.

Beschluss vom 23.11.2015

Aufgrund der bisherigen Ermittlungen besteht der Verdacht des Mordes an Frau Yvonne Laufenburg sowie an zwei weiteren Morden ...

Gesucht werden sachdienliche Hinweise, wie Bekleidung, die zum möglichen Tatzeitpunkt getragen wurde ...

Sören Bundschuh trat beiseite und ließ die Beamten passieren.

Wie es schien, wussten die Leute, wohin sie zu gehen hatten, und begaben sich schnurstracks eine Etage höher direkt zum Schlafzimmer des Beschuldigten.

»Ich dachte, ich hätte Ihnen gestern schon alles beantwortet. Warum dann *das*?«, rief Bundschuh, den Polizisten folgend.

Nadine drehte sich auf der Stelle um.

»Weil Sie unter Mordverdacht stehen, Herr Bundschuh«, klärte sie ihn auf.

Bundschuh kehrte in sich, schien nachzudenken, was wohl in diesem Falle zu antworten wäre. »Ich sagte Ihnen doch bereits, dass ich an diesem Tag zu einem Kongress in Stuttgart war. Dafür gibt es etliche Zeugen.«

Nadine blieb dicht vor ihm stehen, starrte in seine graugrünen Augen, die etwas Unschuldiges hatten und einem Mann gehörten, der nach ihrer Meinung zu allem imstande war. Sogar zu Mord.

»Das waren Sie, stimmt! Uns liegt jedoch eine Verwarnung der Stadt Konstanz vor, die beweist, dass Sie am besagten Dienstag zur Tatzeit in der Gegend waren … Und Fotos lügen bekanntlich nicht.« *Du Schwein, jetzt wäre wohl eine Erklärung fällig.*

Bundschuh fühlte sich überführt. Leugnen half nicht.

»Also gut, richtig, ich war dort. Aber mit dem Mord an Frau Laufenburg habe ich nichts zu tun. Oder trauen Sie mir das zu?«

»Grundsätzlich traue ich jedem alles zu. Der Rest wird sich zeigen, Herr Bundschuh.«

Inzwischen öffneten die Beamten mit übergezogenen Gummihandschuhen die Schubläden, durchblätterten Bücher und drehten diese um. Alle Kleidungsstücke, die auch nur annähernd der gefundenen Fasern glichen, wurden den Schränken entnommen. Nichts. Es gab weder einen wollenen Pullover noch irgendeinen wollähnlichen Gegenstand in der Farbe bordeaux. Die Polizei schien genauso weit wie am Anfang. Außer dem besagten Strafzettel gab es keinen Hinweis auf Bundschuhs Schuld. Nach einer guten Stunde wurde die Hausdurchsuchung von Selzer missmutig abgebrochen.

Man verabschiedete sich von Sören Bundschuh und verließ das Haus.

Nacheinander bestieg man die drei Dienstwagen.

Beherzt griff Nadine Daniel in das Lenkrad, als dieser gerade im Begriff war, den Motor zu starten.

»Und wenn er die Beweise irgendwo vergraben hat? Bitte lass uns noch mal suchen, bitte. Ich glaub nicht an seine Unschuld. Meine innere Stimme sagt, dass er unser Mörder ist. Jetzt entsinne ich mich, seine Gesichtszüge in meinem Traum gesehen zu haben.«

Daniel schaute seine Beifahrerin mit zusammengezogenen Augenbrauen an.

»Spinnst du jetzt total? Seit wann hören wir auf unsere Träume? Ist doch völliger Quatsch, Nadine.«

Im gleichen Moment klopfte einer der Polizisten an Selzers Autotür und hielt ihm eine weiße Plastiktüte vors Gesicht.

Selzer ließ seine Autoscheibe herunterfahren.

»Chef, Lucas hat das hier gerade neben der Mülltonne gefunden. War anscheinend eine Kleiderspende fürs Rote Kreuz. Der Farbe nach könnte es der gesuchte Pullover sein.«

Selzer schaute den Mann verwundert an. »Die gesuchte Faser?«, sagte er erstaunt, sprach dem Polizisten ein Lob aus und bat ihn um die Übermittlung an dessen Kollegen. Außerdem wollte er den Finder später noch sehen. Danach wandte er sich seiner Beifahrerin zu. »Zufrieden?« Daniel übergab Nadine die Tüte und lächelte sie herausfordernd an.

»Ich hab's doch gewusst. Bringe sie nachher gleich zur Analyse in die KTU.« Sie unterbrach sich. »Wollen wir ihn unter diesen Umständen nicht gleich mitnehmen?«

Daniel presste die Lippen aufeinander. »Okay, gehen wir noch mal rein!« Gleichzeitig bat er einen weiteren Kollegen aus Sicherheitsgründen zum Mitgehen. Würde Bundschuh handgreiflich werden, konnte er helfen.

»Zumindest ist er für die nächsten vierundzwanzig Stunden mal aus dem Verkehr gezogen. Lassen sich bis dahin keine brauchbaren Hinweise finden, müssen wir ihn wohl wieder freilassen.«

»Egal, jetzt kommt er mit!«, antwortete Nadine erfreut.

Die Beamten führten Bundschuh aus dem Haus und verfrachteten ihn auf den Rücksitz eines Polizeiwagens. Während das Auto wegfuhr, warf Nadine Bundschuh einen letzten verachtenden Blick zu. Er aber saß gelangweilt da, als wäre ihm die Verhaftung gleichgültig.

In Konstanz machte man sich sofort an die Arbeit.

Nadine brachte persönlich die gefundenen Hinweise zu Schröder, dem netten Kollegen der KTU, den hier niemand Herr Schröder oder gar beim Vornamen nannte.

»Schröder, kannst du mir das sofort auswerten?« Sie reichte ihm die Tüte mit dem Pullover.

Schröder nickte. »Klar, mach mich gleich an die Arbeit. In einer halben Stunde bringe ich dir das Ergebnis«, antwortete er sanftmütig und schaute durch seine übergroße schwarze Brille. Mit der Brille und dem streng gekämmten Scheitel wirkte Schröder wie ein Musterschüler, welcher gleich den Arm heben würde, um seinem Lehrer eine Frage ausführlich und richtig zu beantworten. Zumindest schien es so.

»Bist ein Schatz.«

Nachdem die Tür hinter Nadine zugefallen war und Schröder ihre Schritte im Hausgang wahrnahm, begann er mit der mikroskopischen Untersuchung der Faserspuren und rief später Nadine wieder zu sich.

»Also, Nadine«, begann er, »überall, wo sich eine Person häufiger oder längerfristig aufhält, ist mit den Fasern ihrer Bekleidung zu rechnen. Insbesondere in den Fällen, in denen es zu einem engen Kontakt zwischen Täter und Opfer, wie in unserem Fall zum Tötungsdelikt, kommt.«

»Und das heißt?«, unterbrach ihn Nadine leicht gereizt.

»Geduld, verehrte Kollegin, Geduld!« Aus ihm sprach die Liebe zum Detail, mit der er seiner Arbeit nachging. »Gehen wir mal von dem Faserspurenkollektiv aus – ich meine die Gesamtheit aller Fasern aus dem unmittelbaren Umfeld des Täters –, lässt sich eindeutig sagen, dass die gefundenen Fasern vom Tatort mit dieser hier übereinstimmt.« Er wies auf den mitgebrachten Pullover von Sören Bundschuh.

»Das heißt, wir haben unseren Täter?«

»Jawohl. Wenn ich mir noch einen kleinen Hinweis erlauben dürfte? ... Das Opfer muss sich kurz vor ihrem Sturz noch an den Täter geklammert haben. Ich fand serologische Spuren in Form von Körperzellen am Gewebe, die eindeutig dem Opfer zuzuordnen sind.«

»*Serologische* was?«

»Nun, egal, wo du dich aufhältst, hinterlässt du winzige Spuren, wie zum Beispiel beim Niesen oder auf der Toilette«, erklärte er ruhig und mit starrem Blick auf Nadine.

»Danke, Schröder, du hast mir sehr geholfen.« *Mensch, ich wollte einfach nur eine Auswertung und keine Nachhilfe in Kriminaltechnik.* Dennoch war sie mit dem Ergebnis zufrieden, das sie sogleich ihren Kollegen kundtat.

Kurz darauf konfrontierte man Sören Bundschuh mit den Beweisen, die er völlig teilnahmslos entgegennahm, gleichwohl er ein Geständnis ablegte. Ebenso gestand er die Morde an Jasmin Zimmer sowie Estha Sarva und entschuldigte sie mit der Liebe und dem Aussehen seiner Mutter. Er war tatsächlich der festen Überzeugung, dass die Frauen sterben mussten, weil sie seiner Mutter ähnelten. Nach den Morden sei es ihm meist besser gegangen, erzählte er und fühle sich danach glücklicher denn je. Ein Moment, der ihn das ganze Jahr am Leben hielt, bis zu jenem unsäglichen Tag im November, der, wie er sagte, immer wiedergekehrt wäre, hätte man ihn nicht verhaftet. Und irgendwie schien er jetzt froh, endlich aus dem Verkehr gezogen worden zu sein.

»Doch eines würde mich noch interessieren, Herr Bundschuh«, fragte Nadine, »wie war es Ihnen überhaupt möglich, aufs Münster zu gelangen?«

Bundschuh starrte sie entgeistert an.

»Ganz einfach, ich hatte einen Schlüssel«, meinte er selbstgefällig.

»Woher?«

»Mein alter Schulfreund Otte hat mir den geliehen.«

»Otte? Heißt nicht die Pfarrsekretärin vom Münster so?«

»Ja, Jens ist ihr Sohn.«

»Und wozu?«

»Er war der Meinung, dass ich auf dem Münster meiner verstorbenen Mutter näher wäre. Ich sollte den Schlüssel so lange behalten, wie ich ihn bräuchte. Irgendwann hat er ihn wohl vergessen«, tat er den Vorfall gleichgültig ab.

»Und Frau Laufenburg ist Ihnen einfach dorthin gefolgt?« Nadines Stimme wurde lauter.

»Nein, natürlich nicht. Aber mit einer Valium und ein paar tollen Sprüchen, wie schön und befreiend es dort oben wäre, war es dann nur noch ein Kinderspiel.«

***

Sören Bundschuh würde wegen dreifachen Mordes angeklagt werden. Hinzu kam der Strafbestand des illegalen Organ- und Menschenhandels mit fahrlässiger Tötung. Allerdings stand die Beweislage in seinem Fall und dem des Vaters noch auf wackeligen Füßen. Die Verhaftung wegen Mordes war ihm jedoch sicher. Auch Quast kam für etliche Jahre hinter Gitter.

***

Es war der 24. November gegen Nachmittag und Nadine verspürte das dringende Bedürfnis nach frischer Luft. Daher verließ sie das Büro und begab sich vors Gebäude des Polizeireviers. *Mhm, irgendwie hätte ich jetzt Lust auf eine Zigarette.* Eigentlich war sie Nichtraucherin. *Bin ich froh, dass es Mama wieder gut geht und dass der Kerl mit den Blumen inzwischen geschnappt wurde. Aber wer hätte denn ahnen können, dass Quast seine Leute überall hat? ... Sogar in Konstanz hat er mir diesen Mistkerl auf den Hals gehetzt. Zum Glück kam Daniel gerade noch rechtzeitig, sonst wäre ich bestimmt tot ... Na ja, wenn's um Geld geht, setzt der Verstand wohl aus.*

Sie lehnte sich gegen die Hausfassade, bedeckte mit dem Kapuzenkragen der Jacke ihren nackten Hals und grüßte die vorbeilaufenden Polizisten, deren Schicht gerade geendet hatte.

Nadines Handy vibrierte. Sie holte es aus der Jackentasche hervor und schaute auf die WhatsApp, die ihr Marcel gerade geschickt hatte.

Lust auf Abendessen? LG Marcel

Die junge Frau steckte das Smartphone wieder ein und lächelte für einen winzigen Moment. *Warum eigentlich nicht? Ex hin oder her. Das Leben geht weiter.* Sie schaute hinauf zu den Wolken und war froh über ein Stück des Glücks.

Nachwort

Diese Geschichte ist reine Fiktion. Organ- und Menschenhandel nicht. Ich widme dieses Buch Gabriele B., einer lieben Freundin, die leider zu früh verstorben ist und sich darüber hinaus mit dem Thema der Organspende befasst hat. Die Idee zum Buch lieferte ihre Leidensgeschichte. Gabriele verstarb jedoch nicht an einem angeborenen Herzfehler, sondern an einem Aneurysma im Kopf.

Des Weiteren widme ich dieses Buch all jenen, die einen geliebten Menschen verloren haben, sei es aus Krankheit oder wegen eines bedauernswerten Unfalls.

Stell **DIR** vor, ein geliebter Mensch ist krank
und nur **EIN** Spenderorgan rettet jetzt noch sein Leben!
Doch **DIE** Warteliste ist zu lang.
Was würdest **DU** tun?

DU würdest kämpfen, hoffen und bangen und das immer und immer wieder …

Liebe Leserin,
lieber Leser,

herzlichen Dank, dass Sie dieses Buch gekauft haben. Ich hoffe, dass Sie beim Lesen genauso viel Spaß hatten wie ich beim Schreiben. Zu jeder Jahreszeit hat ein Urlaub am Bodensee seinen eigenen Charme – erleben Sie es selbst!

Wenn Ihnen der Thriller gefallen hat, freue ich mich jederzeit über eine Rezension.

Wünschen Sie weitere Informationen über mich und meine Bücher? Besuchen Sie mich doch einmal unter:

Kontakt
janette.john@web.de

Facebook
www.facebook.com/Janette-John-KrimiAutorin-

Twitter
www.twitter.com/Janette_John

Homepage
www.janettejohn.de

In jedem Fall freue ich mich und wünsche Ihnen alles Gute!

Ihre Janette John

Mit mörderischem Kalkül: Bodenseethriller

Mit mörderischem Kalkül ist der erste Bodenseethriller von Janette John und bildet den Auftakt zur Serie *Kripo Bodensee*. Lassen Sie sich mit Spannung und Humor an den Bodensee verführen. Viel Spaß beim Lesen wünscht Ihnen Janette John!

Wenn du glaubst, du könntest deine Vergangenheit einfach so hinter dir lassen, dann hast du dich geirrt! Sie ist wie ein Geschwür, entweder sie frisst dich auf oder du lernst, mit ihr zu leben.
Janette John

Was würdest **DU** tun,
wenn man **DIR** sagt, dein Kind sei nach der Geburt verstorben,
aber **IHM** sagt, du wärst nach der Geburt verstorben,
und man der **WELT** sagt, du hättest dein Kind ermordet?
Würdest **DU** kämpfen?

Westberlin 1966. Die tragischen Ereignisse einer jungen Frau, die ihr Kind bei der Geburt unter mysteriösen Umständen verloren hat, erschüttern die Stadt. Doch die Dinge überschlagen sich und mit ihnen die Nachrichten in den Zeitungen. Während die einen von einem verhängnisvollen Unfalltod sprechen, zerreißen sich die anderen die Mäuler und schreien Mord. Doch nichts scheint, wie es ist!

Konstanz heute. In einem luxuriösen Seniorenstift wird einer der Heiminsassen tot aufgefunden. Das Alter des Mannes sowie die äußeren Umstände sprechen für Herzversagen. Sein Tod jedoch, ausgelöst durch Schlangengift, entpuppt sich als perfider Plan.

Berlin heute. Auf offener Straße wird ein alter Mann kaltblütig überfahren, nur vom Täter fehlt jede Spur.

Die junge Konstanzer Polizistin Nadine Andres und ihr neuer, etwas unfreiwillig ermittelnder Chef Rudolf Hufnagel geraten in einen Strudel dunkler Geheimnisse mit Wurzeln, die bis zurück in die Sechzigerjahre reichen. Bei ihren Ermittlungen decken sie düstere Familienzerwürfnisse auf: Mord und Korruption sind hier keine Tabus.

Printed in Poland
by Amazon Fulfillment
Poland Sp. z o.o., Wrocław

78538240R00148